FELIX KUCHER

VEGETARIANER

Gefördert von der Stadt Wien Kultur und gedruckt mit freundlicher Unterstützung des Landes Kärnten.

LAND KÄRNTEN
Kultur

MIX
Papier aus verantwortungsvollen Quellen
FSC® C004378
FSC
www.fsc.org

Klimaneutral
Druckprodukt
ClimatePartner.com/14924-2111-1003

Grafische Gestaltung: Dorothea Löcker, Wien
Umschlagabbildung: Redphotographer/iStockphoto
Druck und Verarbeitung:
EuroPB, s.r.o., Tschechische Republik
ISBN 978-3-7117-2120-4

Informationen über das aktuelle Programm
des Picus Verlags und Veranstaltungen unter
www.picus.at

FELIX KUCHER

VEGETARIANER

ROMAN

PICUS VERLAG WIEN

AUFTAKT

MÜNCHEN, KÖNIGREICH BAYERN, DEZEMBER 1884

»Daher fasse ich am Schlusse die drei Punkte zusammen, die für die Menschheit der Zukunft am wichtigsten sind: erstens kein Fleisch zu essen, zweitens so oft als möglich nackend zu wandeln und drittens nicht auf die Medizin mit ihren Pillen und Impfungen zu vertrauen, sondern allein auf die Heilkräfte der segenspendenden Mutter Natur.

Also erstens: Nähret euch von Früchten und schonet der Tiere! Mordet nicht unsere animalischen Brüder, beraubt sie nicht ihrer Kinder, ihrer Eier, ihrer Milch! Werdet nicht mitschuldig an den Morden und Diebstählen, die tagtäglich in Schlachthäusern und Ställen begangen werden, werdet nicht durch lässige Duldung selbst zu Mördern und zu Dieben!

Denn zutiefst irren die Befürworter des Carnivorismus, wenn sie meinen, ohne Fleischgenuss leide der Mensch Mangel an wertvollen Nährstoffen. Ist es doch genau umgekehrt: Der Fleischgenuss macht den Menschen krank, schwach und siech. Denn ab dem Augenblicke, da das Beil des Schlächters den Nacken des Tieres spaltet, gehet dessen Fleisch in Verwesung über und es bilden sich die schädlichen Leichengifte Putrescin und Cadaverin, die sich ungehemmt während der gesamten Zeit vermehren, da das Tier zerteilt und zerkleinert wird. Doch nicht genug damit!

Denn bevor ihr sie verzehret, werden diese Leichenteile mit Salz und Pfeffer einbalsamiert, geröstet, gebraten, gekocht, sodann mitsamt den nämlichen Giften, die ihre schreckliche Wirkung langsam und stetig im menschlichen Organismus entfalten, verschlungen, ohne dass jemand dieser schädlichen Wirkung gewahr würde, die dann Krankheit und Schmerz nach sich ziehen.

Sehet euch doch an, wie viele Leiden ihr zivilisiertes Volk mit euch herumtraget, Leiden, die alleine dem Genusse des Fleisches geschuldet sind: vergiftete Därme und schmerzende Mägen, gichtige Finger, klumpige Kröpfe und noch viele weitere Leiden, die uns erst das Leben in den Städten gebracht hat und die nun durch den Fleischgenuss befördert werden.

Gar nicht reden möchte ich über den geistigen und moralischen Verfall, der durch das Fleischessen hervorgerufen wird und der ein Kennzeichen unseres Zeitalters ist. Denn die Ursache für das Verkommen der heutigen Sitten ist nicht nur der technische Fortschritt und der damit einhergehende Luxus für breite Volksmassen, sondern die damit verbundene Gier und die Zügellosigkeit, die nachgerade durch das vermehrte Fleischessen befördert werden. Man vergleiche im Reiche der Natur doch nur einmal die friedlichen Pflanzenfresser mit den wütenden Fleischfressern!

Schlaget nach bei Rousseau und Burnett und wie sie alle heißen! Überall werdet ihr lesen, dass wir Menschen als Fruktivoren geboren sind. Die Natur hat nicht vorgesehen, dass wir rohes Fleisch essen wie ein Fuchs oder ein Tiger, nein, das hat Mutter Natur nicht vorgesehen.

Diese Einsicht ist so einfach und klar, dass es einen wundernimmt, dass nicht schon sämtliche Menschen vegetarianisch leben, dass nicht schon alle nur das essen, was der Boden hergibt, Früchte und Gemüse, Kräuter und Beeren, Samen und Blüten! Wächst denn im Boden Fleisch und Fisch? Nein! Oder Bier und Branntwein? Nein! Oder geröstete Kaffeebohnen und vergorene Teeblätter? Nein!

Darum lasset diese Geißeln der Menschheit, die schon so viele Familien ins Unglück gestürzt haben. Werdet vielmehr wahre Menschen auf dem Wege zum Übermenschen, wie der große Philosoph Nietzsche es nennet.

Und dieser Mensch, wie ich schon früher erwähnt habe, wird ein Mensch des Friedens sein. Denn wenn niemand mehr ein Mitgeschöpf tötet oder bestiehlt, dann wird sich auch das Gemüt des Menschen verändern, er wird friedlich und milde werden und im Einklange mit Tier und Pflanze leben. Dann werden auch die Kriege aufhören, dann wird der wahre Pazifismus, von dem heute so viele schwärmerisch, aber ohne Wirkung, reden, verwirklicht sein! Aber davon will ich ein andermal zu euch sprechen.

Lieber möchte ich noch einmal das zweite Charakteristikum der neuen Zeit in Erinnerung rufen: den Naturismus!

Verachtet die Nacktheit nicht! Nein, es ist nicht wider die guten Sitten, sich nackend zu zeigen. Vielmehr kann der Mensch nichts Besseres für seinen Körper tun, als ihn so oft als möglich ohne Bedeckung Licht und Luft auszusetzen. Ihr sagt, das sei unmoralisch? Ihr Heuchler! Wie kann denn ein nackter Körper, wie Gott ihn erschaffen hat, schlecht sein? Wie kann ein Urzustand sittlich verwerflich sein? Doch nur wenn falsche Sitte und verlogene Moral ihn dazu gemacht haben!

Darum werfet die Kleider von euch, so oft ihr es vermöget, und badet in Licht und Luft! Nur so kann der Körper gegen Krankheiten geschützt, nur so können Leib und Seele veredelt werden!

Denn das heißt ein wahrer Vegetarianer zu sein: Früchte zu essen und nackt zu gehen.

Die Gebildeten unter euch wissen ja, dass dieses Wort, das die deutsche Sprache aus dem Englischen entlehnt hat, vom lateinischen *vegetus* kommt, und *vegetus* heißt bekanntlich gesund und munter, nicht fleischlos, wie viele meinen. Daher gehört zum Vegetarianertum unbedingt dazu, nackt in Sonne und Luft zu wandeln.

O wie heuchlerisch unsere Gesellschaft in diesen Angelegenheiten ist! War je ein Zeitalter verlogener, was das Ausleben der natürlichen Nacktheit und der erotischen Liebe betrifft? Etwa die alten Griechen, die uns den Barberinischen Faun bescherten, der nur wenige Hundert Meter von hier sein Gemächt der Sonne aussetzt? Etwa die Menschen im galanten Zeitalter? Sehet nur die Bilder eines Rubens an! Aber davon ein andermal.

Durch das Verbot der Nacktheit in unserer sich fortschrittlich dünkenden Zivilisation wird der natürliche Trieb eingeschnürt und geknechtet wie nie zuvor in der Geschichte der Menschheit. Dazu kommt, dass durch aufreizende Kleidung der Frauen die wildeste Fantasie der Männer entfacht wird. Die Verbindung zwischen den Geschlechtern ist in unserer Gesellschaft nur in der Ehe erlaubt, doch wie es mit der Treue in unseren Tagen bestellt ist, mag jeder selbst urteilen. Verhältnisse und Affären, wohin man blickt! Der Herr hat ein Verhältnis mit dem Dienstmädchen, die Frau hat ihren Liebhaber, die Wäschermädel und Zugehfräulein sind Freiwild, von der Prostitution in dieser Stadt mag ich gar nicht sprechen. Kinder, die außerhalb der Ehe geboren werden, werden versteckt und bei anderen Menschen aufgezogen, aus Scham und verlogener Moral! Ein jeder mag sich ausrechnen, um wie viel freier und ehrlicher die Gesellschaft wäre, wenn alle nackt einhergingen und es das bürgerliche Zwangsinstitut der Ehe nicht gäbe! Aber auch darüber ein andermal.

Ein Drittes möchte ich, wie schon angekündigt, abschließend erwähnen: die Heilung durch die Natur. Die heutige Medizin – und daran besteht ja kein Zweifel – ist in eine Sackgasse geraten, aus der sie nur die Naturheilkunde wieder herausführen kann. Sie hat des Menschen und seiner Seele völlig vergessen. Sehet euch an die großen Säle, in denen die Kranken dahinsiechen, ohne frische Luft, ohne Sonnenlicht! Sehet die Doktoren, die bei so vielen Krankheiten nicht ein und aus wissen, unverständliches Zeug reden und im Zweifel Aderlass und bittere Pillen verschreiben und verderbliche Vakzine verabreichen! Gibt es nicht genug Beispiele, dass diese Art der Medizin in die Abstellkammer gehört? Hat nicht ein Arnold Rikli in Veldes Erfolg mit seinen Licht- und Luftbädern? Weltberühmt ist er mit seiner Heliopathie geworden! Pfarrer Kneipp heilt in Bad Wörishofen mit bloßem Wasser selbst Schwindsucht und Cholera! Und noch viele andere könnte ich nennen, die hier wohlbekannt sind.

Überall mehren sich die Beispiele, dass der traditionellen Medizin das Ausgedinge bevorstehet! Einzig der Ignoranz der Doktoren und der Gier der Pillendreher ist es zu verdanken, dass sich die natürlichen Methoden noch nicht durchgesetzt haben. Wir aber gehören der neuen Zeit an, wir vertrauen der Heilkraft der Natur, die in allem unsere Lehrmeisterin ist. Denn Wasser, Licht und Luft genügen, um aller Krankheiten Herr zu werden, die Pflanzenkost reicht aus, um allen, ich sage: allen Krankheiten vorzubeugen.

Darum, so rufe ich euch endlich zu, ändert euren Sinn! Bessert euer Wesen! Kehret um zur Natur, wie es Rousseau schon vor hundert Jahren gefordert hat! Esset die Früchte der Erde! Wandelt nackt! Lasst euch von nichts anderem als Licht, Luft und Wasser heilen!

Dann, ja dann werdet ihr neue Menschen sein für ein neues Zeitalter, voll Gesundheit und Freude, voll Licht und Harmonie.«

Stille.

Der Redner, sichtlich erschöpft von der Heftigkeit seines Vortrags, hält sich mit beiden Händen am Rednerpult fest, schwer geht sein Atem. Scheu blickt er auf das Publikum im Saal, das noch immer still dasitzt und offenbar noch nicht mit dem Schluss der Philippika gerechnet hat. Dann applaudiert einer zaghaft, dann mehrere, der Applaus wird lauter, dazwischen mischen sich Rufe wie »Bravo«, »Recht so«, aber auch schmähende Worte wie »Betrüger«, »Kohlrabiapostel« und »Der wird sich noch anschauen!« Einige lachen, viele reden laut, der Applaus hält an, einige erheben sich sogar.

Der Redner wirft den Kopf zur Seite, sein wallendes, schulterlanges Haar folgt nach. Er dreht sich vom Pult weg, die schmutzig weiße Kutte flattert ihm um die nackten Knie, die Gummistiefel, in denen seine knochigen Beine stecken, schlackern um seine Waden. Majestätisch wie ein römischer Senator in der Kurie und zugleich mit einem Anflug von Lächerlichkeit schreitet er von der Bühne.

Diefenbach hat gesprochen.

KAPITEL 1

Ein Mann stapft durch den Schnee, die Isarauen entlang in Richtung des Weilers Thalkirchen. Der Mitte November früh gefallene und hart gefrorene Schnee knirscht unter den Tritten des langhaarigen Bartträgers. Der Himmel ist klar, die Sonne steht tief und wirft einen weit gestreckten Schatten von ihm bis zum Ufer des eisscholligen Flusses.

Über der groben Wollkutte, unter der er nackt ist, trägt der Vollbärtige eine Decke aus ungefärbtem Wollfilz um die Schultern geschlungen, die sockenlosen Füße stecken in mit Stroh ausgestopften Gummistiefeln. Kein Leder umschließt seinen Rist, unerträglich ist ihm die Vorstellung, dass ein Tier geschlachtet werden müsste, um einen Fußschutz zu haben. Außerdem wird Leder mit giftigen Farben gefärbt, die die Fische in den Bächen, an denen die Gerbereien liegen, sterben lassen. Nein, nur diese vulkanisierten, formgepressten Kautschuktücher namens Gummistiefel duldet er als Beinkleid, und diese auch nur im Winter. Im Frühling und im Herbst erlaubt er sich Sandalen aus Holz und Bast, im Sommer geht er barfuß einher, wie es seiner Meinung nach der Natur des Menschen entspricht.

Es wird schnell dunkel in dieser Jahreszeit, er muss sich beeilen. Doch alle paar Hundert Meter hält er inne und lässt seinen Blick über die weiß angezuckerten Ufer schweifen, dahinter die Isar dunkelgrün schimmert. Er durchmisst mit dem Blick die Thalkirchner Brücke bis zum Flaucher, der Aueninsel, auf deren Westufer im Sommer das Frauenschwimmbad in Betrieb ist. Jedes Jahr, so fällt ihm wieder ein, pflegen die Männer, die nichts Besseres zu tun haben, zu den Kiesbänken zu schwimmen, um unsittliche Blicke auf die Frauenkörper zu werfen, zumindest schreiben jeden Sommer – wohl in Ermangelung anderer aufregender Ereignisse – die Münchner Zeitungen verlässlich über dieses Phänomen.

Was für eine dumme Welt!, denkt er sich und schreitet behänder aus. Wenn alle nackt badeten und sich ebenso nackt am Ufer tummelten, wären alle diese lächerlichen Frivolitäten passé. Wie er es im Vortrag gesagt hat, wird ja der Trieb gerade durch das Verbotene angestachelt und das Verbotene wird erst durch die Versagung interessant.

Nein, so hat er es nicht gesagt, aber es klingt gut. Er muss sich diese Phrase aufschreiben, sobald er in seinem Zimmer ist, das sind Worte, die er in der nächsten Rede verwenden kann.

Eine gute halbe Stunde ist sein heutiger Vortrag jetzt her, es ist der achte Sermon seit dem Beginn der Serie am 10. Oktober gewesen. Nachdem er über die Quellen des menschlichen Elends, über die Krankheiten, gegen die Religion, für die neue Sprache Volapük, die er sich zu erlernen vorgenommen hatte, gegen Alkohol und Fleischeslust und schließlich über Gustav Jägers Entdeckung der Seele gesprochen hatte, war die heutige Rede eine zusammenfassende Repetition der wichtigsten Grundsätze seiner Lehre, auf dass auch die Borniertesten endlich verstünden, auf welche Prinzipien des Lebens es in der neuen Zeit ankomme. Und wie an jedem dieser Vortragstage ist er auch heute wieder froh gewesen, der grässlichen Stadt zu entfliehen, die zwischen Gerüsten und Künetten eine einzige matschige Baustelle geworden ist. Wenigstens ruhen im Winter die Arbeiten und kein Maurer oder Zimmermann ruft dem anderen unflätige Worte zu, auch dämpft der Schnee das Geklapper der Gespanne und die Flüche der Fuhrleute. Wie selig dünkt er sich, dem Gewühl und Getriebe entkommen zu sein!

»Meister«, ruft da jemand hinter ihm, »Meister, so warte Er doch.«

Und Karl Wilhelm Diefenbach, der Meister, Verkünder des neuen Menschen, Maler einer neuen Zeit, bleibt stehen und dreht sich nicht um, bis der junge Mann, der ihn gerufen hat, nach Luft schnappend, die Schultern hebend und senkend, neben ihm steht.

»Kennen wir einander denn?«

»Meister, entschuldige Er, dass ich Ihn so überfalle. Ich wollte sogleich nach dem Vortrage ein Wort mit Ihm wechseln, aber Er war so schnell weg und ich habe dem einen und dem anderen Seiner Kritiker ein Widerwort geben müssen. O dieser niederträchtigen Ignoranten!«

In kurzen Sätzen und mit ausladenden Gesten gibt der Ankömmling die Debatte wieder, die sich nach Diefenbachs Abgang im Foyer des Vortragssaals entsponnen hat. Der Meister nickt und schweigt, er kennt all die Argumente und Gegenargumente und legt dem Jüngling seine Hand auf die Schulter, der mit einem Male verstummt.

Dann erhebt Diefenbach das Wort und spricht zu ihm vom künftigen Menschengeschlecht, das nackt in Licht und Luft baden und nur Früchte essen wird.

Der Jüngling hört geduldig zu, auch er hat all das schon mehrfach gehört, aber wer würde es wagen, den Meister zu unterbrechen? Endlich setzt Diefenbach ab, und diese Pause benutzt der bisher Lauschende dazu, sich förmlich als Otto Driessen vorzustellen, Student der Medizin in Berlin. Schon beim ersten Vortrag Diefenbachs vor über einem Monat sei er Zuhörer gewesen, ob sich Diefenbach nicht seiner erinnere, er habe sich ihm schon damals vorgestellt und kurz mit ihm gesprochen.

Diefenbach mustert den Studenten von Kopf bis Fuß, viele sind es gewesen, vor allem junge Männer, die ihn nach den

Vorträgen mit Fragen bedrängt und seiner Lehre zu folgen sich anheischig gemacht haben. All diesen Interessenten, die meist anfangs Begeisterung zeigen und sich dann doch nicht mehr blicken lassen, begegnet er inzwischen mit einer abgeklärten Skepsis. Die meisten Gesichter und Namen dieser Jungspunde hat er ohnehin schon wieder vergessen. Aber ja, diesen jungen Mann hat er schon gesehen.

»Ist Er der, der geweint hat?«

»O ja, Meister, der bin ich, erinnert Er sich?«

Diefenbach nickt langsam, ja dieser Student, der bei seinem ersten Vortrag in Tränen ausgebrochen ist und dann nur unzusammenhängendes Zeug gestammelt hat, gut erinnert er sich an ihn, ohne sein Gesicht wirklich im Gedächtnis behalten zu haben, denn viele sind seinem Beispiel gefolgt. Diefenbach hat damals nicht gewusst, was er mit ihm anfangen sollte, und sich etwas betreten anderen Diskutanten zugewandt.

»Verzeihe Er, da Er sich darauf sicher keinen Reim machen kann. Ich habe damals eine so eine große Übereinstimmung zwischen Seinen Worten und meiner innersten Gesinnung verspüret, dass ich von meinen Gefühlen übermannt, ja fortgerissen wurde.«

Er solle nämlich wissen, so fährt der Student fort, er solle wissen, dass er, Otto Driessen, seit einem halben Jahr Vegetarianer sei und gemäß den Schriften Jägers nur Leinen und Wolle auf seiner Haut trage. Leider habe er nach jenem Vortrag wieder für einen Monat zurück nach Berlin müssen, wo er ja studiere, aber nun, da Diefenbach weitere Vorträge halte, habe er nicht an sich halten können und sei wieder nach München gekommen, um ihn zu hören.

Als Medizinstudent schäme er sich für die Verachtung, die seine Professoren in Berlin der Naturheilkunde entgegenbrächten, blind seien sie alle gegenüber den Erfolgen von Hahn,

Oertel und Kneipp, die mit Luft und kaltem Wasser heilten, was mehrfach bewiesen, belegt und in zahllosen wissenschaftlichen Journalen seriös publiziert sei.

Lange spricht Driessen und ohne Pause, und Diefenbach nickt bedächtig, während er den feurigen Studenten wieder und wieder mustert. Vor einem Monat, so will ihm dünken, hat jener diesen Bart noch nicht gehabt, der nun sein Gesicht flaumig einrahmt, auch zeigt sich der Überschwang des Gefühls, der sich damals als weinerliche Ergriffenheit geäußert hat, nun als Leidenschaft für die Sache des Vegetarianismus.

»Sehe Er dort hinten das Gebäude«, sagt Diefenbach, nachdem der Redefluss des Studenten mit einem Mal versiegt ist.

Der Jüngling blickt verwirrt. Ist das eine Antwort? Ein Gleichnis?

»Vor vierzig Jahren wurde dieses Haus als Wasserheilanstalt Thalkirchen gegründet«, fährt Diefenbach fort. »Bleile war nur ein Bader, stelle Er sich das vor, ein einfacher Bader. Er hat Oertels hydriatische Schriften studiert und dann diese Klinik eröffnet, in der er nur mit Wasser geheilt hat. Aber die studierten Ärzte haben ihm so zugesetzt, dass er nach zehn Jahren bankrott war. Inzwischen gehört sie einem Doktor Stammler. Sie machen dort noch kalte Güsse als Unterstützung, wie sie sagen. Aber sie trauen der Natur nicht mehr! Irgendwann wird es ein normales Klinikum sein.«

Diefenbach macht eine wegwerfende Geste.

Driessen weiß noch immer nicht, wie er die Antwort deuten soll. Wer ist Bleile, wer Stammler? Wenn der Hinweis auf die Klinik ein Gleichnis ist, wofür?

»Sehe Er, Driessen, solche Entwicklungen zu verhindern bin ich bestrebt. Durch meine Vorträge, durch mein Leben, durch meine Kunst. Andere Mittel stehen mir nicht zu Gebote, und jeder muss die Waffen benutzen, die er zu führen weiß. Er als Medizinstudent und später als fertiger Doktor kann dann Seinen Beitrag leisten, den wahren Heilmethoden und der richtigen Lebensweise zum Durchbruch zu verhelfen.«

Eine Gruppe von fünf Buben, in dicke, mit farbigen Stoffresten geflickte Wolljacken gehüllt, kommt vom Isarufer herauf, sie torkeln voran, indem sie einander mit Schneebällen bewerfen, die aus dem harschen Schnee zu formen ihnen offenbar gelungen ist, und erstarren, als sie Diefenbach in seiner Kutte und den gar nicht dazu passenden properen Studenten neben ihm erblicken.

»Kohlrabi! Kohlrabi!«, rufen sie, lachen und werfen Schneebälle.

»Ihr wisst nicht, wen ihr vor euch habt«, ruft Driessen und läuft auf sie zu, greift nebenbei in den Schnee und formt im Laufschritt einen Ball. Die Knaben stutzen und machen spornstreichs kehrt, Driessen wirft ihnen Schneebälle hinterher, von denen kein einziger trifft.

»Kohlrabi, Kohlrabi«, rufen die Ruhestörer noch im Laufen, indem sie sich kurz umwenden, bis sie schließlich hinter der Berberitzenhecke vor der Arbeitersiedlung verschwinden.

»Ihr Pack«, ruft ihnen Driessen nach, »ihr wisst nicht, wen ihr vor euch habt!«

»Den Verkünder des neuen Menschen«, sagt er leise zu sich selbst.

Schon hat ihn Diefenbach eingeholt, der seinen gemächlichen Schritt dabei nicht beschleunigt hat. Gemeinsam trotten sie weiter.

»Lasse Er sie nur, sie verstehen es noch nicht, diese armen Würmer. Die kommen vom Arbeiterinnenwohnheim der Tabakfabrik da hinten, kaum eines kennt seinen Vater. Es sind elende Geschöpfe, sie leben in Armut, niemand kümmert sich um sie. Solche Subjekte muss man erziehen zu Bürgern der neuen Zeiten. Riecht Er auch die Tabakfabrik?«

»Ja, Meister, natürlich«, sagt Driessen, der sich Mühe gibt, seine Verwunderung über den abrupten Themenwechsel zu verbergen.

Diefenbach bleibt wieder stehen, Driessen tut es ihm gleich.

»So hören wir doch auf mit dem Er und geben wir einander das Du«, sagt Diefenbach. »Die Menschen der neuen Zeit, und als solchen erkenne ich dich, sind alle Brüder, werden alle Brüder sein.«

»Aber Meister, ich sage Karl und fühle bereits, wie unangemessen diese Anrede ist. Nein, ich kann Ihn, kann dich niemals mit deinem Vornamen anreden. Du bist doch der Erste dieses neuen Menschengeschlechts, das wieder so sein wird, wie das erste im goldenen Zeitalter, als die Menschen als Pflanzenköstler, nackt und in Frieden auf Erden wandelten. Wenn du gestattest, werde ich dich *Homo* nennen. Nur *Homo*, nicht *Homo novus*, denn wir wissen ja, was das bedeutet. Ja, lasse es zu, dass ich dich so nenne und schlage es mir nicht ab. Sei mir ab jetzt *Homo!*«

»Wenn es dir beliebt, mein lieber Driessen«, sagt Diefenbach. Jetzt ist es an ihm, etwas irritiert zu sein über diese Volte des frischgebackenen Jüngers. Er mustert den hageren Studenten von Kopf bis Fuß und fixiert dann seine Augen.

»Ich habe wohl noch nie einen getroffen, der mir dergestalt die Treue ausspricht, kaum dass er mich kennengelernt hat. Nur Unverständnis bringen mir die Herren aus der Stadt entgegen, Ignoranz und Spott. Du aber bist mir wie ein Licht der Erkenntnis in der Dunkelheit des Unwissens. Am liebsten nennte ich dich *Lucifer*, Lichtbringer. Aber ich fürchte, dieser Name könnte vom ungebildeten Volke aberwitzig missverstanden werden. Nein, Lucidus sei mir genannt, der Leuchtende! Ja, wie ich dir *Homo* bin, sei du mir *Lucidus!*«

Sie fallen einander in die Arme und halten sich umschlungen, der Mann in der Kutte und der Student in Kniebundhosen und Wintermantel (Bald schon wird er sich dieselbe wollene Toga überwerfen und seine knochigen Beine in strohgefüllte Kautschukstiefel stecken).

»Du musst jetzt in die Stadt zurück, es wird dunkel.«

»Meister, *Homo*, ich möchte mit dir gehen.«

»Du kannst auch bei mir übernachten, mein Haus ist ein gastliches und Antonio hat sicher schon den Kamin eingeheizt.«

»Antonio?«

»Wir sind eine kleine Hausgemeinschaft. Antonio ist Tischler, ein Italiener, er wohnt vorübergehend in meinem Haushalt. Und da sind noch meine Kinder, Helios und Stella.«

»Was für Namen!«

»Kinder des Lichts. Nun bist auch du ein Lichtträger. Lucidus. Komm. Wir haben allerlei zu bereden.«

Sie setzen sich wieder in Bewegung, mittlerweile ist es merklich dunkel geworden, die ersten Laternen glimmen von ferne.

»O Meister, darf ich etwas fragen?«

»Alles, was dein Herz begehrt.«

»Worüber wirst du als Nächstes sprechen?«

»Nächste Woche kommt das Thema, auf das schon alle warten: Über die Dummheit des Impfzwangs werde ich sprechen.«

»Aber die Pockenimpfung …«

»Ich weiß, dass du als Student der Medizin anderes zu hören gewohnt bist. Die Pockenimpfung ist eine üble Propaganda der Ärzte und Apotheker, was immer dir die gelehrten Professoren auf der Universität auch erzählen. Die sind doch sämtlich von den Apothekern gekauft und verdienen an deren Geschäft mit! Wenn du die Bücher liest, die ich in den Reden genannt habe, wirst du bald einsehen, dass die Pocken nichts anderes sind als eine Degenerationserscheinung unserer Zivilisation. Sieh die Naturvölker an! Wenn Menschen an Licht und Luft nackt gehen, bekommen sie keine Pocken und auch keine andere Krankheit. Dann sind Impfungen überflüssig! Außerdem, wie der Herr Medizinstudent sicher weiß, wird die Impf-Lymphe aus Kuhpocken gewonnen, deswegen nennt ihr sie ja auch Vaccination. Da kann ich ja gleich wieder beginnen Kuhfleisch zu essen!«

»Das ist wahr, Meister. Ich habe auf der Universität über den Namen lachen müssen: Vaccination von *vacca*, die Kuh.«

»Nenn mich nicht Meister, lieber Lucidus. Wolltest du mich nicht mit *Homo* anreden?«

Sie passieren das Holzschild, das den Weiler Thalkirchen ankündigt.

»Ja, die Impfungen. Über die Schäden, die durch sie entstehen, brauchen wir gar nicht zu reden, sie sind ja allgemein bekannt und ich hoffe, du lernst darüber auch in deinem Studium. So. Wir sind da. Da vorne ist es. Du wirkst überrascht. Es ist eine einfache Behausung. Ein ehemaliges Bauernhaus. Aber mir und meinen Kindern genügt es.«

Diefenbach öffnet die Holztür, der schwere Flügel quietscht in den Angeln. Er bemerkt Driessens Blicke, die argwöhnisch auf dem bröckelnden Putz rechts neben der Tür haften geblieben sind.

»Innen ist es schöner. Ich habe Antonio die Wände weißen lassen und alle Vorhänge entfernt, damit das Licht ungehindert Zutritt hat.«

Diefenbach wendet sich zu seinem immer noch zögernden Jünger.

»Das Kaminfeuer brennt schon. Tritt ein in das Haus des Lichts! Beim Abendessen kann ich dir ja meine Geschichte erzählen.«

KAPITEL 2

Ein paar Jahre weit will Diefenbach in seiner Erzählung ausholen, aber nein, beschließt er, es ist zu wenig, Lucidus muss seinen gesamten Werdegang kennen. So lässt er nach einigen stammelnden Anfangssätzen seine Erzählung mit dem Zeitpunkt seiner Geburt in Hadamar beginnen, dem kleinen hessischen Weiler, der knapp hundert Jahre später unter dem Regime eines anderen Vegetarianers so traurige Berühmtheit erlangen sollte. Zunächst erzählt er stockend, dann immer heftiger, noch nie hat er einem Fremden so bereitwillig sein Leben erzählt, schon gar nicht am knisternden Kaminfeuer in einer klirrend kalten Winternacht.

***

Auch an jenem 21. Februar 1851 war es ein frostiger Abend, doch in der Stube, in der der kleine Karl Wilhelm geboren wurde, brannte kein Kaminfeuer. Nach ein paar Tagen der Februarwärme war der Winter zurückgekommen und hatte gezeigt, dass seine Herrschaft noch nicht vorüber war. Auf den Straßen lag schwerer Schnee, durch die Fensterritzen der Diefenbach'schen Wohnung zog eisige Luft. Drei Tage hatte Doktor Müller dem schwächlichen Knaben gegeben, den die junge Frau soeben hervorgepresst hatte, drei Tage, vielleicht eine Woche. Mehr nicht, sagte er mit einem missbilligenden Blick, während der Säugling sich die Seele aus dem Leibe krähte. Was sollte bei solchen Eltern schon herausschauen, so dachte der Doktor wohl bei sich, als er sich die Hände wusch in dem verbeulten Lavoir: der Vater ein verwachsener Zeichenlehrer, die Mutter ein Waisenmädchen unbekannter Herkunft, noch keine zwanzig und doch schon zwei Lebend- und zwei Totgeburten hinter sich. Nein, die Eltern dieses Wurms müssten sich darauf einstellen, dass sie sich mit ihren zwei Töchtern weiter würden durchschlagen müssen, in der Zweizimmerwohnung wäre ohnehin kein Platz mehr für ein drittes Kind.

Aber der Wurm, den alle schon Gott anbefohlen hatten, widersetzte sich dem Urteil des Arztes. In den nächsten Tagen und Wochen kam er gerade so viel zu Kräften, wie es zum Weiterleben brauchte, so als ob er keinen Anspruch auf mehr Lebensenergie erhöbe. Spät, aber doch, begann er zu laufen, noch später zu sprechen, da halfen alle Schläge des Lehrervaters nichts. Ab seinem zweiten Lebensjahr wuchs er zwar stetig wie seine Altersgenossen, doch mager blieb er die ganze Kindheit hindurch. Was Wunder, gab es ja nur karge Kost, Bohnen und Brot, Grießkoch und Graupen, Suppen und Sauerkraut. Krank war der Junge aber ständig, zu den Kinderkrankheiten, von denen er keine ausließ, kamen tagelange Kopfschmerzen, Magendrücken und Asthma. Er bekam noch zwei Brüder, die vor Kraft strotzten und ihrem älteren Bruder später das wenige Spielzeug stahlen, ohne dass dieser irgendeine Form der Gegenwehr gezeigt hätte.

Mit dreizehn Jahren wurde er Zeichengehilfe des Vaters, der am holzsplittrigen Esstisch für sechs Kreuzer die Stunde drei Bürgerkindern, die angesichts der schmuddeligen Zeichenwerkstatt die Nase rümpften, privaten Zeichenunterricht gab. Der jüngere Karl leitete die älteren Schüler seines Vaters an, den Bleistift beim Schraffieren im richtigen Winkel zu halten und nicht zu fest anzudrücken. Er lobte da, mahnte dort, wie er es vom Vater abgeschaut hatte, und die Schüler, obwohl älter, respektierten ihn. Mit vierzehn formulierte er ein Nachtgebet zu seinem eigenen Gott, denn jeder Mensch, so sagte er sich, habe wohl das Recht, sich seinen Gott auszusuchen, zu dem er betete. Die Schwestern verpetzten ihn, was ihm eine Tracht Prügel von seinem krummen Vater einbrachte, den er gleichwohl noch immer liebte und verehrte.

Als Karl Wilhelm siebzehn Jahre alt war, erlitt der Vater einen Schlaganfall und wurde von der Schule zwangsweise in Pension geschickt. Da das Geld nun kaum für das Essen reichte, aber sicher nicht mehr für den Besuch der Schule, musste Karl die Schule knapp vor dem Abitur aufgeben, was dem jungen Freigeist nur recht kam. Er spazierte in das Büro des Gymnasialdirektors Zugwitz, hielt die Hände an die Hosennaht und sprach die vorher zurechtgelegten Sätze:

»Da nach der Pensionierung meines Vaters ich das Schulgeld aufzubringen nicht imstande sein werde, melde ich mich mit dem heutigen Tage von der Schule ab und werde, sehr geehrter Herr Direktor, dieses Gebäude nie wieder betreten.«

Zugwitz, dessen Stirn sich verfinsterte, hob zu einer Ansprache über den Wert der humanistischen Bildung an, die als Ziel die Veredelung des Charakters habe, eine Rede, die er immer bei versuchten Schulabmeldungen hielt. Es sei schade um jeden Knaben, der diese Ausbildung abbreche, und er, Diefenbach, sei ja kein schlechter Schüler. Wenn er wolle, so der Direktor, könne er sich wegen eines Stipendiums erkundigen. Oder noch besser: Er habe ja seine Begabung auf dem Gebiete des Zeichnens erkannt, auch die Nachhilfeschüler seines Vaters hätten sich immer positiv geäußert. Daher biete er ihm an, und jetzt passe er gut auf, anstelle seines Vaters Zeichnen zu unterrichten, bevor er irgendwo als Hilfsarbeiter oder auf der Straße ende, Talent habe er ja zweifellos, sogar sehr großes, und ein solches dürfe man nicht achtlos wegwerfen oder verkümmern lassen.

Der Direktor hüstelte und blähte seine Hühnerbrust auf, in freudiger Erwartung einer dankbaren Ehrenbezeugung, voller Stolz, wieder einen Schüler vor der Gosse bewahrt und in diesem Fall zugleich einen billigen Lehrer eingestellt zu haben. Was für ein Exempel der Menschenfreundlichkeit er doch war! Er stand auf, um dem Jungen, der jetzt so sprachlos dasaß, die Hand darauf zu geben.

Doch Diefenbach, der sich ebenfalls aus dem Sessel erhob, begann seinerseits mit pathetischer Pose zu sprechen.

»Ich danke Ihnen, Herr Oberstudienrat, für Ihre Güte! Aber mir winkt ein anderes Ziel, eine andere Kraft zieht mich empor und hinfort. Ich will Künstler werden, und als Künstler werde ich frei sein und von nichts als meiner Kunst leben. Nie werde ich mich durch irgendeine Fessel an eine Einrichtung binden, ob das nun die Schule sei, die Kirche oder ein Fürst. Nein, für kein Salär werde ich meine Freiheit als Künstler gegen die abstumpfende Zurichtung unwilliger Mulis eintauschen, die Sie mir anbieten, nie und nimmer. Die Kunst ist frei, Herr Oberstudienrat, und lässt sich nicht einschnüren. Ich danke Ihnen, aber mein Weg ist ein anderer. Leben Sie wohl!«

»Raus!« war das einzige Wort, das Rektor Zugwitz noch über die Lippen brachte.

Und so begab sich der Siebzehnjährige auf Arbeitssuche, die bei seinem Zeichentalent nicht lange dauerte. Ein paar Monate lang skizzierte er in Limburg als Technischer Zeichner Lokomotiventender, ehe er als Fotografen-Assistent in Frankfurt, Koblenz, Witten und München – überall blieb er kaum ein Jahr – mit Bleistift, Marderhaarpinsel und Graphitpulver Falten aufhellte und Warzen verschwinden ließ und so in den Jahren, in denen andere an Akademien studierten und ihre Maltechniken verfeinerten, in schlecht beleuchteten Hinterzimmern an Fotografien herumdokterte, womit er zugegebenermaßen nicht so schlecht verdiente, sodass er den Eltern und Geschwistern hin und wieder sogar etwas zustecken konnte. Mit neunzehn begann er, nach Dienstschluss Stadtansichten in Öl zu malen (wie es sein Vater getan hatte) und käufliche Damen aufzusuchen (was sein Vater nie getan hätte). Letzteres trug ihm den Zwist und schließlich einen Gerichtsprozess mit seiner Vermieterin, Frau Oberpollinger, ein, den er zwar gewann, da der Arzt an Diefenbach keine Syphilis, sondern nur eine allgemeine schwache Konstitution und eine daraus folgende allgemeine Kränklichkeit feststellte, die Wohnstatt wechseln musste er dennoch.

Immerhin wurde er in den Tagen, als die Zeitungen nicht müde wurden, Schliemann für die Auffindung des Schatzes des Priamos zu preisen, an der Münchner Kunstakademie aufgenommen und widmete sich in der Antikenklasse von Professor Strähuber sogleich mit Inbrunst dem Skizzieren von Gipsabgüssen antiker Statuen, derer die Akademie zuhauf besaß. Er verbrachte Tage vor den Ägineten in der Glyptothek am Königsplatz und hörte abends Vorträge der vegetarianischen Gesellschaft oder das Stöhnen billiger Prostituierter in Schwabing.

Bis sich eines Tages zu Fieber und Gliederschmerzen, die seine periodischen Begleiter waren, ein hartnäckiger Durchfall gesellte und der hinzugezogene Arzt Typhus diagnostizierte. Höchste Zeit, dass in München eine ordentliche Wasserleitung gebaut werde, murmelte der Doktor, verschrieb ihm heiße Bäder und Extrakte aus Johanniskraut, riet ihm aber, sich am besten gleich im Krankenhaus behandeln zu lassen.

Doch aus den zwei Wochen, die der wohlmeinende Arzt für den Klinikaufenthalt veranschlagt hatte, wurden sechs Monate, in denen der zunehmend Ausgezehrte achtmal das Krankenbett wechselte, Hunderte Skizzenblätter mit leidenden Gestalten produzierte und sechzehn Männer neben sich sterben sah.

Jeden Tag nahm er die vorgeschriebenen heißen Bäder, aß die der strengen Diät entsprechenden Speisen und trank ausschließlich abgekochtes Wasser. Ab dem dritten Monat hatte er neben den lebhaften Träumen auch tagsüber Halluzinationen, griechische Statuen sprachen zu ihm, Ärzte schienen in der Glyptothek Visiten zu machen.

Eine schlampig angebrachte Infusion ein paar Tage vor der so lange herbeigesehnten Entlassung brachte Bakterien in die Wunde, sodass der Oberarzt angesichts einer drohenden Sepsis entschied, ein Stück Muskel aus dem Oberarm zu entfernen. Danach wurde er gemäß der ursprünglichen Frist nach drei Tagen entlassen, als ob die Operation nie stattgefunden hätte. Den Arm in der Schlinge könne er schließlich auch zu Hause tragen, sagte der Arzt. Aber selbst in seinem mittlerweile mit einer dicken Staubschicht bedeckten ehemaligen Kinderzimmer in Hadamar – wohin hätte er sonst gehen sollen? – vegetierte er noch monatelang vor sich hin und versuchte dreimal vergeblich, das Malen mit der linken Hand zu erlernen. Die Mutter bejammerte und bekochte ihn, die Elendsgemeinschaft lebte nur von der schmalen Rente des Vaters. Einzig Benno Adam, ein alter Freund des Vaters, der sich als Tiermaler einen Namen gemacht hatte, lud ihn während dieser Zeit des häuslichen Darbens zweimal zu Bergwanderungen ein, bei denen der papiergesichtige Diefenbach schnell außer Atem kam, und ermunterte ihn fortwährend, das Studium wieder aufzunehmen.

Und das tat er vom ersten Tag des neuen Studienjahres an. Adam vermittelte ihm ein Zimmer und Diefenbach stürzte sich aufs Studieren. Kaulbach, den er als Lehrer so sehr verehrt hatte, war mittlerweile gestorben, nun stritt er sich mit dem neuen Direktor Karl von Piloty und malte bis in die Morgenstunden Aquarelle, Porträts und Bilder für Kinder- und Volksbücher, wie es sein Vater schon getan hatte, von irgendetwas musste er ja leben. Der Arm schmerzte ihn immer wieder, dann pausierte er eben eine halbe Stunde, ehe er den Pinsel wieder aufnahm.

Einmal im Monat besuchte er die Eltern, die die Schaben, die sich in der Wohnung tummelten, gar nicht mehr bemerkten, und steckte ihnen etwas Geld zu, das er indes selber bitter nötig gehabt hätte.

Dort, in Hadamar, traf er eines Sonntags seine Schwester Elisabeth – er hielt weder zu ihr noch zu seinen drei Brüdern eine Verbindung aufrecht –, die ihm erzählte, dass sie jetzt zusammen ein Haus mieten würden. Alle vier lebten in München in überteuerten Untermieten und es käme günstiger, einen gemeinsamen Haushalt zu führen. Alle vier hatten sie inzwischen ordentliche Berufe, keiner hatte studiert, keiner war verheiratet. Das Haus sei so groß, dass auch die Eltern dorthin übersiedeln würden, und sogar für ihn sei noch ein Zimmer frei, ob er nicht Lust hätte, sich ihnen anzuschließen? Die Miete könnte dann durch fünf geteilt werden. Und die ganze Familie wäre dann in München wieder unter einem Dach vereint!

Diefenbach war skeptisch: War er seit seinem Weggang nicht höchst erpicht darauf gewesen, als Künstler möglichst nicht in Zusammenhang mit der tiefsten Provinz, möglichst nicht aus einer ärmlichen Lehrerfamilie stammend, möglichst nicht als Sohn und Bruder von knausernden Kleinbürgern wahrgenommen zu werden? Sondern vielmehr als Künstler einer neuen Zeit, der aus dem Nichts aufgetaucht war?

Doch schließlich gab er nach, nicht zuletzt weil die Geschwister ihm für die ersten drei Monate seinen Mietanteil stundeten.

Die Gemeinschaft in dem Schwabinger Haus lebte nicht lange in Frieden. Die Eltern, denen die Übersiedlung zugesetzt hatte, kränkelten und wurden bettlägerig. Diefenbach begann sein Nachtleben von Neuem und bekam von seinen Geschwistern vorgehalten, er möge, wenn er schon Geld hätte, dieses nicht zu leichten Mädchen tragen, sondern davon vielmehr seinen Mietanteil bezahlen. Unter den Streitereien litten besonders die Eltern, deren körperliche Verfassung immer schlechter wurde, deren Gehör aber funktionierte wie eh und je.

Sechs Wochen nachdem sich die gesamte Familie in dem stattlichen Haus in München wieder vereint hatte, starb die Mutter, vierzehn Tage später der Vater.

***

»Und dann?«, fragt Lucidus.

»Ein andermal«, sagt der Meister. »Sieh, das Kaminfeuer ist heruntergebrannt, Hestia legt sich schlafen. Und auch wir sollten uns zur Ruhe begeben.«

Sie erheben sich aus den Kissen vor dem Kamin und müssen, als sie den Raum durchschreiten, den Bücherstapeln ausweichen, die überall wie Baumstümpfe aufragen; Bücher liegen auch auf Stühlen und Anrichten.

»Das muss ich auch noch erledigen«, sagt Diefenbach im Vorbeigehen und deutet auf die Bretter für die zu bauenden Regale, die seit Wochen an der Wand lehnen.

Als er am nächsten Morgen wieder mit Fieber im Bett liegt – denn es vergehen keine drei Wochen, ohne dass er mit Temperatur, Magenleiden oder Jucken in der Schamgegend aufwacht –, nimmt sich Lucidus die Bretter, findet nach einigem Suchen das nötige Werkzeug und zimmert mit Antonios Hilfe ein Regal, das massiv genug ist, um sich unter der Last der Bücher nicht zu verbiegen. Während die beiden Männer sägen und schleifen, hämmern und nageln, spielen die Lichtkinder mit Nägeln und Schrauben, die um so vieles interessanter sind als die Strohpuppen und Farbbildchen, die Diefenbach ihnen jüngst gekauft hat. Sie müssen selber erfahren, was wehtut und was nicht, hat der Meister schon gestern gesagt, als die beiden Kleinen dem Kaminfeuer gefährlich nahe gekommen sind und Lucidus schon aufspringen wollte, um sie vor Verbrennungen zu bewahren. Jetzt lutschen sie friedlich an Schraubenziehern und piksen einander mit Nägeln und Haken.

Am Nachmittag macht sich Lucidus ans ordentliche Einschlichten der Bücher, während Diefenbach noch immer im Bett liegt und spontan Pläne für ein zu errichtendes Kinderasyl zeichnet. Lucidus schlägt indessen Buch um Buch auf, hält immer wieder gerührt inne, blättert, liest, nickt, weint. Was für ein Fundus die Bibliothek des Meisters doch ist! Hahns Schriften über die vegetarianische Diät der Zukunft sind da, Hufelands Bücher über die Makrobiotik und natürlich Baltzers Standardwerk über die natürliche Lebensweise, die Bibel der Vegetarianer. Als alle Druckwerke im Regal stehen, macht er sich an den Stapel von Zeitungsausschnitten, die Diefenbach in eine Hutschachtel gestopft hat, und versucht sie nach Themen zu sortieren, was er aber bald aufgibt. Auch hier staunt er über die interessanten Texte: Da sind Artikel über die vegetarianischen Ansichten Rousseaus, Besprechungen von Alcotts Thesen zur Überlegenheit der vegetarianischen Lebensweise, spöttische Kolumnen über Gustav Jägers Lehre der Normalkleidung, die ihn in große Empörung versetzen. Aber immerhin wird so viel über die neue Lebensweise geschrieben; immer mehr Menschen gibt es, die das Fleischessen ablehnen!

Am ersten Weihnachtstag holt Lucidus seine Sachen aus der Münchner Pension und zieht bei Diefenbach ein, zu Stephani schneit es fast einen Meter. Die beiden Männer stapfen über die Wiesen, disputieren, lachen, werfen Stella und Helios in den Schnee und bereiten am Abend Bratäpfel zu.

Sonst essen sie wenig in diesen Tagen, das Geld ist knapp:

Auf dem Speiseplan stehen gequetschte und eingeweichte Weizenkörner, aus dem Erdkeller holen sie noch letzte Kartoffeln, Zwiebeln, Karotten und Äpfel; ein halbes Fass Sauerkraut ist auch noch da.

Zu Neujahr ist der Getreidesack leer, die Kellervorräte aufgebraucht und Diefenbach hat kein Geld mehr, neue Lebensmittel zu kaufen. Damit nicht genug, hat sich nun noch eine Schwere auf sein Gemüt gelegt, die ihn völlig gleichgültig gegenüber allen Dingen werden lässt, selbst zu sterben würde er jetzt nicht als die schlechteste Lösung ansehen. Diese Reden des Meisters treiben Lucidus angesichts der drängenden Lage zuerst zur Verzweiflung, dann aber dazu, von seinem bis jetzt aufgehobenen Notgroschen heimlich Lebensmittel einzukaufen. Jeden Tag kocht er nun für die kleine Gemeinschaft und sieht nach dem tagelang dahinsiechenden Diefenbach. Die Kinder, die den ganzen Tag ungewaschen herumlaufen, bringt er abends ins Bett. Schließlich schreibt er seinen Eltern um Geld.

Als er eines Abends am Bett des Meisters sitzt und die Rede auf Familienangelegenheiten kommt, fasst er sich ein Herz und fragt Diefenbach nach der Mutter der Kinder. Magdalene heißt sie, das weiß er, und dass sie in der Zeismeringer Straße lebt ebenfalls. Es seien ihm zwar die näheren Umstände nicht bekannt, sagt er zu Diefenbach, aber wäre es nicht endlich angebracht, angesichts der finanziellen Lage die Kinder zu ihr zu bringen, zumal sie hier mehr oder weniger sich selbst überlassen seien?

Eine Zornesfalte bildet sich auf Diefenbachs Stirn, als er den Namen der Frau hört. Er rappelt sich auf, eine Ader schwillt an seiner Stirn, er spricht mit plötzlich erstarkter Stimme.

»O des vermaledeiten Weibes! O der Quelle so vieler meiner

Leiden! Nie werde ich ihr, o Lucide, die Kinder aus freiem Willen überlassen, denn sie behandelt sie schlecht und macht sie angriffslustig und gereizt. Du hast Magdalene ja noch nicht kennengelernt und kannst nicht wissen, zu welchen Scheußlichkeiten dieses Weib fähig ist!«

»Wenn du mir schon von einer Frau sprichst«, fährt er mit gebrochen sanfter Stimme fort, »dann sprich mir von Maja! Nach ihr sehnt sich mein Herz, sie täte meiner Seele not! Ja, Maja, du staunst, noch sprach ich nicht von ihr, setz dich her, ich werde es dir erzählen. Also: Maja war vor Magdalene da. Sie ist und bleibt die Erste. Du wirst nicht glauben, wo ich sie kennengelernt habe.«

KAPITEL 3

Nach dem Tod der Eltern, Diefenbach war vierundzwanzig Jahre alt, fiel er in ein tiefes, dunkles Loch. Der Vater, der ihn das Zeichnen und Malen gelehrt hatte und trotz aller Entfremdung noch so etwas wie ein moralischer Rückhalt gewesen war, die Mutter, die ihn nie geschlagen, sondern getadelt hatte, wenn er unflätige Worte sagte und gelobt, wenn er ihr als Kind ein Bild mit der Ölkreide kritzelte – alle beide waren sie mit einem Male nicht mehr da und tausend Erinnerungen stiegen allmählich in ihm hoch. Er schloss sich in seinem Zimmer ein, wollte seine Geschwister nicht sehen, aß nichts mehr und bekam seine üblichen Schmerzen. Nach drei Tagen ließ er wenigstens Elisabeth ein, die ihren Bruder mit Grießsuppe wieder aufpäppelte. Und mitten in diese Bettlägerigkeit hinein platzte ein Auftrag des Herzogs von Nassau für ein Porträt.

Da er das Geld sehr dringend benötigte, hatten sich doch inzwischen nicht nur Miet-, sondern auch Konsumationsschulden gegenüber seinen Geschwistern angehäuft, schleppte er unter Flüchen sich und die Staffelei in dic Residenz, wo der Fürst zu Gast weilte, und ließ den Nassauer, angetan mit Samt und Hermelin, Modell sitzen. Da aber Diefenbach, obwohl er mit dem Bild rasch vorankam, sich auch bei seiner dritten Aufwartung standhaft weigerte, den Kratzfuß zu machen, wurde er, nachdem er die ersten beiden Male zum Hofmeister zitiert worden war, diesmal vom Herzog persönlich gerügt und mit einer Entschädigung verabschiedet, das halb fertige Porträt zurücklassend.

»Mein Beruf ist in erster Linie Mensch zu sein, nicht Höfling. Die Kunst beugt sich niemandem«, stotterte er als Verteidigung dem Fürsten zum Abschied ins aufgedunsene Gesicht.

Da er, nun zu etwas Geld gekommen, seinen Lebenswandel – vormittags hin und wieder Akademie, nachmittags hin und wieder ein Porträt, abends hin und wieder Prostituierte – wieder aufnahm und keine Anstalten machte, bei seinen Geschwistern die Schulden zu begleichen, reagierten diese dadurch, dass einer nach dem anderen auszog: Die Schwestern, die als Verkäuferinnen arbeiteten, nahmen sich zusammen eine Wohnung am Sendlinger Tor, sein Bruder übersiedelte für eine Arbeitsstelle als Gerichtsdiener nach Nürnberg, sodass sich Diefenbach im Oktober allein in dem geräumigen Gemäuer fand, dessen Miete er sich natürlich nicht leisten konnte. In diesen Herbstmonaten las er viel, vor allem die Schriften der Kommunisten und der Lebensreformer. Alle schrieben von einer neuen Gesellschaft ohne Klassenunterschiede, von gesunder Ernährung und gleichmäßiger Verteilung der Güter, vom neuen Zeitalter, das schon bald erstehen würde. Da musste doch etwas dran sein! Er besuchte Vorträge von Naturheilern, Parteikundgebungen und Volapük-Abende, fuhr zu Kneipp nach Wörishofen, um mehr über die Naturheilkunde mit Wasser zu erfahren. Als ihm vor Weihnachten die lang erwartete Kündigung ins Haus flatterte, überlegte er nicht lange und hielt sie in die Flamme der Kerze, die auf dem Tisch brannte. Natürlich würde er ausziehen. Gleich morgen würde er seine Sachen packen. Aber zuvor, so fiel ihm ein, sollte er noch schnell in den Englischen Garten zum Schlittschuhlaufen gehen, heute gab es Spiegeleis. *Mens sana in corpore sano.*

Und da war sie, verträumt, verloren, Schutz und Zuflucht heischend. Sie trug einen abgenutzten Wintermantel, dessen Farbe Diefenbach nicht zu bestimmen vermochte, und zog langsam ihre Kreise auf dem knackenden Eis. Er lief zuerst schweigend hinter und neben ihr, in der zweiten Runde wagte er es, sie anzusprechen. Sie stellte sich ihm als Maximiliane Schlotthauer vor, derzeit ohne Beschäftigung. Er raspelte so lange Süßholz, bis sie am Abend mit ihm ins Haus kam. Zu seiner nicht geringen Überraschung zeigte sie sich im Bett keineswegs unerfahren. Sie sahen sich auch am nächsten und übernächsten Abend, ohne dass er fragte, was sie tagsüber machte. Zwischen Liebesspielen, die Diefenbach etwas zu akrobatisch erschienen, trug er ihr seine Ansichten zur Pflanzenkost, zur Lebensreform, zur Naturheilkunde vor. Sie hörte zu, druckste zunächst etwas herum und sprach ihn zuerst scheu, dann immer nachdrücklicher auf Geld an. Als Diefenbach arglos nachfragte, musste sie schließlich zugeben, dass sie sich in letzter Zeit von mehreren Männern hatte aushalten lassen, irgendwoher müsse das Geld zum Leben ja kommen.

»Eine Dirne«, rief da Diefenbach. »O Täuschung, o Niedertracht!«

Maximiliane, die er seit der ersten Nacht Maja nannte, brach in Tränen aus, nein, so sei das nicht zu verstehen, sie sei bitterarm und wenn ein Mann ihr nichts mehr geben könne, dann verlasse sie ihn eben. Aber er, Diefenbach, sei so anders, so gütig, er spreche so schön und wohlklingend von einer neuen Zeit, von der Gleichheit aller, von dem Recht aller Menschen auf Freiheit. Sie würde bei ihm bleiben, und da sei es doch üblich, dass ein Mann seine Frau aushalte, mehr verlange sie ja nicht. Und noch etwas müsse sie gestehen: Sie habe einen kleinen Wurm, den sie zu einem Bauern in Kost gegeben habe, er sei erst fünf, helfe aber dort auf dem Hofe schon kräftig mit.

Als die beiden tags darauf – denn Diefenbach duldete in der Sache keinen Aufschub – den Bauern und das Kind besuchten, zerriss es Diefenbach das Herz: Der rachitische Knabe schlief auf bloßem Stroh, musste täglich den Ziegenstall ausmisten, konnte nicht richtig sprechen und sah die Besucher an, als kämen sie von einem anderen Stern. Der mürrische Bauer forderte erwartungsgemäß mehr Geld, der Bub esse immer mehr, und ebenso erwartungsgemäß sagte Maja, er arbeite ja auch immer mehr mit, das würde die Mehrkosten doch ausgleichen.

Nachdem der Bauer sie hinauskomplimentiert hatte – sie hielten ihn und vor allem das Kind von der Arbeit ab –, beschloss Diefenbach, seiner Vision der neuen Gesellschaft eine weitere Komponente hinzuzufügen: In seiner Zukunft würden Knaben und Mädchen nicht mehr auf der Straße betteln, arbeiten oder sich verkaufen müssen, sondern in Kinderasylen von liebevollen Erzieherinnen dieselbe Bildung vermittelt bekommen, die jetzt den privilegierten Schichten vorbehalten war. Denn keinen Adel und keine Großgrundbesitzer würde es in dieser Zukunft geben, erklärte er Maja, alle würden gleich sein, so wie Morus, Campanella, Marx und viele andere dies schon beschrieben hatten.

Und auch die Ehe, das wurde ihm jetzt klar: Ein staatliches Zwangsinstitut war sie. Sprachen nicht die Frauenrechtlerinnen, die es jetzt in aller Welt gab, selbst von ihrer Abschaffung, da sie Frauen von den Männern abhängig machte? Propagierten nicht immer mehr Denker die Idee der freien Liebe, die jeder mit jedem praktizieren konnte? Ja, auch diese Forderung musste in einer Gesellschaft der Zukunft verwirklicht sein. Auch diese Forderung würde er sich zu eigen machen.

Maja zog bei ihm ein, die Münchner Gesellschaft, in der er schon einen gewissen Ruf als Porträtist hatte, was ihm ein leidliches Auskommen ermöglichte, lästerte ein wenig, doch ließ das Interesse an dieser libertinen Liaison bald nach, schließlich war er nicht der einzige Künstler, der in wilder Ehe mit einem Frauenzimmer lebte.

Ende Februar 1878 kamen mit dem Tauwetter die Gliederschmerzen zu Diefenbach zurück und sie kamen nicht ohne Begleitung. Zusammen mit einem schwelenden Fieber stellte sich auch, nachdem er sich durch Ungeschick eine Wunde zugezogen hatte, die nicht verheilen wollte und schmerzhaft eiterte, eine Lähmung des lädierten Armes ein. Als ob es damit immer noch nicht genug wäre, bekam der Bresthafte nach einer Woche multiplen Leidens noch tagelangen Durchfall. Maja kochte, sie pflegte und tröstete ihn, sie fegte und schrubbte, sie wusch und plättete. Aus Wochen der Krankheit wurden Monate des Nichtstuns, und noch im Sommer fühlte sich Diefenbach so schwach, dass er zwar aufstehen und herumgehen konnte, sich aber außerstande sah, einen Pinsel zu halten. So gingen Juli und August dahin, ohne dass er ein nennenswertes Bild verfertigt und so für Einkünfte gesorgt hätte. Woher Maja, die mittlerweile für einen kargen Lohn in einer Schankwirtschaft arbeitete, das Geld für die wöchentlichen Einkäufe hatte, wollte er lieber nicht wissen.

Benno Adam, der Tiermaler, der sich eigentlich vorgenommen hatte, Diefenbach wegen dessen wilder Ehe nicht mehr zu unterstützen, erbarmte sich schließlich des Siechen und empfahl ihm eine Kur in Bozen. Ein Bekannter von ihm besitze dort ein Landgut mit Fremdenzimmer, sagte Adam, am Krankenbett Diefenbachs sitzend und diesem die Hand haltend, er betreibe Obstbau, die Luft sei dort gut. Er biete auf seinem Hof eine Obstkur an, die sich großer Beliebtheit erfreue und erstaunliche Wirkungen zeitige. Um die Kosten der Kur bräuchte Diefenbach sich keine Sorgen zu machen, der Freund habe bei ihm noch eine Schuld zu begleichen, die er hiemit tilgen könne.

So saß der Siebenundzwanzigjährige zwei Tage später mit dem noch immer eiternden Arm in der Schlinge auf dem Lattensitz der dritten Klasse in einem Waggon der Brennerbahn, als in Matrei die gleichaltrige Magdalene Atzinger zustieg, ihr Kartonköfferchen im Gepäcknetz verstaute und dabei ihre schlanke Taille sehen ließ. Sofort sprach er sie an, und nach einem höflichen allgemeinen Gespräch begann er einen so süßen und gewinnenden Sermon, dass sich Magdalene beim Aussteigen gewiss war, dass ihr höchstes Glück darin bestünde, an der Seite eines solchen Mannes zu leben, seinen Worten zu lauschen, die Mutter seiner Kinder zu werden und ihn zu pflegen, sollte er auch nur das kleinste Unwohlsein zeigen.

Das Schloss, auf dem sie als Erzieherin die Kinder eines Grafen unterrichtete, war nicht weit von dem Obstgut entfernt. Und so wurde sie bei ihren abendlichen Besuchen Zeugin der wundersamen Heilung des Karl Wilhelm Diefenbach, der nach vier Tagen Trauben- und Apfelessens einen erheblichen Rückgang der Symptome im Allgemeinen und der Eiterung der Armwunde im Besonderen vorweisen konnte. Was für ein Glück, dass er in der Stube des Hofes auf Theodor Hahns *Das Praktische Handbuch der naturgemäßen Heilweise* gestoßen war. Nach den intimen Besuchen las er oft die ganze Nacht durch, immer wieder tropften Tränen der Ergriffenheit auf das holzige Papier und wurden von diesem aufgesogen. Das war die Lösung: der Vegetarianismus, dem er ohnehin schon länger seine Sympathie entgegenbrachte. All seine Leiden waren nur durch den Fleischgenuss entstanden! Hahn schrieb, dass nicht nur Entzündungen, Eiter und Krebsgeschwüre durch den Fleischgenuss hervorgerufen oder gefördert wurden, sondern auch, dass es möglich war, durch das Fruchtessen sämtliche Krankheiten zu verhindern. Als er das Buch beendet hatte, begann er es noch einmal von vorne zu lesen. Warum war ihm das nicht früher aufgefallen! Das Fleischessen war nicht nur ethisch bedenklich, sondern vielmehr die Ursache sämtlicher

Krankheiten und förderte überdies den moralischen Verfall des Menschengeschlechts; Beweise für diese Dekadenz gab es in Gesellschaft und Politik ja genug! Es war so einleuchtend und so logisch zwingend: Das selbstverständliche Morden von Tieren war auch die Hauptursache für Morde an Menschen, für Kämpfe und Kriege. Außerdem, so schrieb Hahn, entfache die Fleischkost auch in ungebührlichem Maße sexuelle Begierde, Geiz, Neid und Missgunst und führe zu einer allgemeinen Verrohung und Barbarisierung der menschlichen Sitten. Auch dieser These konnte Diefenbach nur gerührt zustimmen.

Mit einem Male hatte sich die Trübnis seines Lebens geklärt, der Schleier war weggezogen: Diesem Ideal des Vegetarianismus wollte er jetzt nachfolgen. Er stellte Magdalene gegenüber klar, wenn sie mit ihm leben wolle, müsse sie sich darauf einstellen, ein Leben zu führen, das sich weit über das der Massen erhebe, ein Leben, das den Idealen des Vegetarianismus und der Naturheilkunde geweiht sein würde. Abschwören müsse sie aller Tradition, der Kirche und den bürgerlichen Sitten, in denen sie als Erzieherin offensichtlich noch verstrickt sei, abwerfen müsse sie die Konventionen wie ein Heißluftballon seinen Ballast.

Sie versprach ohne nachzudenken, ihm in allem kindlich ergeben sein und seinen Anordnungen immer willig Folge leisten zu wollen. Sie könne sich nichts Schöneres vorstellen, als immer an seiner Seite zu sein, wie groß die Hilfe, derer er bedürfe, auch immer sein möge.

So nahm er die Frau mit nach München und beschloss, ab sofort ein neues Leben zu führen, als erster Mensch einer vegetarianischen, pazifistischen und nudistischen Gesellschaft der Zukunft. Er erklärte Maja, die irritiert war, dass ihr Gefährte mit einer zweiten Frau aus Bozen zurückkam, dass er als Zeichen des Protests gegen die Ehe als ökonomisches Zwangsinstitut ab sofort nicht nur den Vegetarianismus, sondern auch die freie Liebe proklamiere und beide Gefährtinnen, wenn sie denn bei ihm bleiben wollten, sich der Ehre bewusst sein müssten, sich die Pflege und das Bett abwechselnd mit ihm teilen zu dürfen.

Er erklärte ihnen als ersten Jüngerinnen, dass in diesem Hause ab sofort nach den Grundsätzen der Fruchtkost, des Nudismus und der freien Liebe zu leben sei. Auch habe er sich nach eingehendem Studium von Jägers Schriften entschlossen, ab jetzt keine Hosen, Hemden und Jacken zu tragen, sondern eine Kutte aus ungefärbter Schurwolle, keine Schuhe aus Leder, sondern allenfalls Holzsandalen mit Stoffbändchen und im Winter Gummistiefel, kurzum nichts, wofür ein Tier hätte sterben müssen, und er verlange von ihnen, es ihm gleichzutun.

Die Frauen brachen in Tränen aus und umarmten ihn.

KAPITEL 4

»Ja, aber, Meister, wer ist jetzt die Mutter dieser Kinder? Maja oder Magdalene? Oder stammt jedes Kind von je einer der beiden? Und wo sind die Frauen jetzt?«

Diefenbach lächelt.

»Morgen, Lucidus, werde ich weitererzählen. Für heute bin ich schon sehr müde. Mag dies bis morgen ein Geheimnis bleiben.«

Diefenbach nickt noch ganz bei sich, Lucidus zieht eine säuerliche Miene, aber was hilft es, das Wort des Meisters ist Gesetz, ihm ist er bereit, sich zu fügen.

»Siehst du noch nach den Kindern?«

Lucidus nickt.

Der nächste Tag verläuft wie der vorige. Diefenbach liest und liegt, Lucidus kocht, putzt, unterhält die Kinder und versucht zu malen, ein paar Skizzen schafft er zumindest.

Am Abend, nachdem der Meister im Bett sitzend das Nachtmahl eingenommen hat, setzt sich Lucidus wieder zu ihm.

»Ach, du mein Lieber«, beginnt Diefenbach seine Rede, während ihm jener mit einem Tuch die Reste des Erbsenbreis aus dem Bart wischt, »du musst wissen, ich floh damals wieder an die Akademie, um den beiden Weibern, die dauernd miteinander zankten, zu entgehen. Ich zeichnete, malte in Öl, aquarellierte auch viel und versuchte einmal dem Stuck, ein andermal dem Böcklin nachzueifern.«

Er richtet sich den Polster und schließt die Augen.

»Es war Magdalene, die eines Tages schwanger wurde«, sagt

er langsam. »Aber deswegen gab sie sich um nichts friedfertiger und milder, vielmehr wogte der Streit zwischen mir und ihr und Maja heftiger hin und her als je zuvor. Dieses eigensinnige Weib, das mir zuerst so innige Gefolgschaft geschworen hatte, war zu willensschwach, um nach meinen Geboten zu leben und zu unverständig, um ihren tieferen Sinn zu erfassen.«

***

Das Jahr, in dem die Kölner endlich ihren Dom vollendeten, wurde für Diefenbach zur perpetuierten Qual. Kein Moment verging ohne Streit mit der Schwangeren, mit der er trotz ihrer Umstände das Bett fast jeden Abend teilte, während er die Kebsfrau nur alle paar Tage aufsuchte. Nicht einmal der Umzug in die Mansardenwohnung im vierten Stock der Villa der Witwe Völlz zu Jahresbeginn, geschuldet der Delogierung durch den ungeduldigen Vermieter, konnte die Verhältnisse verbessern. Die immer runder werdende Magdalene suchte nachmittags weiterhin Bürgerhäuser auf, um Klavier- und Italienischunterricht zu geben, und sie tat es bis zum Tag der Geburt, denn die Ménage-à-trois hatte das Geld bitter nötig: Was Diefenbach durch seine sporadischen Porträts und Illustrationen einnahm, reichte gerade für die Miete, die er zum Monatsersten der Witwe Völlz bar auf die Hand blättern musste, aber nicht, um das Dreigespann jeden Tag satt werden zu lassen. Und bald würde ein Esser dazukommen, der zuerst wenig, dann immer mehr an Nahrung benötigen würde, und die Klavierstunden würden zumindest eine Zeit lang wegfallen.

Die Schmerzen, unter denen sich Magdalene ab dem fünften Monat wand, erinnerten Diefenbach daran, dass er, wenn er es genau bedachte, ja auch ständig Schmerzen empfand. Zumindest taten ihm in einer Art solidarischen Mitleidens zunehmend alle Glieder weh, als ob eine Erinnerung an frühere Schmerzen geschlummert und durch Magdalenes Beschwerden aufgeweckt worden wäre.

Der täglichen Streitereien zwischen den beiden Frauen war unterdessen kein Ende, was sein Leid noch vergrößerte. Nach dem Besuch eines Studenten, der sich für die Lebensweise und die Ansichten Diefenbachs interessierte und der ihm von der Wirkung der Salzgrotten vorschwärmte, packte Diefenbach seine Sachen und begab sich stracks in die Heilanstalt von Doktor Hacker in Neuhausen, die beiden entkräfteten Frauen zurücklassend – Magdalene war damals schon bettlägerig, bald würde sie niederkommen, Maja kaute seit Wochen irgendein Zeug, von dem sie ständig benommen war. Als Oberhaupt der neuen Bewegung hatte er, Karl Wilhelm Diefenbach, schließlich auf sich zu achten und sich nicht im Streit zwischen seinen beiden Frauen aufreiben zu lassen! So legte er sich zwei Wochen lang in die Salzgrotten und Dampfbäder der Hacker'schen Kuranstalt und setzte alles daran, seine Leiden endlich auf natürliche Weise auszuschwitzen.

Als er nach diesem Urlaub fröhlich pfeifend, da schmerzfrei, zurückkehrte, öffnete ihm ein fremder Mann die Haustür; es war Doktor Anthoff, der zu ihm ähnliche Worte sprach, die schon am Wochenbett seiner Mutter gesprochen worden waren und von denen sie ihm oft erzählt hatte: »Wenn das Kind überhaupt lebend geboren wird, wird es wohl keine Woche überleben.« Und: »Was soll bei zwei chronisch kranken Eltern schon herauskommen?« Und später: »Sie müssen sich damit abfinden. Der Herr gibt, der Herr nimmt.« Magdalene selbst lag in einem Zustand zwischen Wachen und Schlafen, nur mühsam ließ sie sich mit dem Löffel Karottenbrei einflößen.

Am Tage des Heiligen Franz Xaver presste sie endlich einen Knaben ans Licht der Welt, dessen Haut mit einem roten Ausschlag überzogen war und der vom ersten Tag an die Mansarde der Villa Völlz mit seinem unablässigen Schreien erfüllte, was Diefenbach und die beiden Frauen kaum schlafen ließ und ihn in eine Art Dauertrance versetzte. Aber nicht genug der Unbill: Magdalenes Brüste gaben schon in den ersten Tagen kaum Milch und versiegten nach vier Tagen völlig, was am fünften Mittag zuerst Magdalene, dann Diefenbach in tiefe Bitternis stürzte. Doch mitten im trostlosen Trauern fuhr er auf, ergriff den quengelnden Säugling, schritt auf den kleinen Balkon der Wohnung und hielt ihn nackt dem Zentralgestirn entgegen.

»Leben sollst du, nicht sterben!«, rief er, an ein imaginäres Volk gewandt. »In Licht und Luft sollst du baden und gesunden! Die Sonne schenke dir das Leben, das dir deine Mutter nicht zu erhalten vermag. Helios sollest du darum heißen, und ein Licht sollest du sein zu erleuchten die Menschheit, die da sitzet im Schatten des Todes.«

Er hielt ihn eine ganze Weile in die Sonne, so wie er es über die Maharadschas in Indien gelesen hatte, wenn sie den neugeborenen Thronfolger dem Volk zeigen. Doch hier im Garten der Villa wuchsen nur einige schiefe Apfelbäume und schorfige Johannisbeersträucher, keine nach Kasten gegliederte Volksmasse jubelte dem Sonnenkind zu, nur ein paar Sperlinge zankten sich tief unter ihnen um einen Regenwurm.

Am nächsten Tag machte Magdalenes Mutter der jungen Familie ihre Aufwartung. Sie war von Beruf Hebamme, eine junoeske Matrone mit Gummizughäubchen, und zeigte sich entsetzt über die Zustände im Hause Diefenbach.

»Er braucht Milch, gute, fette Kuhmilch, sonst wird er sterben«, wiederholte sie hartnäckig gegenüber Diefenbach, und als dieser beständig den Kopf schüttelte, hielt sie ihm einen Vortrag über die richtige Ernährung eines Säuglings, dem Diefenbach mit verschränkten Armen und zusammengekniffenen Augen zuhörte.

»Glaub mir, du Köndlesser«, schloss sie ihre Ausführungen, »ich als Hebamm' weiß, was gut ist. Wenn du als Adulter nur Körner und Früchte issest, mag es gut sein. Aber Säuglinge brauchen Kuhmilch, zefix!«

So ging es eine Zeit lang, Diefenbach hielt sich die Finger in die Ohren und legte den Kopf schief.

»Du willst doch nicht, dass dein Bub stirbt, du Hampera«, schrie sie zum Schluss, ehe ihr Tränen die geröteten Backen hinunterrannen.

»Nichts weißt du«, presste Diefenbach durch die Zähne, nahm sich die Finger aus den Ohren und holte tief Luft. Er streckte die Rechte mahnend zum Himmel und riss seine Augen weit auf.

Langsam sprach er, jedes Wort einzeln betonend: »Den Sud gekochten Getreides soll er trinken, den Brei zermuster Karotten soll er kosten, später dann wird er Haferschleim essen und Fruchtsäfte trinken, aber niemals, niemals wird Milch oder Fleisch über seine Lippen kommen, niemals werden Eier oder Zucker seinen Gaumen berühren. Sein Lebtag soll der Knabe Pflanzen und Früchte essen, auf dass er wachse, stark werde und strahle wie der Sonnengott.«

Am Abend wich Magdalenes Mutter als Unterlegene ermattet aus dem Haus: Einzig, dass dem Wurm der standesamtliche Name Kurt gegeben wurde, da Helios amtlicherseits abgelehnt worden war, blieb ihr bescheidener Triumph.

So groß das Glück der jungen Familie in den nächsten Monaten war, denn tatsächlich gedieh der Knabe durch Getreidesud und Karottenbrei recht ordentlich, so traurig war Diefenbachs täglicher Blick in die hölzerne Geldschatulle. Da die letzten

Landschaftsbilder wie festgeklebt in seinem Atelier vor sich hin dümpelten und niemand ein Bild kaufen wollte, nahm Magdalene schon nach drei Wochen ihre Klavierstunden wieder auf, um dieses schnöde Geld, das nach Diefenbachs Meinung als Zahlungsmittel bald überholt sein würde, hereinzubekommen. Er selbst, wegen neulicher Gliederschmerzen wieder unfähig einen Pinsel zu halten, übernahm (in einer für einen Mann erstaunlichen Weise, wie beide Frauen bemerkten) höchstpersönlich die Fürsorge des kleinen Helios. Er wechselte und wusch dessen Windeln und fütterte ihn mit Hafersud und Karottenbrei. An jedem sonnigen Tag packte er ihn nackt in ein Einkaufsnetz und hängte ihn in Luft und Sonne, damit er die Kraft des Lichtes in sich aufnehme und sich abhärte gegen die Unbill der Krankheiten. Denn Krankheiten, dessen war sich Diefenbach nach Lektüre der Naturheiler jetzt gewiss, waren keine Störungen der Gesundheit, sondern brachen nur aus, wenn der Körper sich des Giftes, das sich durch falsche Ernährung in überschießendem Maße im Körper angesammelt hatte, entledigen wollte. Eine natürliche Lebensweise und eine rechtzeitige Abhärtung schon der Kinder würden Masern, Röteln, Scharlach, aber auch Typhus und Cholera nie zum Ausbruch bringen, da sich im Körper kein Gift ansammeln würde, das es auszustoßen gälte. Alle Lebensreformer, die er bisher gelesen hatte, so verschieden sie in ihren Ansätzen auch waren, stimmten in diesem Punkt überein, also konnte es in dieser Angelegenheit keinen Zweifel geben: Jede Krankheit kam durch nichts anderes als falsche Ernährung zustande.

KAPITEL 5

Prächtig gedieh der Knabe unter Diefenbachs Händen, bald stand er, bald lief er, bald sprach er. Der Streit mit Magdalene wurde weniger, des Tages herzte er sie mitunter, des Nachts lag er immer öfter bei ihr. Maja indes, die ihm ewige Gefolgschaft und Pflege gelobt hatte, aber partout nicht schwanger werden wollte, packte eines Tages ihre Sachen und sagte Ade. Zu lange, so hielt sie ihm vor, habe sie als Kebse schweigend an seiner Seite ausgeharrt, allein, das fremde Glück, dem sie täglich zusehen müsse, sei ihr unerträglich geworden. Sie gehe zu einer Freundin nach Paris, sagte sie Diefenbach trotzig ins Gesicht und küsste ihn zum Abschied lange auf den Mund. Doch eine Woche später kam eine Postkarte aus Mailand, wo sie bei einer anderen Freundin untergekommen war. Woche um Woche schickte sie von dort anklagende Briefe und Karten an ihren noch immer geliebten Meister, der in seinen Antwortschreiben die Vorzüge der freien Liebe und des ungezwungenen Zusammenlebens zu wiederholen nicht müde wurde, aber niemals auf ihre Beschwerden einging und sie auch niemals danach fragte, wovon sie in diesen Städten ihren Lebensunterhalt fristete.

Zur selben Zeit aber begab es sich, dass Herr Schulz, der querulantische Nachbar der Villa Völlz, ihn wegen Kindesmisshandlung anzeigte: Es gehe nicht an, dass der Knabe Helios nackend im Garten herumtolle und von seinem Vater zum Schlafen in ein Netz vor das Fenster im vierten Stock der Villa gehängt werde. Der Polizeibeamte, der sich daraufhin ratlos in der Villa umsah, verhängte eine Geldstrafe wegen groben Unfugs und veranlasste, dass eine Frau von der Fürsorge nach dem Rechten sah, die aber, noch am selben Tag aufgetaucht, nach einer halben Stunde Diefenbach'schen Wortflusses mit Schädelbrummen unverrichteter Dinge die Villa verließ.

In dieser Zeit schrieb Diefenbach eine Menge Briefe an Eduard Baltzer und empfing ebenso viele von diesem, was ihn wiederum vom Malen abhielt. Aber so viel gab es mit diesem Bruder im Geiste zu besprechen! So viel gab es auch zu feilen an seiner neu entstehenden Lehre, so viel zu lesen und zu lernen, von dem er noch nichts wusste. Wie klar Baltzer darlegte, dass der Mensch kein Carnivore, schon gar kein Omnivore, sondern wie die Affen, deren Verwandtschaft mit dem Menschen schon Darwin klar belegt hatte, nur Frugivore sein konnte! Baltzer sprach ebenso wie Diefenbach von einem neuen Menschengeschlecht, das aus den Vegetarianervereinen, deren er einige begründet hatte, hervorgehen werde. Freilich war Diefenbach zuwider, dass Baltzer als Pastor an dem Wahn der Religion festhielt, die die Menschen doch unfrei machte und die Entwicklung eines Selbstbewusstseins verhinderte, wie dies der Philosoph Schleiermacher weiland so treffend formuliert hatte. Immer wieder schrieb er Baltzer, wie sehr er mit dessen Lehren übereinstimme. Als er ihn voll Begeisterung fragte, ob er ihm nicht seinen Sohn Helios zur Erziehung überlassen könnte, lehnte Baltzer jedoch ab.

Auch an Arnold Rikli schrieb Diefenbach, stellte Fragen zur Lufttherapie und zur Bauweise seiner Licht- und Lufthallen. Rikli, der ein einfacher Färber gewesen war und die Heilkraft der Sonne und der Luft entdeckt hatte, führte am Veldeser See in Krain ein Licht- und Luft-Sanatorium, das großen Zulauf hatte. Der Lichtdoktor bestärkte Diefenbach in der Ansicht, dass mit Licht und Luft sowie der richtigen Diät die allermeisten Krankheiten kuriert und vor allem verhindert werden könnten.

Im März des Jahres 1882, in dessen späteren Verlauf der unselige Wilhelm Oberdank in Triest den österreichischen Kaiser in die Luft zu sprengen beabsichtigen würde, trat der einunddreißigjährige Diefenbach zerknirscht vor den Standesbeamten. Kein Tag war in den letzten Monaten vergangen, an dem er nicht Magdalene eine Furie, eine Hexe oder eine Medusa geheißen hatte, nun knurrte er sein »Ja« in seinen nach langer Zeit wieder gewaschenen Vollbart. Die Normalkleidung hatte er sich nicht ausreden lassen; auch bei Magdalene hatte er auf diese Tracht bestanden, so traten beide in Wollkutte und Holzsandalen vor den indignierten Standesbeamten. Magdalenes leicht gewölbter Bauch war unter dem Gewandbausch gut verborgen, in sechs Monaten sollte das zweite Lichtkind geboren werden.

Eine Hochzeitsreise – nein, für dieses bürgerliche Ritual hatte Diefenbach nichts übrig, wohin auch reisen, wenn man überall nur sich selbst fände, sagte er; außerdem war auch kein Geld da.

In den kommenden Wochen packte ihn ein frühlingshafter Arbeitseifer. Als draußen in den ersten warmen Sonnenstrahlen Krokusse und Narzissen knospten, malte er nächtlich-düstere Landschaften. An den Abenden, da Magdalene früh zu Bett ging und er bei Kerzenschein über Nietzsches *Morgenröte* brütete, meinte er zu fühlen, dass etwas Großes bevorstehe, das er nicht genau benennen konnte. Es würde eine Umwälzung von allem geben müssen, so ging es nicht mehr weiter. Schrieb Nietzsche nicht von der Pflicht des Nein zu den herrschenden Zuständen? Sprach er nicht von den neuen Werten, vom Neubeginn, vom heiligen Ja-Sagen? »Seine Welt gewinnt sich der Weltverlorne«, las Diefenbach und wiederholte die Worte mehrmals laut. Ja, er musste seine Welt gewinnen, er musste der Menschheit endlich seine Einsichten verkünden, er durfte mit seinen Erkenntnissen nicht mehr länger hinterm Berge halten. Ein Buch zu schreiben würde nicht genügen, nein, er müsste die Menschen mit seinem gesprochenen Wort aufrütteln, am besten in Vorträgen, aus denen er dann ein Buch zusammenstellen könnte.

Er nahm Papier und Tinte und begann zu schreiben, schnell hatte er eine Übersicht der Themen zusammen. Es waren so viele! Und es kamen ihm noch weitere Assoziationen. Er hielt inne. Er würde einige Zeit brauchen, um die Gedanken zu ordnen und niederzuschreiben. Hatte Jesus nicht vierzig Tage in der Wüste gefastet, bevor er als Wanderprediger durch Galiläa gezogen war? Hatte Moses sich nicht auf den Berg Sinai zurückgezogen, ehe er dem Volk Israel die Gebote verkündete? Hatte nicht Mahomet etwas Ähnliches gemacht?

Er packte seinen Seesack, an Büchern warf er Nietzsche, Baltzer und Rikli hinein, dazu reichlich Tinte und Notizpapier, sagte Magdalene Adieu und wanderte auf den Gipfel des Hohen Peißenbergs, der auch – niemand weiß warum – *mons doctus*, gelehrter Berg, genannt wurde, was zweifellos ein Omen war, und verbrachte dort im Schatten der vernachlässigten Wallfahrtskirche unter freiem Himmel drei strahlende Tage und zwei klirrend kalte Märznächte. Verzweifelt brütete er über Nietzsches *Morgenröte*, warf das Buch schließlich weg und begann seine eigenen Gedanken aufzuschreiben. Eine Predigt sollte es werden, aber keine erbauliche, wie sie die Pfarrer von den Kanzeln hielten, vielmehr eine kynische Diatribe, aufrüttelnd und kritisch, deftig und saftig. Sicher, er würde sich davor hüten müssen, das Publikum zu verärgern, müsste es eher werbend umgarnen, müsste den Vegetarianismus so verlockend schildern, dass die Zuhörer sich fragen würden, warum sie überhaupt noch Fleisch äßen und nicht schon längst Fruktivore geworden wären.

Außerdem müsste er bei der Auswahl der Worte berücksichtigen, dass er einige Reden auf der Straße zum einfachen Volke halten würde, andere hingegen in Sälen vor städtischem Publikum.

So schrieb er Tag und Nacht, füllte Seite um Seite, wälzte Gedanken um Gedanken. Er schrieb über die Habgier der Fürsten und über den Wahn der Pfaffen, über das notwendige menschliche Erwachen aus dem Gotteswahn und die Bestimmung des Menschen, selbst zum Gott zu werden. Er verteufelte die Fleischesser, verurteilte die mörderischen Soldaten, kritisierte die korrupten Politiker wie die gesamte Zivilisation an sich, die den Menschen so unheilvoll der Natur entfremdet hatte.

Die Durchführung von Vorträgen in Sälen, so dämmerte es ihm, würde einen gewissen Aufwand erfordern. Er würde Unterstützer brauchen, Geldgeber, die die Saalmieten finanzierten, Plakate müssten gedruckt und affichiert werden. Am besten wäre es, so schloss er seine Überlegungen, einen Verein zu gründen und diesem die Organisation dieser Angelegenheiten zu überantworten.

Mit dieser neu gewonnenen Sicherheit und einem Stapel randvoll mit Krakelschrift überzogener Papierbögen stieg er schließlich hustend und mit triefender Nase vom *mons doctus* herab und sah sich als eine Art zweiter Moses, der zumindest das Bayernvolk in das gelobte Land des Fleischverzichts führen würde. Aber er brauchte Mitstreiter.

Nur vier Tage später, es war ein sonniger Märznachmittag, schworen im Saal der München-Wandelheimer Milchkuranstalt acht befreundete Vegetarianer, zukünftig mit ihrem Vereinsobmann Diefenbach die Verkommenheit und Dekadenz des gegenwärtigen Zeitalters durch Vegetarianismus, Nudismus und Naturheilkunde zu bekämpfen. Hochherzig kam man überein, dass der Verein den Namen »Menschheit« tragen solle, gleichsam als Zeichen dafür, dass er die Keimzelle der neuen Menschheit wäre, die mit der Natur wieder im völligen Einklang leben würde.

Schon am Tage nach dieser denkwürdigen Gründung lief Diefenbach wie berauscht durch Schwabing, sprach Künstlerkollegen und Bekannte an und lud sie ein, dem Verein beizutreten, bis ihn am zweiten Abend seiner Mission ein hinkender Gauner zu Boden schlug und die Wollkutte vergeblich nach einem Portemonnaie abtastete. Der ramponierte Diefenbach schleppte sich heim und ließ sich von Magdalene, die ihm die üblichen Vorhaltungen betreffend Vernachlässigung der Familie machte, wimmernd verarzten. Wie er nun so marode in seinem Bett lag, meldeten sich sämtliche alten Schmerzen in Gliedern und Kopf zurück, sodass Magdalene den Bettlägerigen volle zwei Wochen umsorgen musste. Durch das Liegen bekam er Hämorrhoiden, die die Gliederschmerzen zuverlässig ablösten. Trotz dieser Schmerzen hielt er es diesmal nicht aus, untätig zu bleiben, sondern feilte, sich im Bett aufstützend, später am Stehpult, weiter an seinen Vorträgen, deren Abhaltung er wohl oder übel in den Herbst verschieben musste.

Die Sommermonate vergingen ohne besondere Vorkommnisse, er malte und verkaufte gerade so viel, dass die Familie zumindest bis Weihnachten ein gedeihliches Auskommen haben würde.

In den Morgenstunden des 1. September weckte ihn das Stöhnen Magdalenes, bei der die Wehen einsetzen. Er stürzte ins Erdgeschoß zur Witwe Völlz, eine Hebamme musste her! Diese ließ sogleich nach einer schicken. Schon zu Mittag kam Magdalene nieder und gebar ein kräftig schreiendes Mädchen. Noch eine Lichtbringerin!

»Stella sollst du heißen«, sprach Diefenbach am Abend zum schlafenden Kind neben der schlafenden Mutter, »Stella, wie die *stella matutina*, der Morgenstern nach der dunklen Nacht. Auch du sollst leuchten in einer Zukunft, in der es eine neue Menschheit gibt, eine neue Gesellschaft, in der die Frauen die gleichen Rechte wie die Männer haben werden.«

Behutsam streichelte er das helle Flaumhaar des Säuglings, streichelte die ungekämmten Strähnen seiner schlafenden Frau.

Da Magdalene, nachdem sie das Kindbett verlassen hatte, die Kinder betreute und sich außerstande sah, weiterhin Klavierstunden zu geben, klopfte Diefenbach eines Abends an die Tür der Villa von Franz Defregger, seinem Gönner aus Akademietagen, und fragte ihn geradeheraus, ob er nicht einen Auftrag und nebenbei vielleicht auch eine Wohnung für ihn wüsste, sie seien jetzt zu viert und das Obergeschoß der Villa Völlz mit seinen Dachschrägen sei für Wohnung und Atelier zu klein geworden. Defregger, im dunkelrotsamtenen Gehrock, eine klobige, menschenköpfige Meerschaumpfeife in der Hand, war selbst an die Tür gekommen und bat den – wie er sich ausdrückte – Moses aus Hadamar in den Salon. Noch bevor Diefenbach weiter ausholen konnte, schlug ihm Defregger vor, über den Winter doch in seine Villa zu ziehen, auch das Atelier könne er benutzen. Er selbst verbringe den Winter ohnehin in seiner Bozner Villa und komme erst im April wieder. Es sei ihm sogar sehr recht, dass jemand hier hauste, noch dazu ein Malerkollege, damit das Hauspersonal nicht auf dumme Gedanken komme wie im letzten Jahr. Diefenbach solle ein Auge auf Köchin und Diener haben, er sei hochwillkommen, ja, ihn habe der Himmel geschickt.

So übersiedelte die Hausgemeinschaft mit Kind und Kegel, mit Staffelei und Windeln in die Defregger-Villa in der Prinzenstraße. Diefenbach nahm wieder den Pinsel zur Hand, dessen er so lange entbehrt hatte, und malte zunächst Landschaften und dann, als sich seine prominente Residenz in der Münchner Gesellschaft herumgesprochen hatte, wieder Porträts und Stillleben, die ihn endlich wieder zu Geld kommen ließen.

Als das königliche Hofsekretariat im November ein Weihnachtsgeschenk für den Herrscher persönlich bestellte, kramte er ein Wagner-Porträt, das er vor einigen Jahren gemalt hatte, hervor und pinselte frischen Firnis darüber. Dies sollte genügen für den Märchenkönig, der ihm zwar jetzt zu einem Honorar verhalf, der aber wie alle Adeligen keinen Platz in der Gesellschaft der Zukunft haben würde und daher nichts Besseres verdiente.

In Defreggers Villa genoss Diefenbach die weichen Betten, die von der Köchin nach seinen Anweisungen bereiteten vegetarischen Speisen und die ihm von Defregger überlassenen Farben und Leinwände. Dass Magdalene aber zu jedem Wort, das er sprach, ein Widerwort fand, dass sie an seiner Fruchtkost herumnörgelte und die Kinder subtil gegen ihn aufstachelte, schlug ihm mit der Zeit dergestalt auf den Magen, dass er Ende Februar wieder den Pinsel niederlegte und völlig geschwächt Zuflucht zwischen den Bettlaken suchte. Einförmige Wochen verstrichen.

Defregger kam, wie vereinbart, zu Ostern zurück, die Maler dankten sich gegenseitig und Defregger gab Diefenbach, der damit spekuliert hatte, dass jener ihn noch eine Zeit lang in der Villa wohnen lassen würde, zu verstehen, dass er sämtliche Räumlichkeiten jetzt wieder für sich brauche, da er schon nächste Woche Gäste erwarte. Die Bilder könnte er gerne einstweilen hier lassen, bis die neue Wohnung, um die er sich sicher gekümmert habe, bezogen sei. Er danke ihm für die Obsorge und wünsche ihm noch frohes Schaffen.

Diefenbach schluckte. Er brachte es nicht über sich, dem Freund zu sagen, dass es diese Wohnung, die jener erwähnt hatte, nicht gab, um die er sich hätte kümmern sollen, wie ihm jetzt bewusst wurde. Und so kam es, dass die junge Familie mit einem Handwagen voll Gepäck von der Prinzenstraße weg ins Ungewisse zog, Helios schritt neben seinem Vater, der den Wagen zog, einher, hintendrein trippelte Magdalene mit Stella im Arm, das Gefährt hin und wieder anschiebend. Eine Weile wanderten sie in diesem Zug nach Süden, gen Thalkirchen, vielleicht könnte man dort, so hoffte Diefenbach, wieder unterkommen. Als sie schließlich den Stadtrand erreichten, wo die Isarauen sich weiten, blieb er an einer Aumühle stehen, wandte sich an die Frau und teilte ihr mit zitternder Stimme mit, dass es besser wäre, wenn sie sich eine eigene Wohnung suche. Er könne sich nicht vorstellen, dass die Fortsetzung der jetzt Monate durchgestandenen Lebensgemeinschaft für alle Beteiligten gedeihlich sei. Er habe sie auch, und diese Mitteilung müsse er ihr jetzt machen, und deswegen sei er auch letzte Woche beim Notar gewesen, für den Fall, dass er stürbe, von allen irdischen Gütern enterbt und stattdessen die gemeinsamen Lichtkinder als Alleinerben eingesetzt.

»Was sollen sie schon erben«, schrie sie ihm ins Gesicht, indes sie Stellas Ohr bedeckte, »die paar Bilder, die niemand will.«

Stampfte mit dem Fuß auf, riss den plärrenden Helios von seinem Vater weg, machte auf dem Absatz kehrt und stapfte mit den zwei Kindern davon, Diefenbach mit dem Handkarren zurücklassend. Der stand eine Zeit lang da und kaute an dem schorfigen Hautspitz, der seinen rechten Daumennagel begrenzte. Dann seufzte er tief und zog den Karren weiter, noch minutenlang grübelnd, ob seine lange ausgebrütete Entscheidung wirklich so vernünftig gewesen wie sie ihm noch bis eben erschienen war.

Nachdem er bei einem Bekannten in Wolfratshausen wider Erwarten kein Quartier gefunden hatte, entsann er sich eines Vetters in Starnberg, bei dem er in der Dämmerung anlangte und der ihm noch am selben Abend ein Zimmer in Untermiete unweit des Sees vermittelte.

Als es am nächsten Tag zur Aufsetzung des Mietvertrags kam, gelang es Diefenbach, sich auszubedingen, dass er die Miete wegen kurzfristigen Geldmangels einstweilen in gemalten Bildern begleichen würde, worauf der kunstsinnige Vermieter nach einigem Hin- und Herwiegen des Kopfes tatsächlich einstieg.

Doch als dieser nach einer Woche nachfragte, war noch kein Bild fertig, ja nicht einmal begonnen, und nach der zweiten auch nicht.

Nach zwei Monaten, in denen Diefenbach nur las und schrieb, belud er seinen Handkarren wieder und wechselte in diesem unseligen Jahr 1883 im Monatsrhythmus die Wohnstatt. Er zog nach Weshaupt, nach Pähl und nach Tutzing, drei Wochen hielt er es in Sendling aus, wo er endlich ein paar Bilder verkaufte, mit deren Erlös er sich schließlich im Weiler Thalkirchen ein Haus mietete, für das er keine Bilder mehr versprechen musste, sondern dessen Miete für die ersten zwei Monate er schon in bar entrichten konnte.

Als am 14. Juli in der Stadt der Löwenbräukeller mit Freibier und Stelzen eröffnet wurde, machte er endlich die Probe aufs Exempel: Er stellte sich vor den Eingang des Carnivorentempels und wetterte gegen Alkohol und Fleischgenuss, durch die nicht nur Völlerei und Wollust, sondern auch Jähzorn und Krieg befördert würden. Die Lederbehosten, die aus dem Eingang torkelten, lachten ihn aus und hießen ihn Kohlrabiapostel.

Die Kinder fehlten ihm indessen. Zu wissen, dass seine Sprosse bei der Furie, die sein Eheweib war, aufwuchsen, wurde ihm mit der Zeit so unerträglich, dass er bei Gericht eine Klage betreffend das Sorgerecht einbrachte. Die Verhandlung wurde zu seiner Überraschung schon zehn Tage später anberaumt. Und hier schlug seine Stunde: Während Magdalene weder Beruf noch Einkommen vorweisen konnte – die Klavierstunden hatte sie immer privat gegeben –, zählte Diefenbach vor dem tränenbesackten Richter seine prominenten Auftraggeber der letzten Monate auf und verwies auf seine daraus resultierenden Einkünfte (die er maßlos übertrieb), sodass ihm die Kinder ohne Weiteres rechtskräftig zugesprochen wurden.

In den nächsten Wochen malte er nicht nur mit neuer Kraft und spielte mit den Kindern, sondern wurde sich immer mehr darüber im Klaren, dass er nicht bis zum Herbst warten konnte, da er im Ballsaal der Zentralsäle würde sprechen können, es juckte ihn, wie es wohl wäre, schon jetzt *ad populum* zu reden, das mit dem Löwenbräu war ja eine dumme Idee gewesen. So machte er sich eines Tages auf, lief bei brütender Hitze barfuß durch München, den Kinderwagen mit seinen quengelnden Sprösslingen vor sich her schiebend, stellte sich vor die Feldherrenhalle, auf den Marienplatz und auf den Stachus, wo er, den Kinderwagen inzwischen immer wieder schaukelnd, seine Predigten vortrug.

Schon am nächsten Tag stand davon in den Zeitungen zu lesen. Mit seiner fülligen Löwenmähne und dem mächtigen Vollbart verglichen ihn die Zeitungsschreiber mit dem Propheten Jeremias, der den Untergang Jerusalems ankündigt. Sie schrieben kurzweilige Berichte über den Neuzugang, es waren in den letzten Jahren ja einige Naturprediger auf den Straßen der Stadt unterwegs gewesen, die die eine oder andere Lebensreform anpriesen, jeder von ihnen ein gefundenes Fressen für die Zeitungsmänner, die im Sommer bekanntlich immer Mühe haben, die Seiten ihrer Blätter zu füllen. Zu Diefenbach, der seine öffentlichen Vorträge nun beharrlich jeden Tag hielt, erschienen aber in den Blättern mit zunehmender Dauer nicht nur Karikaturen und humorige Glossen, sondern auch einige ernst gemeinte Artikel, die Vegetarianismus, Normalkleidung, Nudismus und Naturmedizin wohlwollend behandelten. Nach diesen favorisierenden Artikeln vermehrte sich die Zahl der Schaulustigen, die den neuen Naturapostel hören wollten, deutlich. Einige Zuhörer erschienen in Jäger'scher Normalkleidung, andere mit Schildern, auf denen Parolen wie »Kein Fleisch« zu lesen waren. Einige Passanten schüttelten nach wie vor den Kopf und gingen lachend weiter, andere kamen aus reiner Schaulust, um einen neuen Narren zu sehen, aber viele interessierten sich doch ernsthaft für die Fruchtkost. Eine Zeitung schrieb, Diefenbach sei weniger ein zweiter Jeremias als ein zweiter Hosea, dieser Prophet war ja auch mit seinen Kindern, denen er sprechende Namen gegeben hatte, auf Predigtreise gegangen. In einem Blatt stellte ein Journalist die Frage in den Raum, ob dieser Naturapostel nicht vielleicht sogar etwas für den Fremdenverkehr brächte, es gebe ja viele Städte, die sich ein schrulliges Original hielten.

Für Diefenbach zahlten sich die Münchner Tage finanziell aus: Aufgrund seiner plötzlichen Popularität verkaufte er fast alle Bilder aus dem Bestand, sodass endlich Geld in die Kasse kam und er seine Schulden begleichen konnte. Es reichte sogar dazu, einen Italiener, Antonio, anzuheuern, der im Haus einige Ausbesserungsarbeiten durchführen und nebenher auf die Kinder achtgeben sollte, denn nun musste er sich an die Vorbereitung der gelehrten Vorträge machen (es galt, bessere Argumente auszuarbeiten und raffiniertere Kniffe anzuwenden als für die Ansprachen auf der Straße) und über den Verein Geld für die Saalmieten auftreiben.

***

Beim letzten dieser Vorträge sprach Lucidus ihn an, der jetzt an des Meisters Bett sitzt und ihm den zweiten Abend andächtig gelauscht hat.

Diefenbach hustet, hält sich die Hand vor den Mund. Seine Stimme klingt trocken, als er weiterspricht.

»Ich bin müde. Ich hatte nicht vor, so viel zu erzählen. Du hast wahrscheinlich eines der Plakate, die ich für diese Vorträge drucken ließ, gesehen, mein lieber Lucidus, und bist daher gekommen und hast mich gefunden.«

Er gähnt, hält sich die schlaffe Hand vor den Mund.

»Genug für heute. Ich habe so viel über mein Leben berichtet und habe sicher vieles ausgelassen. Wir werden ein andermal darüber reden, mein Lieber. Jetzt lass uns schlafen gehen, in drei Tagen geht es wieder zu Gerichte. Das habe ich dir noch gar nicht erzählt.«

KAPITEL 6

»Was soll denn das? Was fällt Ihnen ein!«

Der Gerichtsdiener richtet seine hagere Gestalt auf, stemmt die Hände in die Hüften und zieht die Augen raubvogelartig zusammen. Auch Diefenbach erhebt sich langsam von der holzsprossigen Wartebank, seine Augen blitzen unter dem welligen Haupthaar, der Bart reicht ihm inzwischen bis zum Brustbein, er hebt den rechten Arm, den Zeigefinger in die Höhe gereckt wie ein tadelnder Schulmeister.

»Mann des Gerichts, Seine Aufregung setzet mich in Erstaunen. Was ist es, das Ihn so in Rage bringt?«

Der Gerichtsdiener bleckt die Zähne und schnarrt wie ein Automat: »Das Mitbringen von Kindern in Amtsräume ist verboten. Und überhaupt, wie alt ist der Knabe denn? Vier? Fünf? Der hat in einem Kinderwagen ja nichts zu suchen. Wo ist denn die Mutter, die für ihn sorgen soll? Mit diesem Gefährt verstellen Sie außerdem den Gang.«

Diefenbach fasst sich mit einer dramatischen Geste an die Stirn. »Oh, die Mutter, erwähne Er sie nicht! Um mich von ihr scheiden zu lassen bin ich ja hier, *imbecille!* Sie muss ja jeden Moment auftauchen, Gott bewahre uns vor Unheil!«

Diefenbach schlägt das Verdeck des Kinderwagens zurück.

»Mein Sohn, der hier, haust bei mir, da hat er es gut, wie seine Schwester auch, die neben ihm lieget. Es hat seinen Grund, dass die Kinder nicht bei ihrer Mutter sind. Sie sind bei mir, ihrem Erzeuger, dort, wo sie rechtens hingehören! Und dass Er es weiß, ich nehme meine Kinder überallhin mit, auch zu

Gerichte. Den Paragraphen, der das verbietet, muss Er mir zeigen. Ist er nicht prächtig?«

Er greift in den Wagen, fasst seinen Vierjährigen und hebt ihn mit der Geste des Maharadschas hoch. Blonde Locken noch nie geschnittener Haare wallen links und rechts des pausbäckigen, erstaunt blickenden Gesichts. Ein schöner Knabe, muss der Gerichtsdiener zugeben.

»Das ist Helios, der erste Mensch eines zukünftigen Geschlechts von freien Menschen, die keine Gerichte mehr brauchen und sorglos und nackt zum Paradiese zurückkehren werden.«

Der Gerichtsdiener will etwas sagen, aber da öffnet sich die Tür, ein zweiter Amtmann blickt auf die Szene und mag sich denken: Mann mit Kutte hebt Kind in Kutte vor Kollegen hoch, am Gang des Bezirksgerichtes Sendling, 6. Februar 1885.

»Diefenbach«, sagt er trocken, wirft den Kopf zur Seite und weist mit der Nase die Richtung. Diefenbach setzt den Knaben in den Wagen zu seiner noch immer schlafenden Schwester und durchschreitet die Tür, vorbei an den zwei kopfschüttelnden Gerichtsdienern. Als er in Kutte und Sandalen, mit langem Haupthaar und Bart, mit Kindern und Wagen eintritt, zieht der Richter die Brauen zusammen, sodass zwei tiefe vertikale Falten über seiner Nase entstehen, was Diefenbachs Aufmerksamkeit einen Moment fesselt. Er atmet durch, schließt die Augen: Endlich ist es so weit, dass er sich auch gesetzlich von dem Weib trennen kann, das ihn zuerst verehrt, dann geärgert und schließlich aufgerieben hat, Magdalene, die Sünderin, die Apostatin, die von ihm abgefallen ist, nicht mehr an ihn geglaubt hat und von der er sich jetzt endlich scheiden lassen wird. Und die bis jetzt nicht vor Gericht erschienen ist. Es wird noch gewartet, sagt der Richter.

Die drei Tage vor dem Gerichtsgang sind schrecklich gewesen. Diefenbach hat sich im Bett gewunden, Magdalene Furie, Geschmeiß und Ausgeburt der Hölle geheißen und sich Maja herbeigesehnt, die, solange sie bei ihm gewesen war, sich ihm immer treu und hörig erwiesen hatte, schließlich schrieb sie ihm immer noch traurige Briefe aus Italien. Lucidus hat es schließlich nicht mehr ausgehalten, heimlich einen Briefumschlag genommen, sich die italienische Absenderadresse notiert und ist am nächsten Tag zum Postamt gelaufen, um Maja zu telegrafieren: *hoechste gefahr – stop – komm dringend – stop – homo stirbt sonst – stop – fahrkarte wird rueckerstattet – stop – lucidus.*

Die Fahrkarte würde er von seinem Studiengeld bezahlen.

Während nun Diefenbach mit Helios und Stella vor dem Richter in München sitzt und sich geduldig dessen Fragen bezüglich seiner finanziellen Lage anhört, klopft ein Telegrammbote an die Tür des Hauses in Thalkirchen. Otto Driessen alias Lucidus gibt ihm fünfzig Pfennig, faltet das Telegramm auf und betrachtet es ungläubig: Maja wird morgen um halb vier mit dem Zug kommen, München Hauptbahnhof.

Als Diefenbach missmutig von der vertagten Verhandlung zurückkehrt – Magdalene ist auch nach einer halben Stunde nicht erschienen –, sagt ihm Lucidus kein Wort über Majas bevorstehende Ankunft. Der Meister legt sich auch sofort wieder hin und klagt über Schmerzen, die nach dem Gerichtstermin verlässlich wieder aufgetaucht sind. Lucidus sagt ihm am nächsten Tag, er habe eine Besorgung in der Stadt zu machen. Diefenbach winkt schwach Zustimmung und schläft bald darauf ein. Im Traum geht es wild durcheinander, Sturm auf hoher See in dunkler Nacht, er fühlt, dass Helios und Stella bei ihm sind, ohne dass er sie sieht, er hört die Stimme seines

Vaters, die jammert, wie soll das nur weitergehen, wenn kein Geld da ist?

Ein Geräusch, die Tür. Er schreckt hoch und blinzelt ins Gegenlicht. Wo bin ich?, schießt es ihm durch den Kopf, dann: Wo sollte ich schon sein. Ich habe geschlafen. Es wird bald Mittag sein.

Eine Gestalt löst sich aus dem grellen Licht, das durch die Tür fällt, sie stürzt mit einem Jauchzen auf ihn zu und wirft sich über ihn aufs Bett. Ein Frauenkörper. Maja! Ist sie es wirklich? Aber ja, er spürt sie, umfasst sie. O was Wonne! Was Lust! Maja, Göttin des Maies, Maja ist hier, die Dirne, die er aus dem Elend geholt hat, die ihm immer ergeben gewesen ist und die er so schmählich hintangestellt hat, dass sie schließlich das Weite gesucht hat. Freude und Reue, Lust und Schmerz mischen sich in diesem Augenblick und er weiß nicht, welchem der Gefühle er die Oberhand lassen soll. Driessen, Lucidus, erst jetzt bemerkt er ihn, wie er sich aus dem Zimmer schleicht und behutsam die Tür schließt.

Als die Wiedervereinten eine Stunde später aus dem Zimmer treten, haben beide gerötete Backen, wobei Maja derangiert und Diefenbach strahlend gesund aussieht. Gemeinsam verschlingen sie eine große Schüssel Haferbrei und strahlen einander unablässig an.

Am Abend heißt Diefenbach Lucidus eine Einkaufsliste schreiben, die Vorräte sind sämtlich erschöpft. Maja sitzt währenddessen auf seinem Schoß, sie trägt wieder die Wollkutte und liebkost ihn, während er dem skeptisch blickenden Lucidus die Lebensmittel und die Mengen aufzählt.

Als Diefenbach sein Diktat schließt und nichts weiter tut, als sich den Streicheleien Majas hinzugeben, räuspert sich Lucidus.

»Meister, das macht ungefähr dreißig Mark.«

Diefenbach schaut verständnislos.

»Ich habe mein Studiengeld aufgebraucht.«

Und nicht nur für Majas Fahrkarte, hätte er bald hinzugefügt, sondern auch für die Einkäufe der letzten vierzehn Tage für diesen seltsamen Haushalt. Antonio ist ja auch noch da und hat, wie Lucidus inzwischen weiß, einen gesunden Appetit.

»Das Geld reicht höchstens noch für Kartoffeln«, sagt Lucidus, »wenn Antonio sie sparsam kocht, kommen wir noch eine Woche aus.«

Maja gleitet von Diefenbachs Schoß, greift in ihr winziges Umhängetäschchen und reicht Lucidus zwei Scheine.

»Nun geh schon und besorge die Sachen von der Liste. Unser Meister wird schon ein Bild verkaufen in den nächsten Tagen.«

Aufgemuntert durch diese und ähnliche Worte seiner Gespielin klopft Diefenbach schon am nächsten Morgen an die Türen einiger Galeristen und Sammler in München, doch ohne Erfolg.

Am Nachmittag setzt er sich erschöpft auf eine Parkbank und lässt sich von der Sonne bescheinen. Einen Kredit bei einer Bank kann er nicht aufnehmen, da ihm der Bankbeamte schon mehrmals mitgeteilt hat, dass dies nur bei einem gesicherten Einkommen möglich sei. Ob er denn irgendwelche Garantien oder Bürgschaften beibringen könne, hat er in einer Art gefragt, die eher rhetorisch war und schon verraten hat, dass er wusste, dass Diefenbach dies nicht können würde.

Geld von Freunden oder Nachbarn zu leihen wäre ebenfalls schwierig, weil er erstens keinen Nachbarn näher kennt und als Freund nur Lucidus hat, dessen Mittel mittlerweile aufgezehrt sind. Den Verein »Menschheit« kann er nicht wieder einspannen, die letzte Sitzung vor gut einem Monat hat im Zwist geendet, seitdem gibt es keine Aktivität mehr.

Traurig trottet er heimwärts Richtung Thalkirchen, ein Gespann nimmt ihn eine Zeit lang mit.

Wie immer bei solchen Misserfolgen stellen sich die Magenschmerzen ein, tagelang liegt er im Bett, umsorgt von Maja und Lucidus, vertieft in die abermalige Lektüre von Baltzer und des *Vereins-Blattes für Freunde der natürlichen Lebensweise*, wo er einen Artikel über die Bauern Prießnitz und Schroth liest, die schon vor vierzig Jahren eine neuartige Unterernährungsdiät mit Semmeln entwickelt haben, die gerade wiederentdeckt wird. Vielleicht sollte er diese Kur auch einmal probieren.

Als ob die Magenschmerzen noch nicht ausreichten, flattern eines Tages noch zeitgleich zwei Briefe vom Gericht ins Haus: eine Vorladung betreffend die Anzeige wegen groben Unfugs – die nackt auf der Straße spielenden Kinder sind wieder jemandem ein Dorn im Auge gewesen – und die Vorladung zum Scheidungsprozess, da Magdalene endlich einvernommen werden konnte. Bei dieser Gelegenheit würde er ihr wieder gegenübersitzen, und allein bei diesem Gedanken zieht sich sein Magen noch ein wenig mehr zusammen.

KAPITEL 7

Furien! Eine ganze Schar! Magdalene ist im Anmarsch, flankiert von drei zerzausten Weibern, die Diefenbach an Macbeths Hexen erinnern, die sich zum Schaden des Schottenkönigs verabredet haben und den unglücklichen Verlauf der Handlung bestimmen.

Eben hat er durchs Fenster geblickt und sich über das Quartett gewundert, das sich dem Haus nähert, und dann Magdalene inmitten der anderen Frauengestalten erkannt. Der Gerichtstermin ist doch erst in zwei Stunden, was zum Teufel macht sie mit diesem Gefolge hier in Thalkirchen, vor seinem Haus? Die kommen ihm jedenfalls nicht in die Stube!

Er tritt vor die Tür und erblickt Antonio, der sich auf seine in den Hackstock geschlagene Axt stützt. Gerade hat er Holz gehackt und blickt nun auch auf das herannahende Frauenquartett. Diefenbach verschränkt die Arme und stellt sich breitbeinig hin.

Magdalene ist sicher noch sechzig Fuß entfernt. Sie hält inne, offenbar irritiert durch die feindliche Pose ihres Ehemannes.

Diefenbach kneift die Augen zusammen, er kennt die anderen Frauen nicht, jetzt sieht er, dass die Kleider, die sie tragen, an mehreren Stellen fadenscheinig und mit Flicken repariert sind.

Da drängt sich Helios, von der Haustür her kommend, an Diefenbach vorbei, schaut unsicher zum Vater auf und läuft zu dessen Entsetzen geradewegs auf seine Mutter zu, die in die Knie geht, die Arme ihrem Sohn entgegenstreckt, ihn umfasst und hochhebt.

»Mir gehört er jetzt, dass du es weißt!«, ruft sie am Ohr des Knaben vorbei, der angesichts des lauten Schalls erschrickt und sich zu winden beginnt, er will herunter, aber sie hält ihn fest im Arm und macht unvermittelt mit ihren Weibern kehrt wie ein Trupp Soldaten.

Diefenbach steht da wie vom Donner gerührt und fragt sich, was da passiert ist. Er merkt gar nicht, dass sich Stella, die inzwischen aus dem Haus getreten ist, an sein Bein schmiegt. Erst als sie ihn fragt, was Mama da gerade mit Helios macht, nimmt er sie wahr und endlich dämmert es ihm, dass Magdalene Helios entführt, doch er ist wie gelähmt. Da stürzt schon Lucidus durch die Tür, wirft die beiden fast um, läuft der Gruppe nach, reißt Magdalene von hinten an den Ärmeln ihres Kleides und versucht, ihren Griff, mit dem sie den Knaben umklammert hält, zu lockern. Doch wie auf Kommando stürzen sich da die drei Matronen auf den schmächtigen Studenten, reißen ihn von Magdalene los, werfen ihn zu Boden, beißen, kratzen, bespucken, ohrfeigen ihn, versetzen ihm Tritte, während Magdalene mit dem Knaben ihren Schritt beschleunigt, verwundert beäugt von einem Paar, das untergehakt vorbeikommt und weiterhastet. Endlich setzt sich auch Diefenbach in Bewegung, auf den auf dem Boden liegenden Driessen zu, während sich die Frauen weiter entfernen. Da klappert eine Kalesche heran, auf dem Bock sitzt ein Dicker mit speckiger Jacke und zerknautschtem Hut, die Frauen steigen hastig auf, Helios auf Magdalenes Arm. Der Dicke knallt mit der Peitsche und ab geht das Gespann. Wie Pluto, der Proserpina entführt, fährt es Diefenbach durch den Kopf. Noch immer steht er reglos vor Lucidus, der sich langsam aufrappelt, ein Blutfaden läuft ihm aus dem rechten Nasenloch.

Doch Diefenbach hat kein Auge dafür, er blickt dem Gespann nach, das eben hinter der Wegbiegung verschwindet.

Nein, es ist keine griechische Sage, es ist die Wirklichkeit! Keine Göttin ist entführt worden, sondern sein eigener gottgleicher Sohn! Von seiner Mutter, die kein Sorgerecht hat, jetzt, just vor dem angesetzten Scheidungstermin. Zu dem es wahrscheinlich heute nicht mehr kommen wird, ganz sicher wird sie sich mit dem Kind irgendwo verstecken. Aber dann? Was hat das für einen Sinn? Wird sie ihn irgendwie erpressen?

Er spürt eine Hand auf seiner Schulter, Lucidus stützt sich auf ihn. Der Schüler ist kreidebleich.

Keine halbe Stunde später erzählt Diefenbach mit weit ausholenden Gesten dem diensthabenden Gendarmen an der Gendarmeriestation Thalkirchen den Hergang, kurz darauf stehen zwei Uniformträger in der Stube der Diefenbach'schen Behausung – Überprüfung der Wohnverhältnisse, die Diefenbach'schen Zustände seien immerhin amtsbekannt.

»Gut, halten wir einmal fest, dass nur Sie und die zwei Kinder hier gemeldet sind. Herr Driessen ist zu Besuch. Darf man fragen, bis wann dieser Besuch noch andauert?«, fragt der eine Gendarm, nachdem er sich die Stube angesehen und offenbar nichts Auffälliges gefunden hat.

»Gekommen ist er vor Weihnachten, und ich wünsche mir, dass er noch lange bleibt.«

»Vor Weihnachten? Das sind ja mehr als zwei Monate. Dann wohnt Herr Driessen hier. Herr Diefenbach, das ist zu melden. Und wer ist der Mann da draußen?«

Diefenbach muss zugeben, dass auch Antonio hier wohnt und nein, er ist auch nicht gemeldet und einen Ausweis hat er auch nicht.

»Was glauben Sie denn, wo wir leben?«, sagt der eine Beamte, der andere hat noch kein Wort gesagt. Der Ausländer müsse jedenfalls weg, sagt er, sie nähmen ihn gleich mit.

»Und Sie, Herr Driessen«, sagt er in Richtung Lucidus, »melden sich noch heute beim Gemeindeamt. Bezüglich der Entführung, falls es denn eine war, werden wir weiter ermitteln. Wir geben Ihnen Bescheid.«

Als sie aus dem Hause treten, ist Antonio verschwunden, Diefenbach wird ihn nicht mehr wiedersehen.

Obwohl weder Diefenbach noch Lucidus an eine baldige Aufklärung des Falles glauben – zu listenreich ist das Weib (davon ist er überzeugt), zu verwischt ist die Spur –, spüren die Gendarmen Magdalene und ihr Gefolge schnell auf. Die Frauen müssen sogar für drei Tage wegen groben Unfugs ins Gefängnis, währenddessen eine Dame des Wohlfahrtsheims in Begleitung von zwei Gendarmen an Diefenbachs Tür klopft, mit einem Gerichtsbeschluss in der Hand herumfächelt und dem verdutzten Maler die kreischenden Kinder Stella und Helios entreißt, der gerade einmal einen Tag bei seinem Vater verbracht hat. Ja, Wohlfahrtsheim, sagt sie, Gerichtsbeschluss, bis die Verhältnisse geklärt sind. Diefenbachs Klage bleibt vergeblich, die Gendarmen halten ihn zurück, als er sich der Kinder bemächtigen will. Noch lange hört er das Heulen seiner Sprösslinge in der davoneilenden Kutsche. Sofort nach deren Abzug stellen sich wieder die Magenschmerzen ein.

Doch nur ein Tag Bettruhe ist dem Leidenden vergönnt, denn schon anderntags steht Driessens Vater in der Tür, eiligst aus Berlin angereist, und schüttet eine Tirade über seinen Sohn aus, die den mutigen Lichtjünger Lucidus zum verzagten Schulbuben schrumpfen lässt. Immer wieder blickt der Zusammengestauchte hilfesuchend zu Diefenbach, der schweigend auf seiner Liegestatt sitzt und die Holzmaserung der Bodendielen studiert. Die zwei schwachen Ohrfeigen des Vaters, die Lucidus nach versuchter schüchterner Widerrede ausfasst, haben angesichts der vorangehenden Strafpredigt dann eher symbolischen Charakter. Nach mehrmaliger Aufforderung zur Antwort beugt sich der Sohn schließlich dem Willen seines Erzeugers und verspricht ihm, was jener zu hören wünscht: dass er mit ihm morgen stracks nach Berlin zurückkehren und sein Studium wieder aufnehmen werde. Und hier, sagt der backenbärtige Vater etwas sanfter und mahlt mit dem Unterkiefer, er habe eine Reisetasche mit ordentlicher Kleidung für ihn mitgebracht, mit diesen Kutten sei jetzt Schluss.

Diefenbach, der zu dem allen geschwiegen hat, spricht nicht nur kein Widerwort, sondern ist dem Vater gar nicht gram, zur großen Überraschung Driessens, der sich von seinem Vater ausbittet, die letzte Nacht noch in diesem Haus verbringen zu dürfen.

Am nächsten Tag um sechs Uhr Früh stehen sich die beiden Vegetarianer zum Abschied gegenüber, der Vater ist mit einer Droschke angereist und wartet im Hintergrund.

In kurzen und markigen Sätzen spricht Diefenbach zu seinem Schüler, es ist eine Sendungsrede, der Meister sendet den Apostel in die Welt hinaus, mitten unter die fleischfressenden Wölfe der Hauptstadt.

»So kannst du denn die Medizin in unserem Sinne reformieren und dem Beispiele Justs, Riklis und Kneipps folgen, auf dass diese Lichtgestalten von den hochgelehrten Professoren endlich anerkannt werden. Ziehe von hinnen, geliebter Lucidus, und werde ein Künder unserer Lehre des Lebens nach der Natur! Dies ist deine Bestimmung, vergiss ihrer nicht!«

Weinend liegen sie einander in den Armen, bis Lucidus' Vater, der bislang peinlich berührt weggeblickt hat, seinem Sohn, der nun wieder Otto geworden ist, die Hand auf die Schulter legt und zum Aufbruch mahnt, der Zug fahre knapp vor sieben.

Zu seinem großen Erstaunen versetzt der Weggang seines Lieblings Diefenbach einen Schub neuer Kraft. Er stürzt sich in die Arbeit, malt Stadtansichten, lässt in der Stadt verlauten, dass er noch Bilder zum Verkauf habe, überdies wieder Porträts male, schließlich muss Geld hereinkommen und ein wenig Übung ist ja nicht schlecht, sagt er sich. Doch Woche um Woche vergeht, niemand kauft, niemand kommt, niemand beauftragt ihn.

Die Kinder werden zu seiner Empörung per Gerichtsbeschluss der inzwischen freigelassenen Magdalene zugesprochen und ziehen aus dem Kinderheim gleich zu ihr, ohne dass er sie vorher zu Gesicht bekommt. Zweimal beruft er vergeblich eine Versammlung des Vereins Menschheit ein – allein, die Mitglieder haben sich verlaufen. Gott sei Dank ist da noch Maja, mit der er sich allmorgendlich vereinigt. Sie hat wieder Arbeit gefunden, angeblich in einer Schankwirtschaft, ab Mittag bis spät in die Nacht, er fragt auch diesmal nicht nach, wie ihr erstaunlich hohes Salär zustande kommt.

KAPITEL 8

Viele Briefe wandern hin und her in dem jungen Jahr 1885, zwei, drei pro Woche empfängt Diefenbach von Lucidus und ebenso viele schreibt er zurück. Tagsüber pinselt er lustlos an nie fertig werdenden Veduten oder geht in die Innenstadt, um zu den Menschen zu sprechen, abends tunkt er dann wieder die Feder ins Tintenfass. Während Diefenbach über seine Lage klagt und in jedem zweiten Brief die Frage stellt, wann Lucidus denn endlich käme, schreibt ihm dieser von den neuen Begebenheiten, die sich in Berlin zutragen. Ein Student habe ein Patent für eine Scheibe zur Bildzerlegung eingebracht, es sei Stadtgespräch, vielleicht werde man damit einmal Bilder telegrafisch versenden können. Unsinn, schreibt Diefenbach. Der Fortschritt! – Vielleicht kann es unserer Sache einmal nützlich sein, schreibt Driessen. Wir könnten so für den Vegetarianismus werben! – Dann repliziert Diefenbach wieder, es sei ja gut, dass der Kandidat der Medizin Otto Driessen in der Hauptstadt wirke, so erfasse er die neuen Strömungen schneller und wisse, wie die Menschen zu gewinnen seien. Er solle nur schnell studieren, um dann als Reformarzt praktizieren und Diefenbachs Bewegung unterstützen zu können. Worauf Lucidus ihm wieder versichert, dass er bestrebt sei, dies zu tun, wenn auch sein Wunsch, wieder mit dem Meister zusammenzuleben, alle anderen Wünsche übertreffe.

So geht es hin und her, bis an einem Samstag im März Lucidus leibhaftig vor der Tür steht – um wenigstens einen Tag beim Meister zu sein, hat er die schlaflose Reise im Nachtzug von Berlin nach München auf sich genommen.

Lange liegen sie einander in den Armen, aber Diefenbach merkt, dass sich sein Musterschüler verändert hat in diesen zwei Monaten, Lucidus ist ernster geworden, besonnener, vor jedem Satz denkt er nach und setzt jedes seiner Worte mit Bedacht.

Auch Lucidus denkt sich nach den ersten Minuten: Um wie viel zerstreuter und fahriger der Meister geworden ist! Wie verloren er ohne Gesellschaft wirkt!

Diefenbach bemerkt den missbilligenden Blick seines Gastes, als er ihn von der Stube ins Atelier geleitet.

»Das kann doch nicht so weitergehen. Homo, ich will offen sprechen. Bescheidenheit ist zwar eine Zier, wie man sagt, aber, mit Verlaub, du scheinst mir eher wie ein Bettler zu leben als wie ein Führer. Wie lange lehnt der Stuhl mit den drei Beinen schon dort? Und was ist das da im Fenster? Pappe? Und da, die nachgebenden Bodendielen, fast wäre ich gestolpert. Stimmt es denn wirklich, was du mir schriebst: Dass du nichts verkauft hast in letzter Zeit?«

»Wie sollte ich denn, wann sollte ich denn, bin ich doch die Tage über in der Stadt und rede zu den Verstockten oder male wenigstens hin und wieder ein Landschaftsbild, um mich gerade so über Wasser zu halten. Darum tadle mich nicht, nicht der Schüler den Meister! Ist doch die Verkündigung der Lehre nunmehr mein oberstes Gebot. Wie du weißt, haben hier in München die Kohlrabi-Rufer abgenommen und die Befürworter der Pflanzenkost werden immer zahlreicher. Man begegnet mir hier mittlerweile überwiegend mit Respekt und Hochachtung, zumal die Sache mit Magdalene und den Kindern in den Zeitungen war und alle sich ein Bild von meiner lauteren Gesinnung machen konnten. Man weiß, welches Schicksal ich erdulde und nimmt Anteil an meinem Los.«

»Ja, es gibt immer mehr Vegetarianer«, sagt Driessen. »In Berlin ist die Fruchtkost eine richtige Mode unter den Studenten geworden. Ich habe tatsächlich kein einziges Mal Fleisch gegessen in diesen Monaten und viele Kommilitonen haben es mir gleichgetan.«

Diefenbach nickt, lächelt schwach.

»Unsere Sache ist nicht aufzuhalten.«

»Aber jetzt solltest du deinen angespannten Sinnen Erholung gönnen. Einfach ruhiger treten«, sagt Lucidus.

»Ruhiger treten? Welch Wort entfloh dem Gehege deiner Zähne? Nicht nachlassen darf ich! Keinen Deut abweichen darf ich von meinem eingeschlagenen Wege! Aber treten, das ist ein Wort. Komm, wir gehen ein paar Schritte, wie früher.«

Er bugsiert Lucidus, der gerade einen beträchtlichen Fußmarsch hinter sich hat, aus dem Haus, sie wenden ihre Schritte Richtung Isar. Das Moos ist überstreut mit gelben Blüten, Vögel singen, Enten in Tümpeln putzen sich das Gefieder, auf der elfenbeinernen Makadamstraße steht Wasser vom letzten Regen in braunen Schlaglochtümpeln.

»Ich weiß, was du mitgemacht hast«, sagt Lucidus, nachdem sie eine Weile schweigend über Schotter und durch Lachen gestapft sind. »Hast du Helios jetzt sehen können?«

»Leider nein, das Weib verweigert mir immer noch den Zutritt zu den Kindern. O des armen Knaben! Ich weiß, wie sehr er leidet unter der drückenden Fessel dieser jähzornigen Frau! Wie sehr auch die lichte Stella jeden Tag unsägliche Unbill erduldet! Tag für Tag besudelt das Weib diese unschuldigen Wesen mit ihrem Unflat und bringt sie gegen mich auf! Immer gereizter und angriffslustiger werden die Kinder unter der Fuchtel dieser Harpyie. Aber reden wir nicht mehr davon!«

Diefenbach hat laut und zornig gesprochen, Driessen hakt sich bei ihm unter, sie biegen in den Leinpfad neben der Isar ab und wenden sich gen Süden. Wieder zockeln die beiden Vegetarianer eine Zeit lang schweigend den holprigen Treidelweg entlang und lauschen dem Gezwitscher der den Frühling ankündenden Vögel. Diefenbach spürt, wie Lucidus mit sich kämpft, er will offenbar etwas sagen, traut sich aber nicht.

»So sprich schon«, sagt Diefenbach, bleibt stehen und legt seinem Vertrauten die Hand auf die Schulter.

»Die Sache mit Guttzeit«, sagt Lucidus leise. »Ich habe ihn ja schon zweimal in Berlin gehört, wie du weißt. Es geht eine Magie von ihm aus, die Menschen sind in seinem Bann.«

»Deswegen habe ich ihm ja geschrieben, er solle hierherkommen und mir in meiner Sache helfen. Ich brauche Leute wie ihn, kräftige Mitstreiter für unsere Bewegung.«

Lucidus druckst herum, pendelt den Kopf hin und her, murmelt. »O Meister, ich fürchte, du verkennst die Lage. Wie du weißt, ist Guttzeit unlängst nach Stettin gezogen und predigt dort in einer Freikirche. Er ist ein Mann Gottes, der seine eigene, und zwar eine christliche Gemeinde um sich geschart hat und sich keiner anderen Gemeinschaft anschließen wird.«

Vorsichtig spricht Lucidus diese Worte, wie Tupfer mit einem Wattebausch gesetzt. Diefenbach blickt ihm in die Augen.

»Darum wäre es umso notwendiger, dass er hierherkomme, damit er seinem Irrglauben abschwöre. Gefesselt mit den Banden der Religion ist er ja nicht frei mitzuwirken, wenn da ein neues Menschengeschlecht erstehet, das keinen Gott braucht, sondern dem der Mensch allein genüget, verstehest du?«

Obwohl es den Anschein hat, dass er noch etwas sagen will, bricht er hier ab und schreitet wieder aus.

Noch lange reden sie vorsichtig in dieser Art weiter, Rede und Widerrede plätschern am Isarufer schleppend hin und her. Am Abend verabschiedet sich Lucidus verschämt, er muss wieder zurück, noch mit dem Nachtzug nach Berlin, um den Vater nicht zu erzürnen, der ihm nur einen Tag Urlaub gestattet hat. Diefenbach grollt seinem Schüler nur kurz, früher hätte er sagen können, dass er nicht länger bleibe, der Abschied komme gar zu jäh.

Am Abend, nachdem Lucidus gegangen ist, schreibt Diefenbach an Johannes Guttzeit, er solle doch endlich zu Besuch kommen. Schon vor einem Jahr hat er ihm geschrieben und ihm zur Gründung des Pythagoräer-Bundes gratuliert, dessen Mitglieder, wie der namensgebende Philosoph, sämtlich Vegetarianer, Naturheilkundler und Pazifisten sind. Dann hat er noch einmal geschrieben, er möge sich seiner Bewegung anschließen. Guttzeit hat damals höflich, aber ablehnend geantwortet. Nun muss er aber endlich die Dringlichkeit erkennen! Die vegetarianische Bewegung kann nur Erfolg haben, wenn sich alle Kräfte vereinigen! Mit Lucidus und Guttzeit an seiner Seite würde das gelingen! Und der Prediger würde seinem Christentum schon noch abschwören.

KAPITEL 9

Am nächsten Tag ist es so plötzlich kalt, wie es vortags plötzlich warm war. Dessen ungeachtet steht Diefenbach, in eine ungebleichte Wollfilzdecke gehüllt, hustend am Stachus und spricht zu den vorübereilenden Konvertenden: »Sehet her, ich bin krank, doch stehe ich aufrecht. Ich fiebere, doch bin ich bei klarem Verstande. Ich leide Schmerzen, doch spreche ich zu euch mit ungetrübtem Sinne. Wisset: Nur durch gesunde Lebensweise, durch Fruchtkost und durch beständige Abhärtung habe ich noch die Kraft, nicht nur jeden Tag Bilder zu malen, die vom neuen Zeitalter künden, sondern auch hierher in die Stadt zu kommen und zu euch über die Zukunft der Menschheit zu sprechen. Ja, ihr habt richtig gehört, der Menschheit, denn groß, übergroß ist die Aufgabe, die sich uns stellt.«

Als ihm ein Passant ein derbes Wort betreffend seine Kutte an den Kopf wirft, schluckt Diefenbach kurz, beschließt, sein Konzept zu verlassen, und hebt an, über die verderbliche Kleiderseuche zu sprechen, von der die Menschheit zu heilen sei, auf dass alle, sobald es die Temperaturen erlauben, nackend herumlaufen sollten, denn es sei doch erwiesen, dass gerade die aufreizende Kleidung, die jetzt in Mode sei, die Wollust befördere, und dass andererseits die Nacktheit, wenn sie von allen gleich praktiziert würde, den geschlechtlichen Trieb vermindern und die schädlichen Lüste in Schranken weisen könnte.

Die Leute schütteln den Kopf und gehen weiter: Bei diesen winterlichen Temperaturen sollen wir nackt herumlaufen? Was für ein kurioser Kerl!

Diefenbach keucht, er friert, das Fieber setzt ihm zu.

Er blickt auf sein Publikum, etwa ein halbes Dutzend Leute haben sich inzwischen versammelt. Einige haben genickt, als er geredet hat, andere den Kopf geschüttelt. Viele sind indes kurz stehen geblieben, haben gelauscht und sind weitergegangen.

Diefenbach setzt wieder an und redet und redet, als ob sein angeschlagener Zustand ihm ein besonderer Ansporn wäre. Über das Thema der unterdrückten Lust landet er zunächst beim Thema Ehe. Er heißt sie ein Zwangsinstitut, die Kirche ein Satansinstitut. Nach abenteuerlichen Assoziationswegen landet er nach einer guten Viertelstunde endlich bei der Fruchtkost, über die er anfangs reden wollte. Als er eine Frau mit einem Einkaufsnetz voll Orangen vorbeigehen sieht, entschließt er sich im Bruchteil einer Sekunde, mit diesem Beispiel zu schließen.

»Gründet euer Leben nicht auf den Tod unschuldiger Lebewesen, die eure Brüder sind! Der Carnivorismus ist die Ursache von Zwietracht, Unfrieden und Krieg, ja ohne ihn gäbe es auch keine Menschenfresser, wie es die Zeitungen aus den deutschen Schutzgebieten von Neuguinea berichten. Daher nähret euch von den Pflanzen und Früchten der Erde und verschmähet vor allem das Getreide nicht! Dankbar nehmet die Gaben der Ceres an in all ihrer Fülle! Raubet den Tieren nicht die Milch, die sie für ihre eigenen Kinder brauchen! Meidet die Gifte, die so viel Unheil über die Familien bringen, als da sind Alkohol, Nicotin und Caffein und noch Schlimmeres wie Opium und dergleichen.

In allem haltet Maß! Ihr brauchet nicht exotische Früchte wie Orangen und Zitronen, die unter Mühen von weit hergeschafft werden müssen. Begnüget euch mit dem, was euer Boden hergibt, wie es eure Vorväter getan haben! Nun gut. Für heute ist genug gesagt. Morgen will ich euch über den Impfzwang reden.«

»Was soll dös Plakat«, fragt ein Polizist, nachdem Diefenbach geendet hat und einen Schluck aus seiner Feldflasche nimmt. »Erlösung der Menschheit.«

Er zeigt auf das Papiertransparent, das Diefenbach mit zwei Nägeln neben sich auf einem Lattenkreuz befestigt hat.

Diefenbach schaut ihn an. Er kratzt sich am Kopf und wechselt das Standbein.

»Die Menschheit muss losgekauft werden von dem Joche des Fleischessens, von der Sklaverei des naturwidrigen Lebens. Wie denn nicht von Erlösung reden?«, sagt er etwas unsicher.

»Dös können Sie dem Richter verzählen. Prälat Obermoser hat Anzeige erstattet wegen Gotteslästerung. Für die Erlösung is die Kirchn zuständig in Bayern, wissen S' das nit. Sonst is des Blasphemie. Mei, Diefenbach, Sie wern's nie lernen.«

Und so steht er eine Woche später wieder vor dem Kadi. Keine Blasphemie, nein, aber eine Geldstrafe wegen groben Unfugs, die Vorträge werden ihm verboten. Nun gut. Aber sie können ihm nicht verbieten, spazieren zu gehen.

So wandert er fortan als stumme Mahnung dreimal in der Woche vom Isartor bis zum Hauptbahnhof und wieder zurück, ein schweigsamer Büßer, der den Leuten, die ihm zulächeln oder ihn grüßen, eine Art Segensgeste zuteilwerden lässt.

In dieser Art gehört er, ohne dass er ein Wort spricht, binnen weniger Wochen zu den Attraktionen der Stadt wie das Glockenspiel und die Frauenkirche. Immer öfter muss er Reisende, die sich in diesen heiteren Frühsommertagen die Stadt ansehen, abwimmeln, da sie ihn ins nächste Fotostudio schleppen und sich mit ihm ablichten wollen.

Doch all diese Tätigkeiten bringen ihm keinen einzigen Pfennig, die Ersparnisse schmelzen dahin. Seit Wochen hat niemand mehr ein Bild gekauft. Am 13. Juli schreibt er an Lucidus, dass er auf schwindelnder Höhe, von Wolken umwogt, von Donnern umbraust dasteht wie ein Fels und standhält, obwohl bresthaft, allein, devastiert, ohne Geld, ohne Pflege, ohne Auftrag. Dabei ist er doch ausersehen, das neue Menschengeschlecht zu begründen! Und er als Künstler kann und wird das schaffen. Er braucht nur endlich einen Ort, um seine Ideale zu verwirklichen, ein Refugium, eine Keimzelle. Arnold Rikli hat es vom Rotfärber zum Naturheiler mit eigener Klinik am Veldeser See gebracht, Kneipp hat als einfacher Pfarrer in Wörishofen eine Pilgerstätte errichtet, zu der die Wasserkurgläubigen in Massen pilgern, warum sollte es denn ihm nicht glücken, einen Ort zu finden, wo er seinen Lebensentwurf leben könnte, wohin die Menschen zusammenströmen würden? Er brauchte nur einen Ort, wo sich eine zunächst kleine Gemeinschaft zusammenfinden könnte, die als Keimzelle der Bewegung fungierte. Einen Ort, von dem aus sich seine Bewegung dann auf der ganzen Welt verbreiten könnte. Außerdem würde, sagt er sich, die Kunst, seine Kunst! als Künderin des neuen Zeitalters eine wichtige Rolle in dieser Gemeinschaft spielen müssen.

Hat nicht ohnehin Baltzer – oder war es jemand anders – gemahnt, es gebe noch keine Kunst, die dem Vegetarianismus entspreche? Was läge also näher, als so eine Kultstätte zu begründen, in der sich alle pflanzlich ernährten, nackt einhergingen, die natürlichen Heilmethoden praktizierten und all das in Bildern und Skulpturen, in Musik und Tanz ausdrückten?

In der lärmenden Stadt würde er so einen Ort sicher nicht finden. Auch nicht in einem Dorf wie Thalkirchen, es müsste ein abgeschiedener Ort der Sammlung sein, an dem diese Gemeinschaft heranwachsen könnte. Dann erst würde es Sinn machen, in eine Stadt zu gehen, von wo aus die Bewegung sich besser verbreiten könnte. Diefenbach überlegt. Der Ort sollte vielleicht nicht zu weit von München entfernt sein.

So stellt er seine stummen Stadtwanderungen ein und marschiert tagelang durch den Perlacher und Grünwalder Forst und ernährt sich von Beeren und Kräutern, die er am Weg findet. Könnte denn ein Wald der Ort für eine solche Gemeinschaft sein? Er spricht mit einem Förster, den er zufällig trifft, der schüttelt nur lachend den Kopf, da hätte der Grundherr aber eine Freude mit den Kohlrabiaposteln.

Am vierten Tag wandert er die Isar hinab, Hinterbrühl, Großhesselohe, Pullach – in jedem Dorf laufen die Kinder zusammen und lachen über den wunderlichen Pilger. Hinter Pullach rastet er an einem Brunnen, der vor einem verlassenen Gutshof steht. Er blickt sich um, sieht dem Wasser nach, das aus der Quelle in ein Rinnsal fließt, das sich zur Isar hinunterschlängelt. Hinter dem Herrenhaus steigt der Uferrain in riesigen Treppenstufen an, an der letzten liegt sichtbar ein Steinbruch. Vermutlich sind auch auf den vorderen, inzwischen überwucherten Stufen einmal Steine gebrochen worden. Neben dem Herrenhaus, in dem vermutlich der Besitzer oder Verwalter des Steinbruchs gewohnt hat, steht eine Arbeiterbaracke und ein Geräteschuppen, alles verlassen. Verrostete Eisenteile liegen herum. Was stand auf dem Schild, an dem er vorübergekommen ist? Er geht ein paar Schritte zurück und nimmt es in Augenschein. Steinbruch Höllriegelskreuth.

Diefenbach setzt sich auf einen Stein und grübelt. Höll-riegels-kreuth. Kreuth, das ist die gerodete Stelle, ein Ortsname, wie er häufig in Bayern vorkommt. Aber Hölle und Riegel! Das ist der Ort, an dem der Hölle der Zivilisation ein Riegel vorgeschoben wird! Was ist die Hölle heutzutage denn anderes als das Fleischessen, die Kriege und die Krankheiten? Als sämtliche Entartungen der modernen Zivilisation? Es durchläuft ihn heiß und kalt. Das ist der Ort! Hier wird die neue Menschheit entstehen, die dem Fruchtessen, Nacktgehen, der Naturmedizin und dem Pazifismus leben wird!

Er läuft ins Dorf und erkundigt sich bei den Bauern nach dem Besitzer der Liegenschaft. Ein Baumeister Heilmann, ja, er habe den Steinbruch aufgegeben, zu teuer und aufwendig die steile Wand, das Nagelfluh-Gestein für Steinmetze unbrauchbar, kaufen will das Gelände auch niemand. Ja, man könne ihm die Adresse geben.

Schon am nächsten Tag sitzt er in einem Münchner Biergarten dem Baumeister gegenüber, Diefenbach hat ihm vor einer Baustelle aufgelauert, jener hat ihn leutselig zum Abendessen in eine Bierstube eingeladen. Während Heilmann eine Kochwurst verdrückt, knabbert Diefenbach an einem spiralförmig aufgeschnittenen Bierrettich. Sehr muss er sich zusammennehmen, wenn er den hakennasigen Vollbartträger vor sich schmatzen sieht, dem das Brühwasser in den Bart läuft und dort in Tropfen hängen bleibt. Heilmann, der nicht nur Baumeister, sondern auch Architekt ist, wie er Diefenbach stolz erzählt, ist zu dessen Überraschung von der Idee einer Einsiedelei – wie er es nennt – angetan (»Kurios!«, entfährt es ihm immer wieder). Den ständig über ihn schimpfenden Dorfbewohnern gehört ohnehin eins ausgewischt, flüstert er Diefenbach zu, und stößt ihn mit dem Ellenbogen an, als wären sie langjährige Freunde. Danach wischt er sich mit dem Ärmel den Mund ab und nimmt einen großen Schluck aus seinem Krügel, was Diefenbach einen Schauer über den Rücken jagt.

Das Herrenhaus könne er jederzeit bewohnen, sagt Heilmann, während er sich die Finger ableckt, wenn Diefenbach es etwas adaptiere und verschönere, müsse er einstweilen nicht einmal Pacht zahlen.

Als Diefenbach vorsichtig beginnt, seine Ideen einer neuen Menschheit zu erläutern, winkt Heilmann ab. Er selbst sei zwar kein Vegetarianer, *quod erat demonstrandum*, doch könne er den Ideen der Lebensreform durchaus einiges abgewinnen, und mehr Früchte zu essen würde sicher keinem Menschen schaden. Ihn selbst plage schon das Zipperlein und das komme, wie der Arzt ihm gesagt habe, vom zu vielen Fleischessen und vom übermäßigen Alkoholkonsum. Spricht es aus und nimmt einen weiteren Schluck aus seinem Krügel. Diefenbach verkneift sich alle Bemerkungen, die in ihm hochsteigen, er muss diesen Steinbruch haben und darf es sich mit Heilmann nicht verscherzen.

Schließlich stehen beide auf, schlagen ein – Topp! Die Pranke des Baumeisters ist um einiges fleischiger als Diefenbachs knochige Hand, aber sein Händedruck ist überraschend weich.

Am nächsten Tag kündigt Diefenbach das Haus in Thalkirchen, lässt ein Leiterwagengespann kommen, lädt Kisten und Stoffsäcke mit Malutensilien und Hausrat auf, schlichtet die vierzehn aktuellen Bilder, die er noch hat, darauf und verbringt sämtliche Habseligkeiten in das Herrenhaus im Steinbruch, das er vorher nicht inspiziert hat und dessen von einer öligen Staubschicht bedeckten Zimmer er nun drei volle Tage fegt, schrubbt, reibt und putzt, sodass noch tagelang der Geruch von Bohnerwachs und Salmiak durch die Zimmerfluchten zieht.

Jetzt braucht es nur noch Menschen.

KAPITEL 10

»Schreiben Sie: Dies ist der Ort, an dem die Felsen die Hölle verriegeln! Der Ort, an dem das Übel des Fleischessens, die Krankheiten der modernen Zivilisation und der unselige Krieg unter die Erde verbannt und mit Felsen abgeriegelt werden!«

Diefenbach sieht die drei Journalisten, die gekommen sind, um die neue Kommune zu begutachten, eindringlich an. Sie nicken freundlich, kritzeln in ihre Notizblöcke und werfen zwischendurch immer wieder einen Blick in die Tiefe. Diefenbach hat sie und den Fotografen, der mit ihnen gekommen ist, auf den höchsten Punkt des Geländes geführt, von hier aus sieht man über den abgetreppten, baumbestandenen Hang bis zum olivgrünen Band der Isar hinunter und weiter bis zur Burgruine Grünwald am anderen Ufer.

Erst nach der Vertragsunterzeichnung mit Heilmann hat Diefenbach in Erfahrung gebracht, dass diese bewaldeten Stufen zwischen Herrenhaus und Steinbruch von dem vormaligen Besitzer, Franz Höllriegel (daher der Name, er hofft, dass die Journalisten ihn nicht auf die wahre Namensherkunft ansprechen), als Landschaftspark angelegt worden ist. Inmitten der wuchernden Bäume und Sträucher kann man zwar die ehemaligen Wege und Bepflanzungen nur noch erahnen, zu lange hat die Natur sich wieder ihr Reich zurückgeholt, doch auf ein paar steinerne Monumente trifft man noch in diesem Urwald: ein Kreuz, davor eine Betbank, ein kleines Rundtempelchen, gerade mannshoch, als ob man den Monopteros aus dem Englischen Garten geschrumpft hätte.

Vor diesem Bauwerk steht er nun mit den Gästen, der Blick

schweift bis zur Grünwald'schen Ruine am gegenüberliegenden Ufer.

Diefenbach ist skeptisch gewesen, als die Zeitungen angefragt haben. Aber diese Reporter sind offenbar ernsthaft interessiert. Zwar haben sie gleich eingangs festgestellt, dass so eine alternative Lebensgemeinschaft nichts Neues sei in Deutschland, solche Experimente seien zur Zeit in allen deutschen Landen ein wenig in Mode, aber vor den Toren der eigenen Stadt, das sei noch nicht da gewesen.

Während die drei Journalisten – ein dicker, ein fahriger, ein ständig fragender – also in ihre Notizhefte kritzeln und der Fotograf zwei kuttentragende Jünger einweist, die mit heraufgestiegen sind und schon minutenlang auf den Knall des Blitzes warten, redet Diefenbach immer weiter, schreitet weiter den Wald hinab, die Reporter folgen schreibend, bis sie schließlich wieder vor dem frisch gekalkten Herrenhaus stehen.

»Schreiben Sie ruhig: Vor zwei Monaten fand ich hier eine Ruine vor, und sehen Sie: Es wird eine Weihestätte! Auf dem nackten Boden schlief ich, aber die Kunde von meiner Einsiedelei drang rasch bis in die Hauptstadt vor. Wie der heilige Franz in Portiunkula begann ich mit meinen Mitstreitern, die mir schon am ersten Tage zugegangen sind, eigenhändig die bröckelnden Wände zu verputzen, die Dachziegel zu ersetzen und Hausgerät zu beschaffen.«

Dass er nicht selbst die Kelle in der Hand gehalten hat, braucht ja niemand zu wissen. Dank dreier unvermutet aufgetretener Gönner hat er sich Maurer, Zimmermann und Dachdecker leisten und auf einem Stein sitzend beobachten können, wie die Arbeiter Kalk löschten, Mörtel mischten und mit der Zugsäge ratschten.

Der Vollständigkeit halber muss man festhalten, dass nicht nur das Haus ist hergerichtet worden. Die Baracke, die einmal gut zwanzig Arbeiter beherbergt hatte, hat einen neuen Anstrich bekommen, außerdem Zwischenwände und zwei Öfen. Und auf einmal waren auch fünf Vereinsmitglieder wieder da plus weitere zwei Adepten, die sich der Gemeinschaft anschlossen.

»Hier das Esszimmer, da hinten mein Schlafraum und mein Atelier. Die Mitglieder schlafen drüben in der ehemaligen Baracke, für Frauen gibt es einen eigenen Raum.«

»Es gibt hier auch Frauen?«, fragt der dicke Journalist, ein wahrer Kaventsmann, dem die Schweißtropfen auf der Stirn stehen.

»Es werden noch welche kommen. Meine Frau, Magdalene Atzinger, über die eure Zunft so viel geschrieben hat, sie ist wieder hier, nachdem sie eine Zeit lang vom Wege abgekommen war. Sie schläft bei mir im Herrenhaus. Schreiben Sie ruhig, dass ich die Unglückliche vor dem Untergang gerettet habe, ist sie ja nichts weniger als die Mutter eines neuen Menschengeschlechts. Wenn auch ihre Einsicht darin eine Zeit lang getrübt war, sieht sie jetzt wieder klar. Auch meine zwei Sprosse Helios und Stella wohnen hier, Sie werden sie noch sehen.«

Die Journalisten werfen einander Blicke zu.

»Und stimmt es, dass Sie hier alle nackt herumlaufen, nicht nur die Kinder?«, fragt der Dauerfrager.

Diefenbach kneift die Augen zusammen.

»Ich weiß schon, Sie mögen erwartet haben, lauter Nackte hier zu sehen. Ich muss Sie enttäuschen, für Ihren Besuch haben wir uns bekleidet. Sonst laufen wir, wenn es so heiß ist wie jetzt, für gewöhnlich nackt und baden unsere Körper den ganzen Tag in Licht und Luft.«

Diefenbach setzt sich in Bewegung; sie treten wieder vors Haus, eine kleine Karawane, und biegen um die Ecke.

»Sehen Sie das Schild?«, sagt Diefenbach und zeigt auf die Tafel, die über der zweiten Eingangstür hängt.

»Schauen Sie gut hin, prägen Sie sich den Namen ein. *Humanitas* heißt unsere Gemeinschaft jetzt, nicht mehr Menschheit. Wir müssen schließlich größer denken. Die Idee des neuen Lebens wird von hier ausgehen und die ganze Welt umfassen, da musste ein lateinisches Wort her, das überall verstanden wird.«

Der Dicke winkt den Fotografen herbei, der abseits gestanden und apathisch eine Zigarette geraucht hat, und heißt ihn das Schild zu fotografieren.

Gegen Abend, als die Stadtmenschen abgezogen sind, poltern drei betrunkene Burschen am Haus vorbei. Ihr eierndes Grölen und falsches Singen hört Diefenbach schon von ferne, richtige Brüder Straubinger müssen das sein. Vielleicht ist es doch nicht so gut, dass das Herrenhaus so nahe an der Straße liegt, fährt es dem Meister durch den bebarteten Kopf. Jeder, der hier die Isar entlangzieht, kann, wenn er in den Hof lugt, dem Treiben der Kommune zusehen. Diefenbach hat das anfangs für einen Vorteil gehalten: ein Zeichen, dass die Gemeinschaft für alle offen ist. Aber mittlerweile stören die Fuhrwerke, deren Kutscher sich Derbheiten zubrüllen, und die Dörfler, die betrunken aus einem Wirtshaus oder gar aus München nach Hause in ihr Dorf ziehen oder weiter unten mit der Fähre übersetzen.

Und da schreien die betrunkenen Burschen auch schon: Kohlrabiapostel! Grasfresser! Nackedeis! Saubarteln!

Gott sei Dank kommen sie nicht auf die Idee, das Steinbruchgelände zu betreten, sondern ziehen lachend und singend vorüber. Dieses Pack!

Er lauscht den Stimmen nach, steht unschlüssig da. Und wenn in ihren Worten doch ein Körnchen Wahrheit steckte? Wenn die ganze Unternehmung in Wirklichkeit höchst unmoralisch und asozial wäre? Wenn alles, vom Fleischverzicht bis zum Nudismus, einen großen Irrtum darstellte? Nein. Diefenbach schüttelt den Kopf, nein, nein. So viele kluge Köpfe der Jetztzeit können nicht irren. Der Weg zur vegetarianischen Zukunft der Menschheit ist klar vorgezeichnet. Er atmet tief durch und wendet sich dem Herrenhaus zu.

Später, als die Dämmerung einsetzt, sitzen die Kommunarden an einem Lagerfeuer, mit den zwei Kindern sind es seit heute zwölf, wie einst in jenem Abendmahlssaal. Das Gespräch wogt hin und her. Diefenbach achtet darauf, dass jeder das Wort führen kann, doch undenkbar ist es, den Meister zu unterbrechen oder ihm gar offen zu widersprechen, sodass einige Redner, denen manche Ansicht Diefenbachs nicht gut zu bekommen scheint, sich in blumigen Andeutungen winden.

Wichtige Fragen sind heute aufgeworfen: Wie das Unternehmen weiterbringen? Welche sind die nächsten Schritte, die zu gehen sind? Sollen sie sich hier, nackt und vegetarianisch, abschotten von der Außenwelt, um kein öffentliches Ärgernis zu erregen? Oder sollen sie gehen wie Schafe unter die Wölfe, wie die zwölf Apostel an die Enden der Erde, oder vielmehr wie die ersten Franziskanermönche, bettelnd von Dorf zu Dorf?

»Jedenfalls«, so sagt Diefenbach nach einer heftigen Debatte zweier Jünger, die den Diskutierenden die Röte in die Wangen getrieben, aber zu keinem Ergebnis geführt hat, »jedenfalls ist das hier nicht nur ein Ort des zwanglosen Lebens, sondern auch ein Ort der Kunst, einer Kunst, die ein Sendbote sein muss für die vegetarianische Lehre. Sie muss einerseits ermahnen und auf die Verirrungen und Sackgassen des modernen Lebens hinweisen, aber andererseits den erlösten Zustand der Menschheit schon vorwegnehmen und den Betrachtern vor Augen führen, was in dieser Welt durch Fruchtessen und Nacktgehen schon möglich ist.«

Ein Jünger niest und duckt sich, er erntet missbilligende Blicke von allen.

Er habe, so fährt Diefenbach fort, ein Kunstwerk ersonnen, das diesen erlösten Zustand zum Ausdruck bringen werde, es werde einen Triumphzug zeigen, einen fröhlichen Zug von Kindern, die dieses neue Zeitalter verkörpern. Es werde ein gewaltiger Zyklus werden und er habe vor, ihn nicht einmal, sondern mehrmals zu malen, damit diese Botschaft in die ganze Welt hinausgehe. Er wolle den Zyklus *Kindermusik* nennen, es werde ein Programm der neuen Zeit sein.

Beifälliges Murmeln ertönt, als er die Ansprache schließt, aber kein Jünger wagt es, seine Worte zu kommentieren, obwohl Diefenbach eine Spannung, einen leichten Dissens zu spüren glaubt.

Es wird noch das eine oder andere tuschelnd besprochen, aber als das Feuer erlischt, schwören alle nicht bei Gott, sondern beim Menschen, dem Meister Gefolgschaft zu leisten, vegetarianisch und nudistisch im Einklang mit der Natur zu leben, die Medizin der Ärzte, insbesondere die Impfungen, abzulehnen und mit ihrem Beispiel in die Welt hinaus zu wirken.

»Hier und jetzt ist der Anfang der neuen Zeit«, sagt Diefenbach feierlich. »Es gibt kein Zurück mehr. Und die *Kindermusik* wird diese Zeit verkünden.«

KAPITEL 11

»Ein Ei?«

»Ja, ich habe es gesehen, er hat sich ein Ei gebraten, als wir im Atelier waren.«

Diefenbach mustert den Adepten, dem die Beschuldigung gilt. Maier, Sebastian, so heißt er, ein schmächtiger Student aus der Stadt, erst seit drei Tagen da.

»O Unglücklicher, warum hast du das getan? Der Geist dieses Ortes sollte doch deiner Schwachheit aufhelfen! Bist du dir denn wirklich vollständig der Tatsache bewusst, dass du ein ungeborenes Tier verzehret hast, das dazu bestimmt war, ein friedliches Huhn zu werden? Dass ich das einem erwachsenen Menschen erklären muss! Wie kam das Ei überhaupt hierher?«

Diefenbach schnauft, er merkt, dass ihm das Blut in den Kopf schießt. Wie er es doch hasst, die begriffsstutzigen Mitglieder seiner Gemeinschaft maßzuregeln! Wie er es verabscheut, Erwachsenen zu erklären, dass Eier, Milch und Käse aus ethischen Gründen abzulehnen sind! Die meisten dieser Jungspunde, die voller Begeisterung jede Woche im Steinbruch auftauchen, sind nichts als eine Enttäuschung! Die heutige Jugend hat keinen starken Willen mehr, oder hat zumindest einen Willen, dessen Stärke schnell nachlässt. Wie kann man nur die fundamentalen vegetarianischen Prinzipien vergessen? Wie kann man so einer edlen ethischen Haltung so schnell verlustig gehen?

Er blickt auf den zerknirschten Sebastian in seiner noch sauberen Kutte und den von einem Bein auf das andere tretenden Denunzianten, Rudolf Biermann heißt er, ein Streber, sein

Zelotentum stößt Diefenbach ebenso auf, wie ihn die Nachlässigkeit des anderen dauert.

»Er hat auch Zucker verwendet. Hier.«

Biermann hält ihm einen an der Spitze abgelutschten Zuckerhut entgegen, Diefenbach winkt energisch weg, er möchte so etwas Unappetitliches nicht sehen.

Da Diefenbach nichts sagt, übernimmt Biermann eifrig die Belehrung: Ob Sebastian denn nicht wisse, dass Zucker in der Fabrik mit Ochsenblut und Knochenmehl gereinigt werde und die Spuren sich davon noch im weißesten Zuckerhute fänden. Ob er nicht wisse, wie viele Krankheiten und Leiden alleine dem Zuckergenusse entsprössen. Ob er sich darüber im Klaren sei, dass er sich hier in der Urzelle der neuen Menschheit befinde. Dass großes Verderben über ihn käme, wenn er so weitermache.

Diese Standpauke ist nun auch Diefenbach zu viel, aber noch bevor er den fiebrigen Denunzianten in die Schranken weisen kann, wird seine Aufmerksamkeit durch ein Rattern abgelenkt, eine Postkutsche biegt von der Uferstraße in das Gehöft ein und hält an.

Wer kann das sein? Wieder die Zeitungsfritzen?

Doch aus steigt eine füllige Frau mit einem Weidenkorb, in eine weiße Toga gehüllt wie eine römische Matrone. Der Postillon händigt ihr ein Strohköfferchen aus, macht einen Bückling, setzt sich wieder auf den Kutschbock und lässt die Peitsche knallen. Jetzt dämmert es Diefenbach: Das muss Elisabeth Guttzeit sein, die Schwester des Johannes, aber wo ist ihr Bruder, der ebenfalls zu kommen angekündigt hat?

Als Elisabeth ihn begrüßt und ihm versichert, dass Johannes Guttzeit erst in einigen Wochen nachkommen und, wie avisiert, drei Wochen bleiben werde, sie aber vorhabe, sich der Gemeinschaft länger anzuschließen, hellt sich Diefenbachs Gesicht auf. Die Gemeinschaft bedürfe starker Frauen, sagt er ihr geradeheraus, Frauen, die die Ideen des reformierten Lebens womöglich leichter in die Köpfe ihrer Geschlechtsgenossinnen einpflanzen könnten. Hochwillkommen sei sie ihm daher, und als sie ihn ihrer Treue gegenüber sämtlichen Prinzipien des Vegetarianismus versichert, verkündet er ihr, dass sie ab sofort Fidelis heiße.

»Fidelis, die Getreue sollst du mir heißen, auf dass du mir und meiner Lehre immer Treu und Glauben erweisest!«

Beim Abendessen stellt Diefenbach sie dem Jüngerkreis vor, der die Aufnahme mit unerwarteter Gleichgültigkeit quittiert. Die Gespräche während des Essens, das aus gestampftem Getreide besteht, drehen sich um neue Naturheilverfahren und Therapien. Zu aller Überraschung ergreift Fidelis beherzt das Wort und hält einen kleinen improvisierten Vortrag über die neuen Erkenntnisse der Obstheilkunde, die unlängst in einem Fachblatt publiziert worden sind: Dass es jetzt wissenschaftlich eindeutig erwiesen sei, dass Früchte, die der Sonne ausgesetzt sind, diese Sonnenenergie speichern und daher mehr Energie enthalten als beispielsweise Fleisch oder Eier, die nicht in den Genuss der unmittelbaren Sonnenbestrahlung kommen. Es sei ja hinlänglich bekannt, dass die Pflanzen das Licht in Energie umwandeln. Daraus ergebe sich logisch zwingend, dass Nahrung, die der Sonne ausgesetzt ist, allen anderen Speisen vorzuziehen sei. Überdies seien Früchte und Gemüse am besten roh zu essen, da der Prozess des Kochens einen großen Teil der gespeicherten Sonnenenergie zerstöre. Und schließlich seien von den Pflanzen alle Teile zu verwerten, ob das die Kerne der Äpfel oder das Kraut der Karotten ist, auch das sei den einfachen Leuten schon immer bekannt gewesen, aber neuerdings von der medizinischen Forschung bewiesen worden. Fidelis' Rede erregt Verwunderung, einige sehen sie feindlich an – was maßt diese Frau sich an? Diefenbach bemerkt es wohl, spricht ein paar Worte zur Gleichberechtigung der Frau und strahlt sie dabei stolz an, als hätte Pygmalion eben eine Galatea nach seinen Wünschen geformt. Sie bekommt ein Zimmer im Herrenhaus.

Kaum eine Stunde später, als die Jünger sich in der Baracke schlafen gelegt haben, klopft Diefenbach an die Tür ihres Gemachs und erklärt ihr, dass es für jede Anhängerin der Gemeinschaft eine Ehre sei, mit dem Meister das Bett zu teilen.

KAPITEL 12

»Ich muss noch zu dem Verleger Ströter.«

»Ja, das sagtest du bereits. Ich warte einstweilen unterm Sendlinger Tor.«

Diefenbach sieht noch, wie Johannes Guttzeit sich entfernt, dann geht er seines Weges. Wie schön ist es, einen solchen Genossen gefunden zu haben! Guttzeit hat zwar vor, nur drei Wochen zu bleiben, aber vom ersten Tag an hat er darauf bestanden, Diefenbach bei seinen werbenden Ansprachen in der Münchner Innenstadt zu begleiten, und hat sich überdies erbötig gemacht, falls das Reden und Diskutieren für Diefenbach zu anstrengend wäre, selbst den Part des Redners und Debattanten zu übernehmen, vorausgesetzt der Meister stimmte zu. Der hat die Augen zusammengekniffen, Wirkung gegen Eitelkeit abgewogen (wie er sich eingestehen musste) und schließlich eingewilligt.

Und wie groß die Macht von Guttzeits Worten ist! Erst gestern hat es Diefenbach die Stimme verschlagen, aus seiner Kehle tönte nur rabenhaftes Krächzen. Guttzeit hat die Ansprache im fliegenden Wechsel übernommen und mit Donnerstimme gegen Fleisch und Milch, Alkohol und Tabak, Industrie und Parteien, gegen Mode und Eitelkeit gesprochen, sodass die Passanten erstaunt stehen geblieben sind und dem fremden Redner gelauscht haben. Er hat sämtliche Themen gestreift, die Diefenbach auch sonst behandelt, allein die Abschaffung der Ehe als Zwangsinstitut, die Diefenbach nie auslässt, hat Guttzeit als freikirchlicher Prediger nicht zur Sprache gebracht.

Diefenbach schreitet aus, Leute grüßen ihn, lachen, er nickt. Sie kennen ihn, schätzen ihn! Während des Sommers hat die Gemeinschaft täglich Zulauf bekommen, es sind fast zwanzig Jünger, die temporär in der Baracke im Steinbruch hausen. Und wie fröhlich dort alle gestimmt sind! Männer, Frauen und Kinder sind in den heißen Augusttagen den ganzen Tag nackt gelaufen, Diefenbach selbst ist nackt vor der Staffelei gestanden. Die tagsüber im Sand matschenden Kinder haben am Abend über den Vater gelacht, dessen Körper mit Farbklecksen gesprenkelt war. Er selbst ist in den letzten Monaten so voll von positiver Kraft und berauschender Lust gewesen, dass er nicht umhinkonnte, nächtens abwechselnd Fidelis und die mittlerweile hochschwangere Magdalene aufzusuchen, um seine Stauungen abzuleiten.

Und die Predigten mit Johannes Guttzeit waren ein Segen! Den ganzen Sommer hatte er auf ihn gewartet, erst jetzt im September ist der Vielbeschäftigte endlich aufgetaucht und sofort unersetzlich geworden.

Was für ein Leben!

Ein neues Instrument ist auch da, mitgebracht von einem seiner Adepten: ein nagelneuer Fotoapparat. O wie viel Fortschritt hat es gegeben, seitdem er als Jüngling in den Studios der Fotografen mit den Retuschepinseln Warzen übermalt hat! Die neuen Geräte sind um so vieles kleiner und leichter zu bedienen, außerdem sind die Materialien billiger geworden, sodass er jeden Tag ein paar Platten verknipsen kann. Noch mehr als die nackten Erwachsenen liebt er es mittlerweile, die spielenden Kinder zu fotografieren: Er heißt sie vor der Linse hüpfen, Ball spielen und Reifen treiben, auch wenn er weiß, dass die meisten Aufnahmen verschwommen geraten.

Das Haus muss es sein. Ja, hier ist die Aufschrift. Ströter. Diefenbach klingelt.

»Ich mache es«, sagt Theo Ströter, nachdem Diefenbach nicht recht gewusst hat, wie er fragen soll, da er von der Erscheinung des Verlegers abgelenkt war: Dessen Buckskin-Anzug hat dieselbe dunkelgelbe Farbe wie sein glänzender Moustache, aus dem einzelne graue Haare schimmern, und das hat den Meister ins Grübeln gebracht: Wo geht das Blond in das Weiß über? Wie wäre so etwas zu malen?

Sie stehen vor einem großen Tapetentisch, auf dem der Verleger die *Kindermusik* ausgebreitet hat. Schwarze Silhouetten von Kindern, die aussehen wie Putten; sie schreiten einher, tragen Ruten, spielen Flöte und schießen mit Pfeil und Bogen wie Eroten, einige schweben schwerelos über grünendem Grund: ein friedlicher, heiterer, aber nüchterner Triumphzug.

»Ja, Er hat richtig gehört«, bricht Ströter abermals das Schweigen. »Ich werde den Zyklus herausbringen. Das ist die Kunst der neuen Zeit! So etwas verkauft sich jetzt. Glaube Er mir!«

Die Reproduktionen, meint Ströter, würden etwa zwei Wochen dauern, eine Woche sei für den Druck, eine weitere für das Binden zu veranschlagen. Das Buch könne in einem Monat fertig sein, sagt der Kunstverleger. Die Produktionskosten seien allerdings hoch, an Geld gebe es maximal zehn vom Hundert des Verkaufspreises, aber schließlich gehe es ja eher um Werbung für die neue Lebensweise, oder nicht?

Wenn das Buch sich gut verkaufe, sagt Ströter, nachdem Diefenbach nicht geantwortet hat, und wenn Diefenbach ihm zusichere, nach diesem Werk eine zweite Serie Bilder für ein zweites Buch zu liefern, dann sei schon ein Honorar von, sagen wir, tausendfünfhundert Mark drinnen.

»Gut, ein zweites Buch«, sagt Diefenbach, den ein leichter Schwindel ankommt.

Ströter bietet ihm die Hand, Diefenbach fixiert ihn mit blitzenden Augen und schlägt ein.

Und Ströter behält recht: Das Buch ist ein Verkaufsschlager, schon nach zwei Wochen rattert die Druckerpresse erneut und Ströter zählt Diefenbach siebenhundertfünfzig Mark bar auf den Tisch, die andere Hälfte bei Ablieferung des zweiten Zyklus.

Schon in den darauffolgenden Tagen bestellt Diefenbach Maurer, Zimmerleute, Tischler, Dachdecker und einen Steinmetz in den Steinbruch: Einerseits muss die Baracke winterfest gemacht werden, am besten eine Fachwerkkonstruktion drumherum mit Ziegeln aufgefüllt. Andererseits ist ein Zubau zum Herrenhaus unumgänglich, hier müsste Platz geschaffen werden für ein Atelier und einen Ausstellungsraum, am besten mit Fenstern bis zum Boden. Nein, das ist zu klein. Ein richtiger Ausstellungssaal soll es werden, fensterlos, aber mit einer Glasdecke, das Licht von oben wäre besser, das wäre doch möglich, fragt er die verwirrten Handwerker. Außerhalb der Häuser wäre auch etwas zu tun. Man könnte in den abgetreppten Steinbruch zusätzliche Stufen schlagen und eine Art griechisches Theater bauen, in dem er seine Vorträge halten könnte. Ob der Steinmetz das in kürzester Zeit würde ausführen können? Man müsse sich vergegenwärtigen, dass alle diese Einrichtungen notwendig sein würden, wenn sich Höllriegelskreuth zu einer Wallstatt entwickle, zu der viele Menschen pilgerten. Daher gelte es hier, nicht zu bescheiden zu planen.

Die ihn im Halbkreis umstehenden Maurer und Zimmerer, Tischler und Steinmetze, Dachdecker und Glaser, die er in den Steinbruch beordert hat, kratzen sich immer wieder am Kopf, wenn Diefenbach ihnen seine während des Gesprächs wechselnden Pläne vorträgt, willigen aber ein, als er jedem von ihnen eine Vorauszahlung bar auf die Hand gibt und ihnen einen Zuschlag verspricht, wenn es nur schnell geht, Kosten spielen keine Rolle.

Und tatsächlich: In den nächsten Tagen bringen Gespanne Ziegel, Kalk, Bauholz und allerlei Gerät, zwei Tage später wird Erde geschaufelt, Kalk gelöscht, Mörtel gemischt, Ziegel werden geschichtet, Balken behauen, Latten gesägt. Den ganzen September wimmelt es von Arbeitern und Hilfsarbeitern, vielleicht mehr als nötig sind. Im Nu steht der Rohbau des Saales, wird Dachgleiche gefeiert. Und schon ist die Baracke eingehüllt, sind neue Dielenböden verlegt. Und Diefenbach ist überall und nirgends in diesen Tagen, fiebrig malt er Bilder mit viel Lampenschwarz, dann wetzt er zwischen den Arbeitern herum, erteilt mürrischen Maurern Anweisungen, sagt den Zimmerleuten, wie ein Balken zu behauen ist; dann fotografiert er wieder die zwischen Kalkgruben und Holzstapeln spielenden Kinder und spricht am Abend zu seinen Anhängern über die Zukunft der Gemeinschaft. Die Jünger, die ihm untertags beim Malen zur Hand gehen und danach stundenlang den Arbeitern zusehen, lauschen ihm mit Andacht und stummem Kopfnicken. Nächtens sucht er mit beflissener Regelmäßigkeit seine Frauen auf, was dem die Bauarbeiten mit Staunen verfolgenden Guttzeit sehr missfällt, zumal Magdalene hochschwanger ist.

Am 1. Oktober bringt Magdalene ein totes Kind zur Welt, das noch keine zwei Tage begraben ist, als die alten Keppeleien, die Diefenbach schon längst verendet glaubte, wieder aufflammen und hochlodern. Schließlich schreien Mann und Frau einander an wie in alten Tagen und die hässlichen Worte hallen von den löchrigen Nagelfluh-Felsen bis hinunter zur Isar.

Als der Herbst kalt und neblig wird, bemächtigt sich Trägheit seiner Anhängerschaft, ein Überdruss, der zuerst nur wie ein Rinnsal fließt, dann aber wie ein Bach, der jeden Tag einen weiteren Jünger fortspült. Mit jedem Grad Réaumur werden es weniger Menschen, die im Steinbruch wohnen oder sich dort täglich einfinden.

Mitte November ist der Großteil des Honorars aufgezehrt, den Rest will Diefenbach nicht anrühren, da einerseits noch Möbel und allerlei Ausstattung besorgt, andererseits Lebensmittel für den Winter eingekauft und eingelagert werden müssen. Kaum vertröstet er die Handwerker mit den Zahlungen, arbeiten sie jeden Tag langsamer und mit weniger Gehilfen. Und obwohl er eine unverhoffte Tantiemenzahlung erhält und ihnen wieder die Mark auf die Hand zahlt, bleiben die Arbeiter misstrauisch. Wenn der Meister die Baustelle inspiziert, wenden sie sich ab, als ob sie spürten, dass ihn gerade wieder eine Einmalzahlung gerettet hat. Und auch Diefenbach fühlt das aufkeimende Misstrauen der Handwerker. Öfter als zuvor ist er jetzt zwischen den Arbeitern zu finden und versteht nicht, warum diese die Augen verdrehen, wenn er ihnen, nachdem er sie eine Zeit lang stumm beobachtet hat, erklärt, in welchem Verhältnis der Verputz abgemischt sein muss und wie die Balken ineinander verzapft zu sein haben. »Wenn nur kein Schnee kommt!«, murmelt er immer öfter, als das Thermometer sich null Grad nähert.

Daher muss es schnell weitergehen. Diefenbach bestellt Möbel und zeichnet Pläne für die Inszenierung seiner Bilder in der Ausstellungshalle, während Guttzeit Ordnung in den Haushalt Diefenbachs zu bringen sucht. Alle diese Tätigkeiten sind begleitet vom ständigen Nörgeln Magdalenes. Sie beschwert sich, wie wenig er sich um sie und die Kinder kümmere, überall lasse er seine Sachen liegen, er räume nichts auf, putze nichts weg. Dieser Guttzeit sei ein Parasit, was er denn noch hier mache.

Diefenbach komme und gehe wann er wolle, spiele sich als Guru auf und sei in Wirklichkeit ein Bettler.

Als er es nicht mehr aushält, packt er seinen Seesack, nimmt Farben, Leinwand, Staffelei und Zelt und verzieht sich über das Wochenende, wenn die Bauarbeiten ruhen, nach Rottmannshöhe am Starnberger See, wo er bei einem Bauern unterkommt, in Sichtweite des Luxushotels. Die klare Luft und der Blick auf den See beflügeln seine Sinne, konzentriert malt er über Stunden hinweg, nachdem er mit seinen Utensilien durch den Schluchtweg zur Seepromenade hinuntergestiegen ist, die hier nicht mehr als ein Waldpfad ist, der sich am Ufer entlangschlängelt. Nicht umsonst hat er den Ort gewählt, viele Spaziergänger des nahen Hotels kommen trotz der kalten Jahreszeit vorüber und sehen ihm – wohl in Ermangelung anderer Attraktionen in der Gegend – stundenlang zu, allen drückt er seine Visitenkarte in die Hand und empfiehlt sich für Porträts und Veduten aller Art.

Es ist schließlich Ende November, als die Handwerker Atelier und Ausstellungssaal fertigstellen und dem Bauherrn frisch gekalkt und gefegt übergeben. Drei Tage lang hängt Diefenbach mithilfe von Guttzeit und dessen Schwester Fidelis Bilder auf, arrangiert Möbel und Kübelpflanzen, drapiert Stoffbahnen und Vorhänge, richtet Leuchter und Spiegel aus, endlich entwirft er Einladungen und verschickt sie an die Zeitungsredaktionen. Man muss die Presse für sich zu nutzen wissen, hat ihm Lucidus immer wieder eingebläut. Und er hat recht: Wenn die Zeitungsfritzen dieses großartige Gesamtkunstwerk hier sehen, werden sie nicht anders können, als diese einzigartige Exposition und deren herkulischen Schöpfer zu rühmen; nie wieder würde ihnen das Wort Kohlrabiapostel aus der Feder fließen, endlich würden sie die Bedeutung seiner Kunst für die Lebensreform erkennen.

Vier Journalisten finden sich tatsächlich zu dem von Diefenbach festgesetzten Termin ein und wundern sich schon, als sie den mit Raureif überzuckerten Gutshof betreten: Da treibt ein blond gelockter Knabe in der Kälte seinen Holzreif mit einem Stab einher, ein etwas dunkleres Mädchen mit langen, flatternden Stoffbändern in den Händen läuft ihm nach, beide sind mit Wollkutten bekleidet, aber trotz der Temperaturen barfuß, sie jauchzen. Im ebenen Gelände zwischen Herrenhaus und Baracke ergehen sich drei bärtige Gestalten in schmutzig weißen Kutten und lächeln selig. Eine Frau sitzt an einem Tisch vor dem Haus und kurbelt Getreidekörner durch eine Quetsche.

»Ob der Apostel das für uns so inszeniert hat?«, fragt ein Reporter seinen Kollegen.

»Ich fürchte, im Sommer gehen alle nackt«, sagt der.

»Die reinsten Botokuden!«, meint ein dritter.

»Oder doch glückliche Phäaken?«, fragt der erste.

»Genug der Bildungshuberei«, sagt der zweite. »Ich habe gehört, dass irgendein braver Bürger wieder Anzeige wegen groben Unfugs erstattet hat. Wisst ihr was darüber?«

»Dann muss er aber irgendwo einen Beobachtungsposten bezogen haben«, erwidert der erste Kollege und zieht den Mund schief.

»Jedenfalls scheint's denen nicht schlecht zu gehen«, sagt der andere und zeigt auf den Zubau, »das Geld fließt zur Zeit wegen dieses Buches.«

Aber da ist schon der Meister, die Gespräche verebben, die Führung beginnt. Diefenbach begrüßt seine Gäste überraschend kurz (sie waren auf einen umständlichen Sermon gefasst) und bittet sie, ihm zu folgen. Sie zuckeln durch den Flur des Herrenhauses über gebohnerte Dielen, die Türen riechen nach frischem Lack. Sie durchmessen ein Zimmer, Diefenbach geht auf die Wand zu und verschwindet plötzlich in einem, ja, in einem Loch in der Mauer, an dessen Rändern die rohen Ziegel sichtbar sind.

»Kommen Sie, der Zugang zum Zauberreich führt durch dieses Loch«, sagt Diefenbach von der anderen Seite. Offensichtlich genießt er es, dass die Gäste durch die kunstvoll ruinös gestaltete Lücke steigen müssen, peinlich bemüht, ihre Anzüge nicht zu beschmutzen. Er genießt es auch, wie sich, nachdem sie sich den Staub von den Ärmeln gewischt haben, die spöttischen Mienen der Zeitungsmänner angesichts dessen, was sich ihrem Blick bietet, in erstaunte Gesichter verwandeln. Ja, lange hat Diefenbach an der Inszenierung getüftelt, die sich den verblüfften Gästen jetzt darbietet: Denn schwierig muss der Zugang sein und danach muss eine Überraschung kommen.

Und so trifft der Blick der Berichterstatter zuerst auf ein breites Piedestal mit der Statue eines knienden Knaben, der die gefalteten Hände flehend zum Himmel streckt. Raffiniert fällt das Licht von oben auf die Gipsfigur und erzeugt einen beeindruckenden Schatteneffekt an den Gewandfalten. Und als der Blick der Besucher auf der Suche nach der Lichtquelle nach oben schweift, bemerken sie, dass es Glas ist, das sich da über den Saal wölbt. Was für ein Spektakel! Dann erst wandert ihr Blick, genau wie Diefenbach es vorgesehen hat, nach unten zu den Wänden: An allen vier Seiten hängen riesige Bilder nahtlos aneinander, als ob die Wände mit ihnen vertäfelt wären. »Petersburger Hängung«, entfährt es einem Reporter. Die Grundfarbe der Bilder ist vorwiegend schwarz, sodass sich die Augen, die sich vom Lichtdach abwenden, erst an die Düsternis gewöhnen müssen.

In der Mitte des Raumes, hinter dem betenden Knaben, erhebt eine mächtige Fächerpalme, die offenbar schon vor der Schließung der Wände hierhergebracht worden sein muss, ihren Stamm und ihre fedrigen Blätter wie einen riesigen Schirm.

Um sie ragen drei massive Monolithen auf, um die herum einige kleinere in Kübel gepflanzte Palmen und Sträucher vielleicht ein Muster ergäben, wenn man aus der Vogelperspektive darauf blickte. Dazwischen stehen im Gegensatz zu dieser geometrischen Ordnung wie zufällig aufgestellt moderne Sofas und Fauteuils aus dunkelbraunem Plüsch, in die die Journalisten nun versinken, während Diefenbach vom noch in Renovierung befindlichen Wohnhaus und vom griechischen Theater erzählt, das draußen leider erst im nächsten Jahr für seine Vorträge entstehen soll. Auch ein riesiges Kruzifix wolle er aufstellen, nicht als Huldigung an die Kirche, die er ablehne, sondern als Zeichen der Erlösung, derer das neue Menschengeschlecht, das hier begründet werde, durch seine einzigartige Lehre anteilhaftig werde.

Er redet gut eine halbe Stunde, bewirtet abschließend seine Gäste mit frischer Hafermilch – nur einer lehnt diese ab – und verabschiedet sie am Ende ebenso brüsk, wie er sie begrüßt hat.

Am nächsten Tag nimmt er es auf sich, nach München zu wandern, um die nämlichen Zeitungen beim erstbesten Kiosk zu erstehen. Mit Genugtuung liest er die Blätter noch auf einer Holzbank an der Isar. Die Reporter schreiben von der grandiosen Fantasie des Künstlers, von kühnen Kompositionen und imponierender Monumentalität. Nur einer mahnt mangelnde Maltechnik ein, er erdreistet sich sogar zu schreiben, dass man bei manchen Körpern Knochen nicht von Muskeln unterscheiden könne. Diefenbach schnaubt, zerknüllt das Papier und wirft es in den Fluss. Dieser Idiot hat gar nichts von moderner Kunst verstanden! Als ob es ihm, Diefenbach, um Realismus ginge! Aber gut, sein Buch haben alle erwähnt. Das wird dem Verkauf guttun.

Und tatsächlich, nur wenige Tage später schreibt ihm Ströter, dass er soeben eine weitere Auflage in Druck gebe. Wie es denn um den Fortsetzungsband stehe, der in dem Honorar ja schon inbegriffen war?

Diefenbach beschließt, die letzte Frage zu ignorieren, und antwortet nicht. Gut Ding braucht eben Weile und schließlich befindet sich alles auf dem richtigen Weg, da kann Ströter noch ein wenig warten.

In den nächsten Tagen verziehen sich auch die letzten drei Jünger. Mittlerweile sei es Dezember und die Öfen seien einfach zu schwach, um die Baracke zu heizen; unmöglich sei es, hier zu hausen.

Auch das Verhältnis zu Guttzeit wird immer schlechter. Denn sosehr sie am Anfang ihrer Verbindung harmoniert haben, so unmissverständlich hat sich langsam, aber stetig der Graben zwischen dem christlichen Pythagoräer Guttzeit und dem pantheistischen Freidenker Diefenbach, der jede Religion nach wie vor ablehnt, aufgetan und ist immer größer geworden. Aus abfälligen Bemerkungen in Nebensätzen sind Sticheleien geworden, aus den Sticheleien Streit, bis sie zuletzt einander angeschrien und Verräter geheißen haben. Zuletzt hat Guttzeit nur noch in seinem Zimmer geschrieben und sich lediglich zu den Mahlzeiten blicken lassen.

Schließlich kündigt ihm auch Fidelis an, dass sie schon mit ihrem Bruder, der vorhatte, bis November zu bleiben und jetzt ohnehin bis Weihnachten verlängert habe, abreisen und nicht, wie ursprünglich geplant, über den Winter im Herrenhaus bleiben werde. Außerdem sei sie mit ihrem Gewissen zurate gegangen und sehe sich außerstande, bei Achtung aller wohlgemeinten Einstellungen bezüglich Pflanzenkost und Naturheilung, weiterhin eine so freizügige *vita sexualis* zu führen, ohne dass ihre Seele dauerhaften Schaden nehme, was im Übrigen auch ihren Bruder schon die längste Zeit störe.

Aber einmal würde er sie noch aufsuchen.

KAPITEL 13

Nur ein Nicken hat er übrig für Johannes Guttzeit, mit dem er fast drei Monate durch die Straßen von München gezogen ist und Beifall wie Spott geteilt hat, mit dem er die Fertigstellung des Hauses erlebt und die Begeisterung für die anfänglich gemeinsam geglaubte Sache geteilt hat. Keine großen Reden zum Abschied, kein Dank, kein Lachen, keine Tränen.

Noch gestern sind sie zusammengekracht, Diefenbach hat ihn innerlich verkrüppelt geheißen und ihm das Argument Schleiermachers an den Kopf geworfen, dass ein Christ nie ein selbstbewusster Mensch sein könne; Guttzeit hat sich nicht lumpen lassen und Diefenbach einen Träumer und Megalomanen gescholten, der sich noch wundern werde, wenn das Geld zu fließen aufhörte und die Öffentlichkeit Wind bekäme von den wahren moralischen Zuständen, die innerhalb der Gruppe herrschen.

Aber jetzt, im Moment des Abschieds, umarmen sie einander schweigend und immer wieder nickend, uns verbindet doch mehr, als uns trennt, denkt Diefenbach, und vielleicht gehen Guttzeit ähnliche Gedanken durch den Kopf. Diefenbach umarmt auch Elisabeth, seine Fidelis, die er jetzt scherzhaft Infidelis nennt. Bruder und Schwester, nebeneinander vor der wartenden Kutsche stehend, versprechen Diefenbach wiederzukommen, es klingt nicht überzeugend. Der vorgesehene Urlaub sei eben zu Ende, sagt Guttzeit zum wiederholten Male, er sei ohnehin um vieles länger geblieben als er vorgehabt hatte, vielleicht komme man ja zu Ostern für eine Woche vorbei. Diefenbach nickt wiederum schweigend, er spürt die Diplomatie wie die Falschheit dieser Worte, die der reinen Höflichkeit geschuldet sind. Sie nicken einander abermals ratlos zu, dann steigen die Geschwister in die Kutsche. Diefenbach blickt dem ratternden Wagen nach, bis er hinter der Biegung der weiß gezuckerten Straße verschwindet.

Am Weihnachtstag ist die Kommune auf Diefenbachs Familie geschrumpft, die beiden Frauen wahren an diesem Tag den Weihnachtsfrieden.

Niemand kommt zu Besuch über die Feiertage, und als die Glocken das Jahr 1886 begrüßen, sitzt die kleine Gemeinschaft um den Ofen im Herrenhaus zusammen, trinkt dampfenden Kamillentee und schweigt einträchtig. Diefenbach denkt wie jeden Tag an Fidelis' füllige Formen und die gemeinsamen Nächte und fühlt ein Stechen, wenn es ihm kommt, dass sie wieder den frommen Gedanken ihres bigotten Bruders ausgesetzt ist. Wie schade auch, dass ihre Briefe immer seltener den Weg aus dem baltischen Norden in den bayerischen Süden finden.

Nach den Feiertagen legt ihm der Verleger Ströter einen Vertrag über den zweiten Band der *Kindermusik* vor. Er ist ungeduldig geworden, denn so schnell Diefenbach den Vorschuss kassiert hat, so wenig hat er sich verpflichtet gefühlt, die mündliche Vereinbarung einzuhalten und die Bilder zu liefern. Und wie sollte Ströter vor Gericht oder sonst wo beweisen, dass Diefenbach zugesagt hat? Es stünde Aussage gegen Aussage. Über die zweite Hälfte der tausendfünfhundert Mark wird bei der Vertragsunterzeichnung nicht gesprochen, Diefenbach wagt nicht zu fragen.

»Gut«, sagt Ströter, »dass alles endlich schriftlich fixiert wird. Hier: *Der Maler verpflichtet sich, eine weitere Serie einer Kinderprozession anzufertigen.* Da müssen Sie unterschreiben.«

Diefenbach betrachtet das Dokument und runzelt die Stirn.

»Es soll im selben Stil sein«, sagt Ströter schon zum vierten Male und wie schon x-mal Monate zuvor, »vielleicht mehr Musizierende, die kommen ja besonders gut an, das ist doch kein Problem für Sie?«

Und nicht zu groß sollen die Einzelbilder sein, fügt er hinzu, denn so könne man mehr Figuren im Buch unterbringen, das sei doch praktisch.

Während Diefenbach nicht weiß, ob er sich über die Fixierung der Verpflichtung freuen soll, da sie garantiert die siebenhundertfünfzig Mark bringt, oder sich über die Art Ströters echauffieren soll, da er mit ihm spricht wie mit einem Handwerker, öffnet der Verleger die Lade seines Schreibtisches, blättert ihm sieben Hunderter und einen Fünfziger auf die Tischplatte. Diefenbachs aufgestaute Wut entweicht wie die Luft eines Ballons, der, eben noch prall und gespannt, mit einem Mal schrumpelig und kraftlos ist.

»Zweite Rate. Ich vertraue Ihnen. Aber jetzt will ich Taten sehen«, sagt Ströter, noch ehe Diefenbach sich bedanken kann.

An Tantiemen verspricht Ströter ihm zehn Perzente vom Verkaufspreis, und Diefenbach, eingedenk der horrenden Rechnungen, die der Bezahlung harren, eingedenk auch der zu stopfenden Mäuler der in erstaunlicher Geschwindigkeit wachsenden Kinder, unterschreibt mit schwungvollem Federstrich.

»Ach ja, und bis Ende Februar wäre es recht«, sagt Ströter, »vier Wochen müssten doch reichen für die Silhouetten, das Datum steht hier hinten im Vertrag, das haben Sie ja wohl gelesen?«

Doch nachdem der klirrend kalte Januar verstrichen ist, ohne dass Diefenbach auch nur einen Pinselstrich für den Zyklus gemacht hat, schreibt er am ersten Februar einen langen Brief an seinen Lucidus, den er in Berlin über Lehrbüchern der Pathologie brüten weiß. Schon in den letzten Wochen sind einige Briefe hin und her gewandert, allein Lucidus hat allen Bitten seines Meisters um Beihilfe eine abschlägige Antwort erteilt. War Diefenbach bisher im Ton höflich und flehend, schreibt er jetzt mit der Stimme höchster Verzweiflung von größter Not, schrecklicher Unbill und dräuenden Fristen. Ohne eine Hilfe komme er einfach nicht zum Malen, da er sich ständig um die drögen Dinge des Alltags kümmern müsse, als da sind die lästige Hauswirtschaft und vor allem der ständige Zank mit Magdalene, die seine Nerven völlig ruiniere und die für die Führung des Haushaltes gänzlich ungeeignet sei.

Er hält inne. Mit dem Weib geht es wohl immer ein paar Tage gut, aber dann staut sich das Ungesagte, aus nagendem Nörgeln wird schließlich schrilles Geschrei. An solchen Tagen, so denkt er versonnen, ist sie dann auch im Bett wie eine Furie, ein reitender Incubus, ein ungestümer Nachtmahr, doch am nächsten Morgen ist alle Ekstase vergessen und der Stauvorgang beginnt von Neuem, nicht lange, dann hebt das Gezeter wieder an, verspritzt sie wieder ihr Schlangengift. Immer öfter macht sie sich auch stundenlang, ja den ganzen Tag mit den Kindern davon, ohne dass er weiß, wo sie sich mit ihnen herumtreibt. Er habe keine Zeit für Streitereien, schreibt er weiter, da er gerade einige Landschaftsbilder produziere, um wieder ein wenig zu Geld zu kommen, das schon wieder fast vollständig für Vorräte und Farben aufgebraucht sei.

Außerdem zehre an seinen Nerven, so schreibt er nun weiter, dass er im Gehöft derzeit ständig auf dem Quivive sein müsse, ob nicht ein Landstreicher sich in das offen zur Straße hin liegende Gelände einschleiche und ein Werkzeug entwende oder die Speisekammer überfalle. Geld sei ja keines mehr zu holen, da alles für die vielen offenen Rechnungen draufgegangen sei, von denen einige schnellstens bezahlt werden mussten. So schlafe er des Nachts kaum und komme erst am Tag zur Ruhe und schlummere dann bis Mittag.

Kurz: Er müsse die Silhouetten fertigstellen und brauchte dazu umgehendst einen behänden Gehilfen und kein anderer als Lucidus, der Lichtbringer, komme dazu infrage.

Lucidus antwortet tatsächlich umgehend mit einem Eilbrief, der Diefenbach mit froher Hoffnung erfüllt. Doch als er ihn öffnet und liest, verfliegt die Begeisterung und die Hoffnung bricht in Stücke.

Er könne sich, schreibt Lucidus, nicht entbrechen zu gestehen, dass er in Berlin unabkömmlich sei, da, wie Diefenbach wisse, das Examen aus Pathologie unmittelbar bevorstehe und er den Vater nicht erzürnen wolle, der ihm ohnehin nicht gut gesonnen sei, da er im letzten Monat in eine burschenschaftliche Auseinandersetzung geraten sei, die ihm allerlei Umstände beschert habe. So müsse Diefenbach derzeit leider seiner Gesellschaft entraten, er komme aber sicher im Sommer wieder, denn da sei er, so Gott will, auch mit seinen Studien endlich fertig und werde schon *doctor medicinae universalis* genannt werden können.

Hart treffen den Meister diese Worte; weniger als zuvor kann er sich aufraffen, den versprochenen Bilderzyklus endlich zu beginnen. Stattdessen kleckst er lustlos laue Landschaftsbilder auf die Leinwände, Bilder, die er verachtet, aber die er nach Fertigstellung wenigstens sofort verkauft.

Magdalenes Keppeleien werden von Tag zu Tag schlimmer, auch verschwindet sie immer öfter für längere Zeit und kehrt nach Tagen ins Herrenhaus zurück, manchmal nimmt sie die Kinder mit, manchmal nicht.

Zu allem Überfluss erscheinen in den Tagen nach der Absage Driessens in diversen Vegetarianer-Zeitschriften üble Artikel über den Einsiedler aus Höllriegelskreuth, der mit seinem unzüchtigen Lebenswandel und seinem bettelmönchischen Gehabe das Ansehen der Fruchtköstler, derer sich – so einer der Schreiber – im bürgerlichen Milieu immer mehr fänden, untergrabe und so der Idee der Lebensreform, die in allen Volkesschichten Fuß fassen solle, mehr schade als nütze.

Und wie es bei dergleichen Dingen oft kommt, dringen diese Berichte, die zunächst nur in Vereinszeitschriften erscheinen, auch an die Münchner Öffentlichkeit. Genährt durch den Neid einiger Malerkollegen, denen das sich noch immer gut verkaufende Buch des Steinbruchmalers ein Dorn im Auge ist, erscheinen in den lokalen Zeitungen Artikel über den unzüchtigen Einsiedler. Sind es im letzten Herbst noch wohlwollende künstlerische Rezensionen auf den Kulturseiten gewesen, so ergießt sich jetzt der Spott auf den Gesellschaftsseiten über den skandalösen Eremiten von Höllriegelskreuth.

Dazu kommt ein abermaliger Gerichtstermin. Bei der Verhandlung betreffend das Sorgerecht malt Magdalene seinen Lebenswandel in den schwärzesten Farben und beansprucht händefuchtelnd das alleinige Sorgerecht für die Kinder. Diefenbach, geschwächt durch stechende Schmerzen in der Magengegend, hält keuchend dagegen und ruft Zeugen auf, es steht Aussage gegen Aussage, letztlich taugen die Lamentationen Magdalenes nicht als Beweis, wiederum wird das Verfahren eingestellt.

Doch Diefenbach ist durch die Verhandlung und die vorhergehenden Verrisse in den Zeitungen wieder so geschwächt, dass er Tage im Bett verbringt, umsorgt von zwei seiner Anhänger. Alle historischen Schmerzen kehren wieder verlässlich zurück, es krampft sich im Darm, es drückt im Magen, es juckt am Hintern, es zieht im Arm.

Mit Magdalene, die nur noch tageweise zugegen ist, gibt es nur noch die Extreme des Gebrülls und der Ekstase, kein

Dazwischen mehr; einmal teilt sie mit ihm das Lager und gebärdet sich wie wild, am nächsten Tag spuckt sie ihn an, packt die Kinder und verschwindet wieder. Erst als sie im April nicht mehr verbergen kann, dass ihr Bauch sich wieder wölbt, wird sie sanfter, unterlässt ihre Exkursionen und lässt sich von Diefenbach, der durch Magdalenes Schwangerschaft ebenfalls ein ruhigeres Gemüt bekommen hat, wie er feststellen muss, umsorgen und umhätscheln.

Nur mit seinem Auftragswerk will er nicht und nicht vorankommen, in tausend andere Projekte verzettelt er sich, skizziert einmal fantastische Gebäude, zeichnet dann Grundrisse für ein zu errichtendes Waisenhaus (das in einem wiederum entdeckten leer stehenden Gehöft entstehen könnte, wenn jemand dafür das Geld hätte), skizziert einen Palast für die Künstler, die innerhalb der zukünftigen Kommune wohnen sollen, schließlich eine Pyramide als Symbol der Vollkommenheit, die neben diesem Gebäude zu errichten sei. So gehen die Wintertage dahin.

Mit der Frühlingswärme kehren einige Jünger in das Gehöft zurück, auch drei neue Gesichter sind dabei. Ohne die zwei Kinder zählt die Gemeinschaft jetzt apostelgleich zwölf Mitglieder. Immer wieder bestürmen ihn die Jungspunde, er solle doch wieder in München auf der Straße sprechen, die Leute seien inzwischen aufgeschlossener, es gebe in dieser Stadt des Bieres auch immer mehr Mäßigkeitsvereine, einige davon seien ganz und gar vegetarianisch eingestellt und wetteiferten sogar darin, welcher der strengere sei. Aber der Meister schüttelt nur den Kopf. Es ist nicht die Zeit für ihn zu predigen, nicht jetzt, er habe das im Gefühl. Sie sollten vielmehr missionieren, er sende sie aus wie Schafe unter die Wölfe. Seine Kräfte würden im ansteigenden Jahr hier gebraucht, seine Aufgabe sei der Aufbau einer neuen Gesellschaft im Steinbruch und die Hervorbringung einer neuen Kunst, die diese neue Zeit abbilde. Hier müsse nun die Keimzelle dieser Gesellschaft entstehen, die gleichsam wie ein arktischer Magnetberg die Menschen von überallher anziehen werde.

Kein Wort verliert er gegenüber seinen Adepten darüber, dass er gerade dabei ist, drei Porträts nach Fotografien für ein paar neureiche Städter zu malen, irgendwo muss das Geld ja herkommen, und er ist froh, dass sie dieses Thema nicht ansprechen.

Eintönige Wochen gehen dahin.

Über Malen, Planen und Lehren wird es Ende Mai, wird es Juni, König Ludwig ertrinkt im Würmsee, aber die Steinbruchgemeinde hat andere Sorgen: Die neue Gemeinschaft ist in drei Monaten nicht um ein Mitglied gewachsen, kommende und gehende Mitglieder halten einander die Waage. Die Silhouettenserie für das zweite Buch ist noch immer nicht begonnen, dafür gibt es einen weiteren Packen Entwürfe; die Kommunenkasse ist zu Anfang des Sommers endgültig leer. Diefenbach hat aufgehört Briefe zu schreiben und brütet stundenlang im Schatten des Rundtempelchens und überblickt das Gelände.

Am 15. Juni klopft es abends laut an die Tür des Steinbruchhauses, man isst gerade. Die mürrisch gewordene Schar schreckt auf, einer lässt mit einem *Klink* den Löffel fallen. Diefenbach steht auf und geht an die Tür.

Ein kräftiger junger Mann mit Vollbart und Kutte.

Lucidus ist da!

KAPITEL 14

»Ich habe soeben an deinen Vater geschrieben, mein lieber Lucidus, und ihm offenbart, dass du die ärztliche Leitung meines Kinderasyls übernehmen wirst!«

Diefenbach blickt vom Tisch, an dem er über Papieren sitzt, auf.

Lucidus lächelt süßsauer und tritt von einem Fuß auf den anderen.

»Ich weiß nicht, ob ich das kann. Außerdem – mit welchem Geld willst du das Haus kaufen? Mit welchen Mitteln das Asyl errichten und betreiben?«, fragt Lucidus und sieht zu Boden. Diefenbach kneift die Augen zusammen, sein Schüler scheint noch etwas sagen zu wollen.

»Warum so zaghaft, mein Mitstreiter?«, sagt Diefenbach, steht auf und fixiert Lucidus Auge in Auge.

»Es wird sein, du wirst sehen. Ich muss nur noch besser verhandeln. Ein Geldgeber wird sich schon finden. Dann steht unserem Unternehmen nichts mehr im Wege! Du musst daran glauben!«

Lucidus nickt zaghaft.

Gestern sind sie wieder zu dem verlassenen Gehöft in der Nähe des Steinbruchs spaziert, das Diefenbach schon länger im Auge hat. Immer eingedenk des Elends von Majas Kind, das mit seinen vierzehn Jahren schon fast ein Jahrzehnt Knechtschaft hinter sich hat, ist in ihm die Überzeugung, dass in einer zukünftigen Gesellschaft Kinderasyle unverzichtbar sein würden, um allen Kindern eine menschenwürdige Erziehung angedeihen zu lassen, so weit herangereift, dass er nun, da es gilt, diese Gesellschaft aufzubauen, zur Tat schreiten will: Das in elendem Zustand befindliche Gehöft kaufen, renovieren und eine Heimstätte für die vielen elenden Kinder schaffen, genau hier, in der Nähe der Höllriegelskreuther Keimzelle der neuen Gesellschaft. In diesem Asyl würden die Kleinen nur pflanzliche Kost zu sich nehmen, so viel wie möglich nackt unter der Sonne wandeln und niemals mit einer Impfung oder einem Medikament in Berührung kommen. Er würde die vielen Waisenkinder, die jetzt noch als Diebe und Fabriksarbeiter ihr Leben fristen, hierherbringen; sie würden Menschen des neuen Zeitalters werden.

»Was hältst du da eigentlich in der Hand?«, fragt Diefenbach mit einem Blick auf das Papierbündel in Lucidus' Rechter.

»Briefe. Deswegen suchte ich dich auf.«

»Gib her!«, sagt Diefenbach und schwingt sich um den Tisch herum, fasst das Bündel, zwei, drei Briefe fallen zu Boden, er achtet ihrer nicht. Alle sind sie an ihn adressiert, warum hat Lucidus so herumgedruckst und sie ihm nicht gleich gegeben? Der Schüler liest die zu Boden gefallenen Briefe zögerlich auf und reicht sie dem Meister.

Einen Umschlag nach dem anderen erbricht Diefenbach, und bei jedem Brief changiert sein Mienenspiel von freudigem Erstaunen über Ratlosigkeit bis zur Abscheu. Ein Blatt nach dem anderen knüllt er zusammen und wirft es achtlos hinter sich. In zwei Umschlägen stecken Zeitungsausschnitte, er legt sie auf den Tisch, überfliegt sie und schlägt dann mit der flachen Hand darauf. Erschrocken und fasziniert betrachtet Lucidus die wechselnden Phasen von Euphorie, Empörung und Schlägen. Theatralisch kommt es ihm vor, hat der Meister nicht schon auf schlechte Nachrichten gewartet?

Lucidus hebt die zerknüllten Papiere auf, liest eines um das andere und sieht immer klarer: Es sind Briefe von vegetarianischen Mitstreitern, besser gesagt ehemaligen Mitstreitern, die nun offenbar eine geschlossene Phalanx gegen Diefenbach und seine Gemeinschaft bilden und auf der Welle reiten, die die Journalisten angestoßen haben: Sogar August Aderholdt, der im Vorjahr seine großartigen Kölner Vorträge über den Vegetarianismus herausgebracht und Diefenbach mit Widmung übersandt hat, bezeichnet ihn jetzt als verrückt. Dock und Baltzer nennen ihn schamlos und faul und sogar Guttzeit, dem er Obdach gegeben hat und der sein Predigtgenosse gewesen ist, lobt zwar Diefenbachs Vorsätze, tadelt aber in einem Artikel dessen lockere Sitten.

Lucidus tritt zum Meister, legt die glatt gestrichenen Papiere vorsichtig auf den Tisch und versucht Diefenbach, der über der Tischplatte zusammengesunken ist, mit Worten Mut zu machen: Das sei doch ein Ruf zum Kampfe! Jetzt müsse man es allen zeigen! Und das könne am besten durch die Herausgabe des schon lange säumigen Buches bewerkstelligt werden! Die Arbeiten für den versprochenen zweiten Band könnten doch endlich fertiggestellt werden, es gebe doch mehr als genug Skizzen. Er sei schließlich hier, um ihm zu helfen, sie müssten nur endlich mit der Arbeit anfangen. Wenn der Band dann gedruckt wäre und bei den Buchhändlern läge, würden die Spötter verstummen und ihre Häme würde sich, wie schon einmal, in Bewunderung wandeln!

Diefenbach pflichtet ihm müde bei, gut, morgen könnten sie ja mit den Arbeiten in Öl beginnen, Farbe und Leinwand gebe es ja genug.

Doch schon nach zwei Tagen Malen wird beiden klar, dass sie im Steinbruch keine Ruhe finden können. Magdalene, die mittlerweile im fünften Monat guter Hoffnung ist und sich angesichts ihres malenden Gatten allein um die Kinder kümmern muss, brüllt ohne Unterlass die zu jeder Tageszeit frei herumtollenden Sprösslinge an, bis es Diefenbach reicht und er wiederum Magdalene anbrüllt, weil sie es nicht fertigbringt, die Kinder vom Atelier fernzuhalten. Und so geht es hin und her mit dem Geschrei, nur am Abend, als er sich doch noch von ihr befriedigen lässt, tönen die beiden anders.

»So wird das nichts«, sagt Driessen am Abend des zweiten Tages. Entschlossen packen die beiden Männer ihre Seesäcke, klappen die Staffeleien zusammen, lassen eine Droschke kommen und fahren nach dem Starnberger See. Vier Wochen wollen sie auf der Rottmannshöhe bleiben und die Kinderszenen in freier Natur malen, doch schon nach drei Tagen skizziert Diefenbach wieder eine Pyramide, die im Steinbruch als Kirche der neuen Zeit emporwachsen soll, und neue Wohnpaläste mit Glaswänden für die Bewohner der Steinbruchkolonie. Stundenlang überlegt er, wie Fabriken zu bauen wären, die Fleischersatz aus Erbsenextrakten und Hefe herstellen würden, ein Produkt, wie es unter Vegetarianern jetzt immer mehr in Mode kommt. Diese Deviationen des Meisters stürzen Lucidus, der nur einige unbeholfene Skizzen produziert, in abgrundtiefe Verzweiflung. Sie streiten, Diefenbach verschwindet daraufhin zwei obskure Tage in München und taucht hernach wieder in Rottmanshöhe auf, als ob nichts gewesen wäre.

Nach zehn fruchtlosen Tagen sind sie wieder im Steinbruch und gehen einander behutsam aus dem Weg. Keine einzige Szene für den neuen Zyklus ist entstanden, dafür hat Diefenbach einen Packen Skizzen für die Gebäude der vegetarianischen Stadt der Zukunft.

Da inzwischen ein weiterer Schmähartikel samt Karikatur erschienen ist, sagt sich Diefenbach, dass irgendetwas getan werden muss. Er beschließt, eine Entgegnung auf all die Schmähungen der letzten Wochen zu schreiben, eine Philippika soll es werden, ein Pamphlet, zu veröffentlichen von allen

Zeitungen Münchens. Tagelang sitzt er gebückt am Tisch, schreibt, korrigiert, schreibt neu, verwirft, schreibt wieder neu, verschiebt die Veröffentlichung von Tag zu Tag. Nach einer Woche fühlt er sich völlig entleert, da ist nichts mehr in ihm, das nach außen drängt, dafür hat er ein Dutzend Seiten eng beschrieben, zu viel für einen Artikel oder einen Leserbrief: So viele Worte wird keine Zeitung abdrucken. Aber zusammenkürzen – niemals!

Er könnte den Text als Rede vortragen: Wenn er es recht betrachtet, ist es nichts weniger als eine klassische Rede mit *argumentatio* und *refutatio*, derer er früher so viele geschrieben hat. Aber wo und vor wem sollte er sie halten? Niemand in München würde ihm in diesen Tagen einen Saal vermieten, und wenn, kämen, aufgehetzt durch die Presse, eher Leute, um ihn zu verspotten und nicht, weil sie ihr Leben von Grund ändern wollten.

Da Magdalene mit jeder Woche der Schwangerschaft reizbarer wird, sich immer öfter über Kleinigkeiten echauffiert, erklärt sie ihm schließlich, dass sie nicht gewillt sei, das Kind, das Anfang Oktober auf die Welt kommen soll, in der Wildnis des Steinbruchs (hier übertreibt sie maßlos, denn sie hat ja ihr eigenes Zimmer im Herrenhaus, was sie weiß und Diefenbach auch) zu gebären, ihre Mutter wisse eine Wohnung in Grünwald für sie, die Vermieterin sei eine entfernte Verwandte. Magdalene setzt auch durch, Helios und Stella mitzunehmen, ihre Mutter könne auf sie achtgeben, und Diefenbach gibt zu seinem eigenen Erstaunen nach. So kehrt am 18. Juli, als Magdalene mit den Kindern abreist, eine seltene Stille und Friedfertigkeit in den Steinbruch ein und da sich, wie in ärgster Winterkälte, auch in höchster Sommerhitze die Jünger verlaufen haben, begibt sich Diefenbach mit Lucidus wieder nach

Rottmannshöhe, dieses Mal gönnen sie sich ein Zimmer im gleichnamigen Luxushotel. Es ist die warme Jahreszeit, das Haus ist voll mit zahlungskräftigen Gästen. Der Meister einigt sich mit dem Hotelbesitzer, in Bildern zu bezahlen. Da Diefenbach laufend Gäste porträtiert, wird aus einer Woche ein ganzer Monat, den die beiden dort verbringen, nur unterbrochen durch zwei Besuche von der kugelrunden Magdalene und den Kindern. Zu Diefenbachs Missfallen lässt sich Lucidus mit einem Zimmermädchen ein, sodass der Meister die Nächte oft allein im Zimmer verbringen muss.

Als die Hitze Ende August bricht, geht der Betrieb in Höllriegelskreuth wieder los. Schüler finden sich ein, Diefenbach lehrt sie jeden Tag die Grundsätze des neuen Lebens. Einige Kommunarden leben in der Baracke, andere sind Tagesgäste. Es gibt noch ein paar warme Nächte, man übernachtet sogar gemeinsam im Freien und badet im Licht von Mond und Sternen, tagsüber wird diskutiert, gepinselt und in der Sonne gelegen.

Diefenbach malt in dieser Zeit eine Serie von Nachtbildern, von denen auf einigen der Steinbruch unter einem düsteren nächtlichen Wolkenhimmel erscheint wie der Ölberg mit einem winzigen betenden Christus in der Bildmitte, der zufällig dieselbe Kutte trägt wie Diefenbach. Lucidus hingegen treibt es immer wieder nach Rottmannshöhe, die weißen Schenkel seiner Liebschaft gehen ihm nicht aus dem Kopf.

Als der Verleger Ströter am 1. September nachfragt, wie es denn mit dem Bilderzyklus stehe, muss Diefenbach bekennen, dass die geschuldete *Kindermusik*, zweiter Teil, noch nicht ganz fertig ist (dass sie noch nicht einmal begonnen ist, wagt er nicht zu sagen). Auch in den nächsten Tagen kommt er nicht dazu, die Jünger verlangen ihn zu hören, die täglichen Unterweisungen, die Gespräche am Lagerfeuer fordern seine ganze Kraft, sodass er zu müde ist, um den Pinsel in die Hand zu nehmen.

Am 17. September reicht es Lucidus alias Otto Driessen. Wozu ist er gekommen? Der Meister hat nichts weitergebracht in dieser Zeit. Und was haben ihm die Wochen gebracht außer ein paar fleischlichen Genüssen in Rottmannshöhe? Der Meister hat nicht mehr so viel Zeit für mich, denkt er bei sich, ich bin überflüssig an diesem Ort. Vor Tagesanbruch stopft er seine Habseligkeiten in seinen Seesack. Diefenbach weiß so gut wie er, dass das Semester erst in drei Wochen beginnt. Der Abschied bei trübem Sonnenaufgang ist kurz und wortlos.

Lange sieht ihm Diefenbach nach, bis er hinter der Wegbiegung verschwunden ist.

Dann wendet er sich um zu Magdalene. Ihr Bauch ist zu einer Kugel gespannt.

»Es wird bald losgehen«, sagt sie.

KAPITEL 15

»Keine Kuhmilch! Nein, auch keine Milch von der Ziege oder vom Schaf! Du weißt, dass den Tieren die Milch wegzunehmen von einem barbarischen Geiste zeugt, der unserer Gemeinschaft fremd ist. Und du weißt auch, dass sich durch den Genuss von Tiermilch der Tiercharakter auf den Menschen in unheilvoller Weise überträgt. Das ist schließlich wissenschaftlich bewiesen.«

»Was kann ich dafür, dass ich wieder keine Milch habe«, sagt Magdalene und Wellen des Schluchzens rollen über ihren Körper, der das Pralle und Rosige der Schwangerschaft verloren hat. Sie wendet ihren Kopf auf die andere Seite des Polsters und gibt einen großen Tränenfleck frei. Die Oktobersonne bildet einen rautenförmigen Lichtfleck auf ihrer Bettdecke, der kurz Diefenbachs Aufmerksamkeit in Anspruch nimmt. Er lässt seinen Blick durch das Zimmer schweifen, Schrank, Waschtisch, Schüsseln. Die Hebamme Hueber hat ihr das größte Zimmer gegeben, es wird auch am meisten kosten.

»Der Bub wird verhungern!«, sagt Magdalene und greift nach dem Stofftaschentuch auf dem Nachtkästchen, in das sie sich geräuschvoll schnäuzt.

»Das wird er nicht«, sagt Diefenbach, und nimmt ihre Hand. »Wir werden *Doktor Lahmann's Vegetabile Milch* verwenden. Ein Jammer, dass wir das nicht schon bei Helios und Stella gemacht haben!«

»Was ist das für ein Zeug?«, sagt Magdalene und richtet sich auf.

»Das kennst du noch nicht. Es ist ganz neu. Der beste vegetarianische Milchersatz, den es gibt«, sagt er mit bemüht ruhiger Stimme und hebt den rechten Zeigefinger.

»Eine Emulsion aus Wasser, feinst gemahlenen Mandeln und Nüssen. Gibt es jetzt in jeder Apotheke! Dazu mischen wir dann die Hafermilch, die wir selber erzeugen. Es wird ganz einfach, vertraue mir!«

Er tätschelt ihre Hand, die er bisher starr gehalten hat.

Magdalene schluckt noch ein wenig, ein paarmal schüttelt sie noch ein Echo des Schluchzens.

Diefenbach sieht einen Moment zur Seite, sein Blick fällt in den Spiegel über dem Waschtisch: ein bebrillter, vollbärtiger Mann mit wallender Haarmähne und sonnengegerbtem Gesicht, umhüllt von einer grobfasrigen Kutte, in einem weißen, aseptischen Raum.

Wie ein Fremdkörper wirke ich hier, denkt er und merkt, dass Magdalene wieder matt auf ihren Polster gesunken ist.

»Und welchen Namen soll er nun haben?«, fragt sie kraftlos, wohl eingedenk der Diskussionen, die sie bereits um die Findung des geeigneten Namens für ihren Spross geführt haben.

»Ich bleibe bei Lucidus. Nicht nur Otto Driessen soll so heißen, sondern auch mein eigen Fleisch und Blut. Lucidus, Lichtbringer, ein Kind des Lichts wie schon Helios und Stella.«

Magdalene antwortet nicht.

»Wann wirst du entlassen?«

»Frau Hueber hat gesagt vielleicht schon übermorgen. Aber die Sache mit der Milch …«

»Ich werde gleich in die Stadt gehen und *Doktor Lahmann's* besorgen. Keinen Tag soll das Kind mehr Kuhmilch bekommen! Und du kommst selbstverständlich wieder zu uns in den Steinbruch.«

Er fügt nicht hinzu: Die Wohnung, auf die sie bestanden und in der sie die letzten beiden Monate überwiegend verbracht hat, kann ich ohnehin nicht mehr bezahlen. Für solche Sperenzchen reicht das Geld nicht mehr.

Wieder schluchzt Magdalene, sie neigt sich zu Diefenbach, er beugt sich von seinem Sessel hinunter zu einer linkischen Umarmung.

Eine Woche später – alles hat sich wunderbar dareingefunden, die Familie ist wieder vereint, Diefenbach rührt jeden Tag die Lahmann'sche Emulsion mit seiner Hafermilch zusammen – bringt ein atemloser Jünger Diefenbach einen Brief, den der Postbote mit seinem Karriol unten am Steinbruch abgegeben hat. Er stutzt, der Absender ist das Königliche Bezirksamt München II, Betreff: Vorladung wegen Kindesvernachlässigung und mangelhafter Ernährung des neugeborenen Kindes Lucidus Diefenbach. Kindesvernachlässigung, nur weil das Kind vegetabile Milch bekommt und stundenlang an die frische Luft gehängt wird? Ah, die Hebamme Hueber hat ihn angezeigt, mit der er vor fünf Tagen noch um den Zimmerpreis gestritten hat! Diese rachsüchtige Ignorantin!

In der Amtsstube sitzt er zwei feisten Beamten gegenüber, deren Westen so spannen, dass zwischen den Knöpfen die Hemden durchblitzen.

Als es nach Vorbringung der Vergehen durch die Beamten an ihm ist, sich zu rechtfertigen, erhebt er sich, streicht sich den Bart und beginnt zu reden. So lange hat er keine Rede mehr gehalten, so vieles gibt es zu sagen, gerade zwei solchen offensichtlich ungesund lebenden Menschen! Eine Kaskade von Sätzen bricht aus ihm heraus, unmöglich, sie aufzuhalten: Er spricht über die ethische Überlegenheit der Pflanzenkost, die die Zukunft der Menschheit darstelle und daher den Kindern von Anfang an zuteilwerden müsse, er erörtert das Tierleid, das dadurch vermieden werde, und schließlich redet er über die ökonomischen Vorteile des Vegetarianismus, der nicht nur die Kosten für die Lebenshaltung der Menschen senken, sondern auch dem Staat viel Geld ersparen könnte, da es keine kranken Menschen mehr geben würde.

Vergeblich bleiben die Versuche der zwei konsternierten Staatsdiener, den Wortregen, der auf sie niederprasselt, zu unterbrechen oder gar zu beenden, vergeblich ist jeder Versuch, dem Ungestüm des Predigers Einhalt zu gebieten.

Inzwischen ist Diefenbach von der Verteidigung zum Angriff übergegangen und geißelt die Rotte von Schlemmern und Säufern, die auf der ganzen Welt, aber besonders in der Münchnerstadt stark vertreten sei, was sich besonders beim Oktoberfest in abscheulichster Manier zeige. Für diese tierhaften Menschen sei der sinnliche Genuss der einzige Zweck ihres Lebens, sie dächten nicht mit ihren Hirnen, sondern mit ihren Gaumen und Bäuchen. Essend, trinkend und rauchend lebten sie stumpfsinnig dahin und erkennten nicht, dass die vegetabile Lebensweise die einzig richtige sei, um den Menschen weg vom Tier hin zum neuen Menschen führe. Um nichts besser seien sie als die Menschenfresser in den Kolonien, denn es sei ja einleuchtend, dass Tierfleisch dem Menschenfleisch näher stehe als der Pflanzenkost.

»Was das Fleischessen mit dem Menschen macht, sieht man ja«, sagt er und blickt von einem zum anderen Beamten. Doch noch ehe sie etwas einwenden können, spricht er schon weiter.

»Fleisch bringt Kraft, einen größeren Unsinn habe ich nie gehört und dennoch höre ich seine Wiederholung aber- und abermalen. Sehet die Bauern, von denen die meisten nur am Sonntage Fleisch essen! Nicht sie sind es, die an Podagra und an Gicht leiden oder sogar daran sterben, sondern ihr verderbten Stadtbewohner seid es, die sich mit Fleisch vollstopfen, mit Bier zuschütten und mit Zigarren nach preußischer Art einrauchen. Ihr seid es, die ihr in euren Stuben hocket und kaum an Licht und Luft kommet. Merket: Pflanzenkost macht gesund, Fleischkost bringt Krankheit und Siechtum hervor. Und wenn man dann volkswirtschaftlich …«

Weiter kommt er nicht, der eine Dicke haut mit der Faust auf den Tisch und brüllt ein »Ruhe!«, dass Diefenbach verstummt und seine Ohren zu sausen beginnen. Der andere hat einen Klingelknopf gedrückt, der ein fernes Schrillen ausgelöst hat, Diefenbach wiederholt die letzten Worte stotternd.

»Das tun wir uns nicht an«, hört Diefenbach den einen zum anderen sagen. Die Tür fliegt auf, zwei Männer betreten den Raum, sie fassen ihn an den Oberarmen, schleifen ihn hinaus und setzen ihn vor der Haustür ab.

»Gut«, sagt Diefenbach zu sich selbst und klopft sich imaginären Staub von den Unterarmen.

Eine Woche später, gerade will er an Lucidus schreiben, dass das Projekt mit dem Kinderasyl nur mit ihm gemeinsam verwirklicht werden kann, bringt der Postillon einen amtlichen Brief: Verständigung der Staatsanwaltschaft Wolfratshausen betreffend den Antrag auf Entmündigung, eingebracht von Amts wegen. Das ist also die Rache der Beamten!

Diesmal tritt Ströter, der von der Sache Wind bekommen hat, mit ihm den Gang zum Amt an. Der Verleger, der noch immer auf den zweiten Band wartet, verwendet sich für ihn: Ein Diefenbach, der in der Irrenanstalt sitzt, kann ihm schließlich keine Bilder mehr liefern.

Tatsächlich erwirkt Ströter, dass Diefenbach amtsärztlich untersucht werden soll. Was denn diese Vorhaltungen überhaupt sollten, sagt er zum Richter, denn wenn man einem Künstler nicht ein wenig Exzentrizität zubillige, müsse man wohl den ganzen Stand hinter Gitter bringen. Und so wird Diefenbach vom Irrenarzt Jaksch vermessen und gewogen, wird abgehorcht und ausgefragt. Doch die Untersuchung bringt keinen Hinweis auf Geisteskrankheit, allenfalls eine leichte Neigung zur Melancholie. Das Verfahren wird eingestellt.

Als die Blätter fallen, verläuft sich wieder ein Jünger nach dem anderen. Im Frühjahr komme ich wieder, sagt ein jeder, Diefenbach nickt nur wissend.

Am Weihnachtstag schwitzt er fiebrig unter Mänteln und Decken in seinem Bett, ein kleiner Ofen pufft Kohlendunst in den Raum, selbst Magdalene hat es vorgezogen, mit den Kindern bei ihrer ehemaligen Vermieterin in Grünwald unterzukommen, dort sei es schön warm.

Als das Jahr endet, ist Diefenbach endlich wieder fähig, einen Pinsel in die Hand zu nehmen, aber die Kälte lässt ihn morgens lange liegen bleiben und abends früh schlafen gehen.

Die *Kindermusik*, zweiter Teil, ist zu Silvester 1886 immer noch nicht fertig.

KAPITEL 16

Jetzt nur noch sterben!

Es ist ein frischer Maitag, die Amseln pfeifen, die Finken zilpen, der Steinbruch begrünt sich, drei Jünger haben sich auch schon wieder eingefunden. Magdalene ist mit den Kindern schon im März zurückgekehrt und bisher hat es erstaunlicherweise kaum Streit gegeben. Auch die vorübergehenden Wutanfälle des schnell wachsenden Helios gegenüber der Mutter haben sich mit der aufkommenden Ahnung vom Sommer gelegt. Aber trotzdem: Jetzt nur noch sterben!

Denn seit zwei Tagen liegt Diefenbach wieder im Bett. Zu Ostern hat er, als er wieder leichte Gliederschmerzen bekam, zur Jahreszeit passend, einen dramatisch sterbenden Christus gemalt, der ihm überraschend ähnlich sieht, dann ein Kreuzigungsbild, das er mit *Vater, verzeih ihnen* betitelt hat. Nein, gläubig ist er nach wie vor nicht, aber der Mensch Jesus Christus als Leidender, der den Anspruch erhebt, den Menschen erlösen und zu seinem Heil führen zu können, ist er nicht eine Art Präfiguration seiner selbst, Diefenbachs? Ist die erlösende Botschaft, der Ruf nach Umkehr, die Verkündigung eines neuen Äons durch Jesus nicht ähnlich seinem eigenen Unternehmen, gilt es doch nicht weniger, die Menschen zu einem ethisch höherwertigen Leben zu bekehren und ihnen klarzumachen, dass eine neue Zeit angebrochen ist? Und nebenbei: Irgendein Pfaffe wird schon ergriffen sein und das Bild kaufen. Die Kirchenleute zahlen wenigstens gleich.

Als er vor gut einem Monat am Gründonnerstag, als die Kirchenglocken pausenlos läuteten, erwogen hat, dass, wenn es

Gott gäbe, er sich vielleicht durch ein Gebet erweichen ließe, das ihn von seinen Schmerzen befreite, sind just, als er diese Gedanken hin und her geschoben hat, seine Schmerzen heftiger geworden und in der Nacht auf den Karfreitag hat ihn ein Fieberschub für zwei Tage ans Bett gefesselt, bis er am Ostersonntag – welche Koinzidenz! – wieder aufstehen konnte. Dann hat es einen Monat Ruhe und Frieden mit allen und allem gegeben, und jetzt im Mai sind sämtliche Schmerzen zurückgekommen. Und wie! In allen Gliedern zerrt und zwickt es, der lädierte Arm hat eine leichte Lähmung, er findet kaum noch Schlaf, außerdem gibt es wieder kein Geld, der Betrieb im Steinbruch lebt von den Spenden der Anhänger. Nur Sorgen und Schmerzen, wohin man sieht!

Ja, am besten wäre es zu sterben.

Es klopft. Der Jünger Karl Bacher, von ihm Antares genannt nach dem rötlichen Hauptstern des Skorpions, tritt ein und schreckt zurück. Sehe ich wirklich schon so miserabel aus, denkt sich Diefenbach. Er versucht sich zu erinnern, wann er sich das letzte Mal gewaschen hat. Gestern war's nicht.

»Ein Neuer«, stößt Antares hervor, »auch ein Maler.«

Diefenbach versteht nicht.

»Ein neuer Jünger.«

»Sag nicht Jünger. Brüder sind wir alle, Brüder einer neuen Zeit. Wo ist er? Warte.«

Er rappelt sich hoch, stellt den Polster auf, kurz wird ihm schwarz vor Augen, in der Schwärze explodieren Funken wie winzige Feuerwerke, dann ist er wieder bei sich.

Aber schon tritt der Fremde herein, ein Jüngling, langes, seidiges Haar fällt von seinem Scheitel. Er hat nicht angeklopft, sondern ist ohne Aufforderung eingetreten. Was soll man davon halten?

Diefenbach setzt sich die Brille auf und betrachtet den Eindringling, der sich vor ihm etwas zu tief verbeugt, genauer.

Eine markante Nase, die in einer durchgehenden Stirnwulst über den Augen mündet, ist das auffälligste Merkmal dieses Gesichts. Unter der Wulst sitzen tief vergraben die durchdringend blickenden Augen, die den Jüngling ernst und um Jahre älter wirken lassen.

Ein Gesicht, das er malen muss. Diefenbach sieht an ihm hinab und kann es nicht glauben: Er trägt eine Wollkutte und Bastschuhe wie er selbst.

Der junge Mann stellt sich als Hugo Höppener vor und äußert sein Begehren: Nachdem er vor einem Jahr sein Abitur gemacht habe, hätten ihn seine Eltern auf die Akademie geschickt, da er von seinem Wunsche, Künstler zu werden, nicht abzurücken bereit gewesen sei. Er habe mit Eifer das Studium an der Münchner Kunstakademie aufgenommen, habe es aber schließlich nur ein Semester dortselbst ausgehalten. Viel habe er in dieser Zeit gelesen, die neuen Anarchisten und die aktuelle vegetarianische Literatur sowie natürlich die Schriften Kneipps und Baltzers. Als er eines Tages mit der Wollkutte, wie Jäger sie in seinen Schriften empfehle, an der Akademie auftauchte, hieß man ihn einen Diefenbacher. Das habe er nicht verstanden, aber es habe ihm keine Ruhe gelassen, sodass er Erkundigungen eingezogen habe, wer dieser Diefenbach sei. Schließlich sei er zu der Überzeugung gekommen, dass die ideale Verbindung von Vegetarianismus und Freikörperkultur, von Anarchismus und Pazifismus, von Naturheilkunde und Lebensfreude nirgendwo auf der Welt so ideal verwirklicht sei als nachgerade hier in dem Steinbruche zu Höllriegelskreuth unter Meister Diefenbach. Er biete sich ihm als Schüler in allen Belangen an, um die Kunst des neuen Zeitalters zu lernen, denn an der Akademie lehrten die Professoren einen zu malen wie die Alten, aber niemand sei dort bereit für heutige Kunst, die doch Ausdruck der Lebensreform sein müsse. So sei er eben hierhergelangt, Diefenbach möge verzeihen, wenn er zu schnell gesprochen habe.

Der Meister blinzelt, mustert den Neunzehnjährigen abermals von Kopf bis Fuß, ja, fast ein Knabe ist er noch in seiner Gestalt, und hat doch so tief liegende Augen. Und offenbar ist er wirklich wild entschlossen, ein Bürger der neuen Zeit zu sein.

Diefenbach überlegt. Was, wenn dieser Jüngling der ersehnte Gehilfe sein könnte, um den über ein Jahr alten Auftrag zur *Kindermusik* endlich auszuführen? Wer weiß, ob Lucidus überhaupt wiederkehren wird und wann. Ja, der junge Mann macht einen guten Eindruck; Diefenbach kann einen Assistenten, der des Malens kundig ist, dringend brauchen.

Da er nichts sagt, wird der Jüngling unruhig.

»Bitte nimm Er mich, Meister, ich will Ihm allzeit folgsam und treu sein.«

»Treue«, murmelt Diefenbach, »*fides*.«

Er blickt auf, hebt noch immer im Bett sitzend die Rechte und krümmt die Finger bedeutungsvoll zur feierlichen Geste.

»So sei Er aufgenommen und bleibe bei uns. Aber lasse Er die förmliche Anrede und geben wir einander das Du, hier sind wir alle Brüder.«

Diefenbach, eben noch lethargisch, fühlt einen Schub an Kraft. Er erhebt sich aus dem Bett, schlüpft in seine Sandalen und umarmt den Jüngling Hugo Höppener.

»Und treu willst du mir auch sein, sagest du. Nun, so heiße denn ab jetzt Fidus, der Getreue, auf dass du immer treu zu mir stehen mögest.«

Diefenbach klettert ins Bett zurück, deckt sich zu und winkt Fidus zu sich, der einen Sessel zum Bett rückt. Schweigend legt er ihm die Hand auf.

Wie der sterbende Isaak dem Jakob beim Erstgeburtssegen, denkt sich der zu Fidus gewordene Hugo.

Dann, auf einmal wieder in aufgeräumten Ton, bittet Diefenbach seinen Getreuen, er möge sich hier wie zu Hause fühlen, es herrsche fast in allen Dingen Gütergemeinschaft, die anderen Genossen würden ihm ein Bett zuweisen und ihn über die Regeln der Gemeinschaft unterrichten.

Als Fidus draußen ist, grübelt Diefenbach, ob es nicht vernünftig gewesen wäre, den Neuankömmling ausführlicher befragt zu haben. Er sollte mehr auf der Hut sein. Vielleicht ist Fidus gar ein Spion? Aber nein, Unsinn. Hat er es nicht im Gefühl gehabt, dass der Neue es aufrichtig und ehrlich meint und nichts Arglistiges im Schilde führt? Ja, es wird gut sein.

Mit diesem Gefühl der Zufriedenheit deckt er sich zu und schläft ein.

Schon am nächsten Tag steht Fidus an der Staffelei in Diefenbachs Zimmer und malt die Silhouetten nach des liegenden Meisters Skizzen in einem Tempo, das in Diefenbach den Willen erweckt, mit dem quicken Jungspund wettzueifern. Jedoch steht er zu schnell auf, ein stechender Schmerz in der Schamgegend lässt ihn wieder das Bett suchen, es sind die Hoden, die diesmal schmerzen, ein Leiden, das er, wie er sich schlagartig erinnert, vor fast zwanzig Jahren als Fotografengehilfe gehabt hat; damals ist es eine langwierige Angelegenheit gewesen und er hat es, wenn ihn die Erinnerung nicht trügt, mit dem literweisen Konsum von Kräutertee kuriert. Damals ist er sich sicher gewesen, sich die Krankheit bei einer Prostituierten eingefangen zu haben, aber jetzt? Oder hat der Krankheitserreger in ihm geschlummert? Dann lieber im Bett geblieben, gleich ordert er bei Fidus eine Kanne Kamillentee.

In den nächsten Tagen erschöpfen sich seine Tätigkeiten in Liegen, Trinken, Urinieren und Zeichnen, während Fidus vor dem Krankenbett an der Staffelei steht und versucht, des Meisters Entwürfe detailgenau in Öl umzusetzen, wobei er zu Diefenbachs Erstaunen und Wohlgefallen eine große Geschicklichkeit an den Tag legt.

Und mitten in diesen Tätigkeiten, in dem Moment, als Diefenbach gewahrt, dass Fidus einen Strich so führt, wie er es selber getan hätte, geht es dem Meister auf: Ja, das ist ein würdiger Geselle. Wenn ich einmal nicht mehr bin, wird er mein Erbe fortführen. Zwar mutet ihn der Gedanke seltsam an, da er erst sechsunddreißig Jahre zählt und Fidus neunzehn, dennoch, wer weiß, wie viel Lebenszeit diesem seinem gequälten Körper noch gegeben ist. Er weiß es: Dieser Schüler wird mein Anliegen fortführen, vielleicht wird er mich eines Tages sogar übertreffen. Wenn nur, so denkt er liegend und hustend, diese wunderbare Symbiose möglichst lang anhalte: Ich skizziere und ordne an, Fidus malt und gehorcht.

Doch in die selbstvergessene Idylle der beiden Männer platzt nach zwei Tagen wieder ein Brief: Otto Driessen, *candidatus* der Medizin, so schreibt dessen Vater, ist in tragischer Weise aus dem Leben geschieden, die Beisetzung erfolgt im engsten Familienkreis. Dem Meister bleibt das Herz stehen. Aus dem Leben geschieden? Mehr schreibt der Vater nicht, so oft Diefenbach den Brief wendet und nach weiteren Zeichen absucht. Was Wehe! Otto Driessen, sein Lucidus, ist nicht mehr! Der Mensch in seiner Blüte, die so viel versprach, dahingeschieden! Und das ihm! Zu all den Schmerzen des Körpers jetzt noch dieser unfassbare Schmerz der Seele! Diefenbach zieht sich die Decke über den Kopf, bis zum Abend ist er nicht ansprechbar, isst nichts und lässt sich anderntags nur widerwillig Zuckerwasser einflößen.

Als er sich am Abend des zweiten Tages endlich gefasst hat, auch die Hodenschmerzen sind mittlerweile abgeklungen, setzt er sich an den Schreibtisch und verfasst ein ausführliches Kondolenzschreiben an Ottos Vater, dem er viele Fragen stellt. In den folgenden Tagen wartet Diefenbach auf Antwort, als diese ausbleibt, schreibt er ein weiteres Mal und noch dreimal. Doch Ottos Vater antwortet nicht, Diefenbach erfährt nichts über die genaueren Umstände des Todes, nichts über Hinterlassenschaften oder Aufzeichnungen des Verstorbenen. Hat Otto Hand an sich gelegt oder war es ein Unfall? Hat er dem Druck der sich selbst zivilisiert nennenden Gesellschaft nicht standgehalten, den Spott, den die Fleischesser über die Fruchtköstler, die Mediziner über die Naturheilkundler ausschütten, nicht ertragen?

Nachdem Ottos Vater auch nach dem fünften Brief nicht antwortet, gibt Diefenbach auf.

Lucidus, der erste Lichtbringer, ist tot, so sagt er sich eines Morgens laut vor. »Jetzt gibt es nur noch einen Träger dieses Namens. Und das ist mein Sohn.«

KAPITEL 17

»Ein neues Menschengeschlecht wird erstehen, es wird nach dem Wahren, Guten und Schönen streben und damit auch nach Gott, ja, es wird Gott selbst sein, wie der Philosoph Nietzsche und andere dies schon ausgeführt haben. Alles, was wir in unserer Gemeinschaft exekutieren, ist schon eine Vorausschau auf diese neue Gesellschaft. Der Mensch der Zukunft wird sich selbst Gott sein, er wird Pflanzenkost essen und keinem Tier und keinem Menschen etwas zuleide tun. Wer zweifelte daran, dass der Tiermord die Quelle aller anderen Verbrechen ist? In dieser Zukunft wird es keine Verbrechen und keine Kriege mehr geben, der Staat wird keine Soldaten mehr brauchen und auch Gerichte, so wie dieses hier, werden überflüssig sein. Und er wird nackt gehen, denn wie ich schon ausgeführt habe, ist es gerade die aufreizende Kleidung, sind es die eingeschnürten Taillen und die gepolsterten Brüste, die das unsittliche Begehren erregen, und daher ist die Nacktheit das einzige Mittel, dieses künstlich hochgepeitschte Begehren und somit den Verfall unserer Zivilisation ein für alle Mal zu beenden.«

Diefenbach stützt sich auf das Holzgeländer des Gerichtsstands, er keucht.

Der Richter fasst an seinen Kragen und lockert ihn.

»Das ist ja schön und gut, Herr Diefenbach, die Gedanken sind frei. Aber das, was Sie hier vorbringen, ist Ihre Privatphilosophie, keine Verteidigung. Die Anklage lautet auf Erregung öffentlichen Ärgernisses, groben Unfug und unsittliche Handlungen. Und da habe ich noch immer keine klare Antwort bekommen. Und werde sie offenbar auch nicht bekommen. Ich danke Ihnen. Die Verhandlung ist geschlossen.«

Der Richter faltet die Akte, die vor ihm liegt, zusammen, steht auf, desgleichen die schläfrigen Schöffen, und verlässt den Saal, die Karawane der ehrenamtlich Richtenden anführend.

Diefenbach hält sich noch immer an dem Holzgeländer vor seinem Sessel fest.

Langsam setzt er sich und schließt die Augen.

So ein verlogenes Volk! Nur weil sich wieder so ein lüsterner Gendarm in den Büschen versteckt und das Treiben der Kommune beobachtet hat! Nicht genug, dass der voyeuristische Ordnungshüter Anzeige erstattet hat, nein, er musste die Geschichte gleich dem Zeitungsreporter der *Münchener Post* unter die Nase reiben, der wie ein Spürhund wöchentlich die Gendarmeriestationen nach einer guten Geschichte abklappert. Von Wilden im adamitischen Kostüm, die mit ihren nackten Hintern die Sonne anbeten, hat er geschrieben. Von langhaarigen Lazzaronen, die den ganzen Tag auf der faulen Haut liegen, von nackt herumtollenden Kindern, die sich zwischen ebenfalls nackten Adulten mit nassem Sand bewerfen und Säuglingen, die in Einkaufsnetzen hängend in der Sonne baumeln.

Ein Gerichtsdiener führt ihn aus dem Saal, er setzt sich auf die Bank neben Fidus, der ihm die Hand auf die Schulter legt.

»Zu lange wird die Beratung wohl nicht dauern«, sagt Fidus.

Diefenbach blickt auf.

»Ich muss dir danken, o Getreuer. Du hast gut für mich gesprochen.«

Fidus nickt.

Er schont mich, denkt Diefenbach, mit mir ist wieder mein Temperament durchgegangen, ich konnte einfach nicht anders als weit auszuholen. Ja, vielleicht hat meine Verteidigungsrede mir eher geschadet als genützt. Fidus ist zwar jünger, aber trotzdem erfahrener im Umgang mit der Welt, er hat sachlich und logisch argumentiert, in einer gefälligen Sprache, sodass der Richter immer wieder genickt und sogar geschmunzelt hat. Und dann ist meine Rede gekommen, die sofort ins Allgemeine, ins Programmatische abgeschweift ist. Was aber doch auch wichtig ist! Wie sollte jemand die Praxis sonst begreifen, wenn man nicht die theoretische Grundlage vorher explizierte?

Er hängt noch eine Weile seinen Gedanken nach, endlich bricht die knarrende Tür die drückende Stille, ein Gerichtsdiener erscheint.

Es sind Geldstrafen, die der Richter in einem Singsang herunterliest: fünfundzwanzig Mark wegen groben Unfugs, zweiunddreißig Mark und fünfundachtzig Pfennig Gerichtskostenersatz, neunundsiebzig Mark wegen Erregung öffentlichen Ärgernisses, Klammer nacktes Malen auf der Terrasse der Einsiedelei, Klammer zu, und so weiter, zum Schluss noch zwanzig Mark wegen Verhöhnung des Gerichts, Klammer, Erscheinen in sogenannter Reformkleidung sowie ohne Schuhwerk, Klammer zu. Das Urteil wird schriftlich zugestellt, allfällige Berufung ist schriftlich einzubringen.

Genau so barfuß, wie sie den Hinweg angetreten haben, wandeln die beiden wieder die Isar entlang, vom Landgericht Wolfratshausen durch die Aulandschaft bis in den Steinbruch, dessen grüngrauer Hang sich gegen den Abendhimmel malerisch abzeichnet. Hin und her überlegen sie, während sie an einer Flussmühle vorbeigehen, wie sie das Geld für die Strafen aufbringen könnten, wälzen Pläne, verwerfen sie, verfallen schließlich in Schweigen, denn beide wissen wohl, dass kein Weg daran vorbeiführen wird, wiederum anspruchslose Porträts für blasierte Neureiche zu malen und Bilder mit einsam betenden Gestalten für kunstsammelnde Pfarrer. Die Bürger, die sich gerne vom Bürgerschreck Diefenbach porträtieren lassen, müssen ja nicht um dessen Abscheu vor dem schnöden Geschäft wissen; die Priester, die die dramatischen Ölbergbilder erstehen, sollen ja ruhig glauben, dass es sich bei dem gewitterumtosten Dulder um den Mann aus Nazareth handelt und nicht um ihn selbst.

Endlich im Herrenhaus angelangt, legt sich Diefenbach hin, unendlich müde fühlt er sich nach dieser titanischen Mühe des Prozesses. Er schließt die Augen, draußen zirpen Grillen, seine Gedanken schweifen. Wie herrlich ruhig es hier jetzt ist ohne Magdalene, nicht oft genug kann er es sich in Erinnerung rufen. Dass sie mit Clemens Driessen zusammenlebt, schmerzt ihn ein bisschen, wenn er jetzt an sie denkt. Kurz nach dem Tode seines Bruders Otto alias Lucidus angereist, hat sich Clemens ganz als Gönner präsentiert und Diefenbach eine Woche Kuraufenthalt in Leipzig finanziert. In der *Internationalen Lehranstalt für arzneilose und operationslose Heilkunst* von Louis Kuhne hat Diefenbach gleich am ersten Tag viele Gleichgesinnte getroffen, was ihm ein Hochgefühl vermittelt hat. Lediglich das tägliche Abreiben der Genitalien mit eiskaltem Wasser und die darauf folgenden Dampfbäder sind eine Qual gewesen, die aber sicher zur Stärkung der natürlichen Abwehrkräfte beigetragen haben. Bemerkenswert, wie Clemens es in der Woche der Diefenbach'schen Abwesenheit geschafft hat, Magdalene so völlig in ihn verliebt zu machen, dass Diefenbach nach seiner Rückkehr nichts anderes übrig geblieben ist, als im Sinne seiner eigenen Auffassung der freien Liebe zu akzeptieren, dass Magdalene den Steinbruch verlässt und zu Clemens ins fränkische Lichtenau zieht. Dass sie Stella und Lucidus mitgenommen hat, hat ihn dann mehr geschmerzt als der

Umstand, dass sie ihn für einen anderen Mann verlassen hat, der nun ihr Gezänk aushalten muss. Wenigstens Helios, sein lichter Spross, ist ihm geblieben, Gott sei Dank, sein Helios!

Ihn hätte er sich um keinen Preis nehmen lassen, der Knabe liebt ihn schließlich mehr als seine Mutter und durchschaut schon klar deren Intrigenspiel, das hat Magdalene wohl gespürt und ihn aus diesem Grunde zurückgelassen. Helios, sein Licht! Wie er unbefangen nackt im Steinbruch herumtollt, mit Stab und Holzreifen spielend! Wie er grimmig die Violine streicht, die blonden Locken über dem glänzenden Schallkörper. Helios, wenn nur sein geliebter Helios ihm bleibt! Mit dem Bild seines blond gelockten Sohnes schläft er ein.

Eine Woche nach dem Gerichtstermin klopft nämlicher Clemens Driessen frühmorgens an die Tür des Herrenhauses. Er wirkt, als ob er die Nacht nicht geschlafen hätte. Diefenbach hat gerade sein Waschwasser von der Waschschüssel in den Kübel geschüttet und im Nachthemd die Tür geöffnet.

Ob Diefenbach wisse, wo Magda sei, und die Kinder, fragt Clemens kraftlos (So, Magda nennt er sie jetzt! Was für ein Abstieg!). Sie sei mit beiden Kindern verschwunden.

»Hier ist sie nicht«, sagt Diefenbach, der es genießt, so kurz angebunden zu sein und im nächsten Moment auf einmal panische Angst um seine Sprosse hat. Wenn ihnen etwas zustieß! O dieses Weibes, das die Kinder verdirbt und auch jetzt den jüngeren Driessen ins Unglück stürzt! Es ist doch der Eltern, Unbill abzuhalten von den Kindern, nicht ihnen ein solches zu verschaffen! Aber offenbar ist es Clemens Driessen auch nicht gelungen, das Ungestüm dieses Weibes zu bändigen. Was, wenn schon Schlimmes passiert ist?

»Wenn sie auftaucht, gib mir bitte Post«, sagt Driessen und richtet das Revers seiner Jacke. Ein richtiger Geck ist er geworden, seit er dem Steinbruch Valet gesagt hat, auch wenn er in dieser Morgenstunde aussieht wie eine zerrupfte Krähe.

Tage schönsten Altweibersommers ziehen ins Land, doch Diefenbach findet keine Ruhe. Wo ist Magdalene? Wo sind die Kinder? Als der Postbote eines Mittags das bekannte Gerichtsurteil bringt, zieht Diefenbach, nachdem er das Schriftstück stirnrunzelnd zweimal studiert hat, eine Leidensmiene auf: So komme denn, Schicksal! Fahre herab, Blitz des rächenden Gottes! Aber Fidus: »Das wissen wir doch schon. Und hier steht es schwarz auf weiß: Eine Berufung kann eingebracht werden. Der Richter hat es selbst erwähnt, erinnere dich doch!«

Diefenbach winkt ab, alles vergebens.

Doch Fidus, von loderndem Eifer erfüllt, redet mit einer Eselsgeduld auf den Meister ein, bis dieser einer Berufung zustimmt, wenn nur Fidus sie formulierte. Da Fidus sich gleich an den Schreibtisch setzt und ein Schreiben zusammenstellt, gesellt sich Diefenbach, noch etwas unsicher ob der von seinen Schultern genommenen Last, zu seinen Schülern, die wie jeden Sommerabend schon um das noch zu entzündende Lagerfeuer zusammensitzen. Da es sehr warm ist für September, haben die Kommunarden den ganzen Nachmittag, während die zwei Führer debattierten, nackt in der Sonne gelegen und diskutiert: über Anarchismus und die Sinnhaftigkeit von Volapük, dann über die neuesten Fleischersatzstoffe und Naturheilmethoden, deren es täglich mehr gibt. In Paris sei zwar die chinesische Akupunkturmode endgültig vorbei, berichten sie jetzt ihrem Meister, aber es gebe seit Neuestem wieder Ärzte, die sie anwendeten.

»Wie viele Wege es doch heute gibt!«, ruft ein anderer aus.

»Pfarrer Kneipp heilt mit bloßem Wasser sogar Cholera, Rikli mit Licht und Luft sogar Typhus, Schüßler mit Mineralsalzen sogar Schwindsucht, andere mit Kräutertees, Salben und sogar Weihrauch alle möglichen Krankheiten von Wassersucht bis zu Krebsgeschwüren. Ist das nicht wunderbar?«

Diefenbach nickt langsam. Obwohl er diese Sachen schon hundertmal gehört und gepredigt hat, genießt er es, den eifrig einander überbietenden Diskutanten zuzuhören: Alle haben sie recht, die Medizin der neuen Zeit wird keine Doktoren und Apotheker brauchen, die Natur stellt alles zur Verfügung; es reicht, sich ihr anzuvertrauen.

Am 9. September 1888 wird frühmorgens die Tür zu Diefenbachs Schlafzimmer aufgerissen, Magdalene steht da, Lucidus an ihrer rechten, Stella an ihrer linken Hand. Die Verschollene ist zurück! Hier bei ihm! Diefenbach tut einen Schrei und fuchtelt mit den Armen: Nein, es ist kein Traum, den ihm ein missgünstiger Gott geschickt hat, die Furie ist zurück! Ihre Haare sind ungekämmt, die Augen starren wirr. Diefenbach gibt noch einmal einen tierischen Laut von sich, auf den hin Fidus ins Zimmer stürzt, die Lage sofort erkennt und die drei hinausbugsiert.

Als er zu Diefenbach ins Zimmer zurückkehrt, findet er diesen unter seiner Bettdecke begraben vor. Eiskalt sei ihm, sagt er, indem er hervorlugt. Er klappert deutlich mit den Zähnen und krampft sich ruckartig zusammen, als ob elektrische Ladungen durch seinen Körper flössen. Dann zieht er sich wieder die Decke über den Kopf. Er hört noch, wie Fidus zu Magdalene, die offenbar wieder ins Zimmer getreten ist, sagt, sie solle das Haus verlassen und zu Clemens gehen, der sie schon seit zehn Tagen suche.

Dann wird ihm schwarz vor Augen.

KAPITEL 18

Wie niederträchtig doch Ankündigungen sind, die zu keinem anderen Zwecke gemacht werden, als den Betroffenen in falscher Sicherheit zu wiegen! Der ankündende Übeltäter kann seine böse Tat dann umso überraschender ausführen und sein ahnungsloses Opfer völlig überrumpeln. Zu spät ist dann jede Gegenwehr, nutzlos jede Klage, das *fait accompli* ist schon produziert.

Seit drei Wochen ist die reuige Magdalene wieder bei ihm, völlig überworfen hat sie sich mit ihrem zeitweisen Gefährten Clemens Driessen, völlig abweisend ist sie aber auch ihrem Noch-immer-Gatten Diefenbach gegenüber, der aus ihrem Gehabe nicht schlau wird: Ist sie nur zu ihm zurückgekehrt, um sich ihm wieder zu verweigern und ihn zu ärgern?

Wie erleichtert ist der Meister daher, als Magdalene ihm sagt, sie werde bald wieder abreisen, nein, nicht zu Clemens, sie fahre nach Landeck in Schlesien, zur Cousine, die sie schon Jahre nicht mehr gesehen hat. Sie nehme die zwei Kleinen mit, Helios solle ruhig hierbleiben, er sei von Diefenbach ohnehin nicht zu trennen.

Und wirklich, anderntags macht sie sich auf, zu Fuß mit Lucidus an der Linken und ihrem Pappkoffer in der Rechten, an dessen Griff sich Stella festhält, will sie nach München. Kalesche hat sie keine kommen lassen, aber wie auch. Sie ist ja in den Steinbruch zurückgekehrt, weil sie sich nicht nur mit Clemens überworfen, sondern auch kein Geld mehr gehabt hat, um dann festzustellen, dass bei Diefenbach nichts zu holen war, was sie sich schon hätte denken können. Trotzdem läuft Diefenbach jetzt bis Pullach mit und zahlt einem Bauern ein paar Mark, der Magdalene und die Kinder schließlich auf seinen Leiterwagen lädt und nach München bringt.

Die Erleichterung über Magdalenes Abgang währt nur kurz, denn am nächsten Tag ist der bei ihm zurückgelassene Helios spurlos verschwunden. Bis in die tiefschwarze Nacht hinein durchkämmt die Steinbruchgemeinschaft den von Buschwerk überwachsenen Hang, sucht das Ufer der Isar ab, voll von bösen Ahnungen. Tags darauf setzen die Kuttenträger die Suche fort und weiten sie aus, befragen die Bauern aus Pullach und Grünwald, aber von dem Jungen findet sich keine Spur.

»Wir suchen den Fluss entlang«, sagt Diefenbach beim Mittagsmahl, das aus Frühäpfeln und ersten Nüssen besteht, die ihm prompt ein Stechen im Magen verursachen, worauf er sein Bett aufsucht. Und während Fidus und die anderen Jünger die Isar auf und ab laufen, windet sich Diefenbach auf seiner Liegestatt, verflucht das Schicksal, das ihm den geliebten Sohn entrissen hat, und schwört dem Gott, an den er nicht glaubt, ein weiteres dornengekröntes Haupt zu malen, wenn der Junge bald wohlbehalten auftauche.

Die Jünger kehren am Abend zurück, Helios bleibt verschwunden.

Am nächsten Morgen zeigt Fidus das Verschwinden bei der Gendarmeriestation an.

Hätte er das bloß nicht gemacht!

Denn wieder fühlen sich die phlegmatischen Ordnungshüter genötigt, gründliche Ermittlungen im Steinbruch anzustellen: Ungeniert begaffen sie die nackten, sich in der Septembersonne rekelnden Jünger, fragen den redseligen Diefenbach gierig über sein Liebesleben aus und machen sich jede Menge Notizen. Gott sei Dank sind sie nach einer Stunde verschwunden.

Vierzehn qualvolle Tage verstreichen, kein Helios, keine Magdalene, keine Kinder. Diefenbach will Magdalene schreiben, kommt aber nach dem Durchstöbern sämtlicher Schubladen darauf, dass er keine Adresse von der Cousine in Schlesien hat, ja nicht einmal an den Namen kann er sich erinnern. Böttger? Böttcher? Bötticher? Aber hat Magdalene überhaupt eine Cousine in Schlesien? Sie hat sie nie erwähnt.

Auch in den folgenden Tagen hört Fidus nicht auf, nach dem Knaben zu suchen, Tag für Tag in einem anderen Dorf entlang der Isar stochert er mit seinem Wanderstab in jedem Heuhaufen herum, blickt in jede Tenne, jeden Schuppen, jeden Brunnen, jeden Erdkeller.

Auf einer dieser Touren grollt eines Abends ein Gewitter über dem Wanderer, sodass Fidus beim Bauern Köck in Pullach, der auch eine Gastwirtschaft führt, einkehrt. Er ist schon zwei- oder dreimal hier gewesen, der Bauer ist den Diefenbachern nicht feind. Zwar ist das Herrenhaus nur noch ein paar Hundert Meter entfernt, doch zieht er die Wirtsstube vor, an deren Fenster schon dicke Tropfen platschen.

»Ist die Frau Diefenbach schon zurück?«, fragt der Bauer den einzigen Gast in der Stube, und Fidus ist es müde zu antworten, schließlich hat er diese Frage schon oft gehört. Doch irgendetwas lässt ihn aufhorchen, ein Ton, der sich in die Satzmelodie des Wirtes gemischt hat, vielleicht ist es der Umstand, dass Köck die Frage unter keinen Umständen wirklich so gemeint hat, sondern nur rhetorisch oder aus Höflichkeit. Fidus kneift die Augen zusammen. Nein, irgendetwas klingt unehrlich in diesem Satz, ob der Bauer vielleicht etwas weiß?

»Leider nein«, sagt Fidus und nickt der Magd zu, die ihm aus einem Krug Wasser einschenkt. Seltsame Blicke wechseln sie, der Wirt, die wächserne blonde Tochter, die am Kachelofen sitzt, und die breitmundige Magd, die gerade den Krug abstellt.

»Wir haben sie nicht gesehen«, sagt die Tochter schnell.

Dann schweigen alle. Es ist spät, das Gewitter will nicht aufhören. Fidus bittet, im Heu unterschlüpfen zu dürfen.

Die Magd zeigt ihm den Heuschober, sie legt sich auch zu ihm und lässt sich ein wenig küssen und kneten, aber nicht mehr.

»Schau einmal unten beim Kalkofen nach, im Paukhäuschen. Von mir hast es nicht«, sagt sie und lässt Fidus mit einem harten Gemächt zurück, für dessen Entspannung er ächzend sorgt.

Mit dem ersten Hahnenschrei springt er auf, es mag halb sechs sein. Er macht seine gymnastischen Übungen, die er nie auslässt, und schreitet sodann zum Isarufer hinunter. Trotz der Nebelschwaden, die noch über dem Ufer wabern, erblickt er sofort den breiten kegelförmigen Ziegelschlot des Brennofens, rundherum ist der Boden aufgeweicht, weiße Klumpen wie übergroße Kreidestücke liegen im Matsch. Die Hütte neben diesem Ofen muss es sein, wohl die frühere Wohnstatt des Kalkbrenners. Ohne zu klopfen reißt er die Brettertür auf, im Innenraum ist es dunkel und miefig, der Geruch ein Gemisch aus Schweiß und Essig. Und da, auf der Pritsche, die an die Hüttenrückwand angebaut ist, liegt das vermaledeite Weib, in schäbige Decken gehüllt, den kleinen Lucidus bei sich im Bett; die zwei anderen Kinder schlafen auf Strohsäcken auf dem Lehmboden. Magdalene hat die Augen aufgerissen, ob vom dumpfen Knall der aufgestoßenen Tür aufgescheucht oder weil sie schon länger wach liegt, vermag Fidus nicht zu sagen. Wortlos starrt sie ihn an, auch Lucidus neben ihr hat Augen und Mund offen, Helios und Stella schlummern friedlich weiter.

Nachdem er das Weib angebrüllt und die Tür wieder zugeschlagen und von außen mit einem herumliegenden Brett zugespreizt hat, lässt Fidus den Wirt die Gendarmerie rufen, die nach einer guten halben Stunde anreitet. Unter Tränen erzählt Magdalene den zwei Beamten noch vor Ort die ganze Geschichte: Wie sie die Reise nach Schlesien vorgetäuscht hat. Wie sie Helios vom Steinbruch weggelockt hat. Wie sie den Kindern verboten hat, die Hütte zu verlassen. Wie sie von Wurst, Brot und Wasser gelebt haben, fast drei Wochen lang, die Krämerin hat sie versorgt. Die Gendarmen fordern sie auf, sich und die Kinder zu waschen und zu kämmen, was sie unter Grummeln erledigt. Dann nehmen sie die vier Flüchtigen und Fidus mit, um sich die ganze Geschichte noch einmal für das Protokoll erzählen zu lassen.

Als Fidus mit einem Gendarmen und den Kindern Stunden später im Steinbruch auftaucht und dem bettlägerigen Meister behutsam den Tathergang schildert, während der Helmträger ungeduldig mit dem Fuß tappt, krümmt sich Diefenbach, der das Bett anlässlich des Besuchs nicht verlassen hat, mit jedem Satz der Geschichte mehr, gerade so, als ob er mit jedem Wort einen Schlag in die Magengrube empfangen würde. Was Weh! Was Ärger über das irre gewordene Weib! Aber auch was Freude!, dass den Kindern nichts weiter passiert ist als ein paar Tage zu hungern und zu frieren! Nicht auszudenken, was dieser verirrten Seele von Magdalene noch eingefallen wäre!

Die Kinder bleiben jedenfalls hier, sagt der Gendarm ungeduldig, Frau Diefenbach bekomme einige Tage Arrest und werde dann dem Irrenarzt vorgeführt.

Trotz der Freude über die wiedererlangten Sprösslinge fesseln die Magenschmerzen den Meister noch zwei Tage ans Bett, nur wenig nimmt er in dieser Zeit zu sich. Weder taucht er seine Hände in die Waschschüssel noch führt er einen Kamm an sein Haar. Mit klagenden Worten über sein Schicksal im Allgemeinen und über die Magenschmerzen im Besonderen macht er jedes Gespräch mit seinen Jüngern unmöglich. Diese vertreiben sich indessen etwas ratlos die Zeit mit Reden über die Zukunft des Menschengeschlechts.

Nach einer Woche, während der sich Fidus aufmerksam um die Kinder kümmert, ist der Meister zwar vollständig genesen, doch sein Gemüt ist weiterhin wie im Fieber: Zu viele große Gedanken sind ihm im Krankenbett durch den Kopf gewandert, zu viele Nächte hat er mit Nachsinnen über seine Reformgemeinschaft verbracht, ohne darauf zu kommen, was denn endlich der nächste Schritt sein solle, der zu tun sei, um seiner Idee zum Durchbruch zu verhelfen.

Unruhig und zugleich untätig wandelt er untertags im Steinbruchgelände umher und sagt allabendlich zu Fidus, dass er außerstande sei, einen Pinsel anzufassen. Fidus möge ruhig weiterarbeiten an den gemeinsamen Projekten, was jener aber ohnehin getan hat, während Diefenbach im Bett lag. Außerdem seien, so Diefenbach, Lebensmittel für die Gemeinschaft zu besorgen und ein Wintervorrat anzulegen. Fidus runzelt die Stirn.

»Meister, ich sage es ungern, aber es gibt nur noch ein paar Mark in der Kasse. Ein halber Sack Weizen ist noch da und ein halbes Fass Weißkraut vom Vorjahr, sonst ist alles aus.«

Auch seine eigenen Mittel, sagt Fidus, mit denen er in letzter Zeit ausgeholfen habe, seien inzwischen aufgebraucht und die anderen Anhänger könne man nicht wieder fragen, ohne sie zu vergrämen.

Diefenbach antwortet nicht, es treibt ihn weiter um, auch am nächsten Tag isst er kaum und fasst keinen Pinsel an und als Fidus ihn darauf hinweist, dass Magdalene übermorgen aus dem Arrest entlassen werde, legt sich Diefenbach wieder ins Bett. Gnade Gott, wenn diese Harpyie wieder in den Steinbruch einflöge und wie Eris Zank zwischen allen Menschen ausstreute, denen sie begegnet!

Bedrückt von diesen mannigfachen Sorgen erfasst ihn ein nervöses Zucken, das bei den Händen beginnt und sich schließlich auf alle Gliedmaßen ausbreitet. Keine Antwort gibt er mehr auf die Fragen von Fidus und auf jene der das Bett umstehenden Jünger, kein Haferbrei kommt über seine zittrigen Lippen, kein Schlaf kühlt seine nervöse Hitze. Gestikulierend und zuckend spricht er nur noch mit sich selbst, um abends fiebrig aufs Lager zu sinken.

Am nächsten Tage hüllt Fidus den Bibbernden in eine Wolldecke und hilft ihm in eine Kutsche.

»Ein Nervenzusammenbruch«, sagt der diensthabende Arzt in der Ambulanz des Spitals links der Isar zu Fidus. »Herr Diefenbach kann gleich hierbleiben, wir werden ihn ein paar Tage beobachten.«

Doch aus den paar Tagen wird eine Woche, werden zwei Wochen, wird ein Monat und mehr, während die Laubbäume sich ihrer Blätter entledigen und sogar vom Himmel die ersten zaghaften Flocken fallen. Eisern marschiert Fidus jeden zweiten Tag in Kutte und strohgestopften Gummistiefeln an das Bett des Meisters und berichtet ihm die neuesten Dinge. Die ersten Anhänger hätten den Steinbruch verlassen, da sie nicht mehr glauben, dass die Stätte eine Inspiration zu vermitteln vermag, wenn ihre Seele und ihr Herz fehlten, nebenbei gebe es keine Kohlen mehr zum Heizen, und um Brennholz zu machen, sei es jetzt zu spät. Die das Stadtleben gewohnten Adepten seien überdies nicht tauglich für diese Arbeit.

Die Woche darauf berichtet ihm Fidus, dass es bei Gericht in der Causa Nudismus langsam, aber stetig weitergehe: Der Einspruch sei erfolgreich gewesen, die Causa liege nun beim Landesgericht München II, mit einem Urteil in zweiter Instanz sei nächste Woche zu rechnen, die Chancen stünden gut, auch wenn man dortamts beschlossen habe, dass die neuen Ermittlungserkenntnisse der Gendarmen, die wegen Helios den Steinbruch noch einmal aufgesucht hätten, einbezogen würden. Die zurückgekehrte Magdalene wohne mit den Kindern jetzt im Herrenhaus, er habe es ihr nicht wehren können. Sie habe sich von Clemens endgültig getrennt, zeige ehrlich Reue und sorge gut für die Kinder.

Diefenbach nimmt die Nachrichten gleichgültig nickend auf, sogar diese letzte, während Fidus ihm die Hand streichelt. Der Jünger bringt es indessen nicht übers Herz, ihm zu berichten, dass die Presse das Thema Diefenbach wieder aufgekocht hat, dass, seitdem der Meister im Krankenhaus liegt, keine Woche vergangen ist, da nicht Spott und Hohn über die armselige, ihres Führers beraubte Kommune ausgeschüttet worden ist. Ein Schreiberling hat angesichts des Drecks und der Nacktheit, die er im Steinbruch vorfand, bevor die letzten Jünger den Ort verließen, sogar den Ausdruck »Schweineleben« verwendet und blumig etwas über angebliche orgiastische Exzesse der Kommunarden zusammenfantasiert. Nein, all das erzählt Fidus seinem Führer nicht, sooft er auch an seinem Bett sitzt oder später neben ihm auf einer Bank im Park des Klinikums, wo sie in kurzen Phasen der letzten Herbstwärme mit ihren halb entblößten Körpern den wärmenden Strahlen der Heil bringenden Sonne frönen.

Am 16. November kann der Schüler aber nicht mehr an sich halten, übergroß ist die Last der Neuigkeit, die er mit sich herumträgt, er muss sich ihrer entledigen. Länger als gewöhnlich sitzt er schweigend an des Meisters Bett, schon fühlt auch der Liegende das Unheil.

»Das Gericht hat entschieden«, sagt Fidus schließlich und holt einen Umschlag hervor.

Diefenbach macht die Augen halb zu und seufzt.

Fidus rapportiert wie ein Adjutant seinem Feldwebel:

Sechs Wochen Haft für Karl Wilhelm Diefenbach, genannt Homo, drei für Hugo Höppener, genannt Fidus, unbedingt.

Von unsittlichen Exzessen und wilden Orgien sei in der Urteilsbegründung die Rede, so Fidus, von öffentlichem Unfug und Erregung öffentlichen Ärgernisses. Für Diefenbach gelte wohl Haftunfähigkeit, aber er, Fidus, würde jetzt drei Wochen nicht zu Besuch kommen.

Und wirklich, Fidus erscheint am übernächsten Tag nicht mehr und auch an den darauffolgenden nicht.

Aber nach zwei Wochen sitzt er wieder am Krankenbett und weiß nicht zu sagen, ob er nun wegen guter Führung entlassen worden ist oder weil die Zeitungen ihren Spott mittlerweile über die voyeuristischen Gendarmen ergossen haben.

Und er hat gute Nachrichten für seinen Meister: Bei Diefenbach komme nämlich aufgrund des psychiatrischen Gutachtens, von dem der Meister jetzt zum ersten Mal erfährt, eine sogenannte Außervollzugsetzung des Haftbefehls zur Anwendung, sodass er jetzt die Haftstrafe gleichsam im Krankenhaus verbüße.

Drei Tage vor Weihnachten wird Diefenbach entlassen, Fidus holt ihn ab. Als die beiden nach fast dreistündigem Fußmarsch beim Höllriegelskreuther Herrenhaus ankommen, kringelt Rauch aus dem Kamin, die Fenster sind erleuchtet. Magdalene und die drei Kinder fallen dem Verblüfften um den Hals. Sie trägt eine saubere Kutte, das Haar ist geschmückt mit einem Netz, sie riecht gut, eine neue Frau. Vergessen scheint die Rankünе, verblichen die Furie, sie herzt und küsst den Heimkehrer wie einst und schwört ihm ewige Gefolgschaft; auch Fidus, der ihn auf dem Marsch begleitet hat, umarmt ihn innig, als sähen sie einander erst jetzt.

»Mit dem Weihnachtsfeste werden wir unser Werk beginnen«, sagt Diefenbach, als sich der Ansturm gelegt hat. »Meine liebe Familie! Ich habe so lange darüber nachgedacht. Alles, was wir bisher geschaffen haben, war nur Vorarbeit. Das Buch, ein Kinderkram. Die Skizzen, lächerliche Versuche. Wir werden das Unternehmen *Kindermusik* ganz neu in Angriff nehmen. Die Silhouetten aber sollen bleiben.«

Und so redet er, sehr entschieden, keinen Widerspruch duldend, ganz der Alte, immer weiter und weiter. Fidus ist erstaunt, was sich der Meister in seiner Krankenhauszeit ausgedacht hat, ohne dass er ihm bei einem seiner Besuche davon erzählt hatte.

»Wir werden es aber nicht mehr *Kindermusik* nennen«, sagt Diefenbach und hält den rechten Zeigefinger in die Höhe, wieder ganz der lehrende Prophet.

»Das ist zu läppisch und der großen Sache, der wir uns verschrieben haben, in keiner Weise angemessen. Einen anderen Namen habe ich mir für den Zyklus ausgedacht: *Per aspera ad astra!* Ein Name, der Programm ist! Habe ich doch selbst so viele Härten erfahren und werde dennoch zu den Sternen gelangen – und nicht nur ich, nein, es ist ein Programm für die gesamte Menschheit, denn dornig ist der Weg zum Menschen der neuen Zeit: Dieser Mensch, wie wir alle wissen, wird Vegetarianer sein und Nudist, Pazifist und Anarchist, er wird die Naturmedizin anwenden und die Bande von Kirche, Staat und Ehe abschütteln. Froh und einträchtig wird er dem Bruder die Hand reichen. Wir gehen gleich morgen ans Werk!«

KAPITEL 19

Und wirklich, mit Beginn des neuen Jahres – das unheilvolle Dreikaiserjahr, das die Journalisten wegen der dreifachen Acht Dreibrezeljahr getauft hatten, ist gottlob vorbei –, machen sich die beiden Männer im schwach geheizten Glasdach-Atelier an die Arbeit. Magdalene weilt mit den Kindern bei wirklichen Verwandten, unter deren Aufsicht sie täglich an ihn schreiben und ihre Anwesenheit bestätigen muss. Lehrer und Schüler haben das Herrenhaus für sich allein.

In den ersten Tagen ist Diefenbach voller Energie, er skizziert und zerknüllt, plant und verwirft, und Fidus, dessen Talent sich in diesen Tagen für Diefenbach immer deutlicher zeigt, zaubert mit immer größerer Routine die schwarzen Silhouetten auf das Büttenpapier. Nachmittags legt sich der Meister, immer noch etwas geschwächt, zur Ruhe, während Fidus wie besessen weitermacht und haarkleine Details an den Umrissen der Figuren anbringt. Schließlich gibt der Meister auch das Skizzieren auf, wozu diese Arbeit, wenn der geniale Schüler alles sofort versteht, wenn es diesen seltenen Gleichklang zweier Seelen gibt, der keine Geste braucht und keines Wortes bedarf. Als ihm an einem Tag unwohl wird, richtet ihm Fidus im Atelier eine Liegestatt, von der aus Diefenbach dem rastlos malenden Schüler Anweisungen gibt, wie diese und jene Figur zu malen sei, wo noch ein Detail hinzugefügt gehörte und welches Bild es leider verdiene, verworfen und verbrannt zu werden. Geduldig folgt der Getreue den von Tag zu Tag müder werdenden Worten seines Meisters, wenn nicht ohne Zögern, so doch ohne Murren.

Noch ahnen beide nicht, dass die Kunstverständigen Jahre später diese Bilder als Fidus' alleiniges Werk ansehen und Diefenbach jede Beteiligung absprechen würden, was zwar Fidus dementieren würde, aber niemand würde ihm glauben. Nein, davon ist jetzt nichts zu spüren in diesem innigen Zusammenwirken von Meister und Schüler, durch deren einträchtiges Wirken nun Bild um Bild des Zyklus *Per aspera ad astra* entsteht.

Schließlich lässt ihn Magdalene in einem ihrer Briefchen wissen, dass sie von den Verwandten Abschied genommen habe, aber nicht mehr in den Steinbruch zurückkehre, sondern doch wieder bei Clemens Driessen einziehe, der sie dortselbst öfter besucht habe und dessen wieder entbrannte Leidenschaft nicht geringer sei als seine Fürsorge und seine finanziellen Mittel.

Diefenbach muss zweimal lesen, doch diesmal fühlt er bei dieser Botschaft nur Taubheit, keinen Schmerz. Es ist auch keine Zeit für Gefühle in dem fanatischen Arbeiten, in das sich die beiden gestürzt haben, sodass ihn in den folgenden Tagen nicht einmal die Abwesenheit des Helios schmerzt. Wenn es so sein soll, soll es eben so sein. Seine Aufgabe ist es jetzt, diesen Zyklus fertigzustellen. Tag um Tag, Woche um Woche malen die beiden Seite an Seite, zur Sicherheit malen sie eine weitere Ausgabe der gesamten Serie, und diesmal ist das Ziel ihres Eifers nur, die Vorlage millimetergenau abzubilden. Täglich essen sie gemeinsam ihren Haferbrei, Sauerkraut und die Kelleräpfel, die mitleidige Bauern aus der Umgebung ihnen schenken, da Diefenbach beim Krämer im Dorf das Limit schon lange überschritten hat und nicht mehr anschreiben lassen kann.

Es regnet viel in den nächsten Wochen, da der Winter nicht nachlassen und der Frühling nicht beginnen will. Diefenbach fragt sich, ob das der Grund ist, dass sich keiner von den Anhängern, die sich im Herbst verabschiedet haben, wieder blicken lässt.

So bleiben die beiden auch den ganzen verregneten März allein.

Im April erwacht mit der Natur zumindest das Interesse der Reporter an dem Diefenbach'schen Unternehmen wieder, zwei von ihnen tauchen im Steinbruch auf, reden viel mit Fidus und berichten dann in ihren Blättern überraschend wohlwollend – sie nehmen sogar das Wort Wiedergutmachung in den Mund – über die erstaunliche Winterproduktion des Malerduos im Steinbruch, wobei sie freilich nicht verschweigen, dass die beiden Künstler etwas verwahrlost wirken.

Diese Artikel, die sofort für Stadtgespräch sorgen, wecken einige alte Mäzene aus ihrem Winterschlaf, die in den nächsten Tagen die beiden Maleinsiedler besuchen und aufgrund der Szene, die sich ihnen bietet, sowie auf Diefenbachs Lamentationen hin ein paar Hunderter lockermachen, sodass er die Schulden, die sich im Dorfladen und bei einigen Münchner Händlern zu einer nicht geringen Summe akkumuliert haben, begleichen, Vorräte für einige Wochen kaufen und sogar noch etwas auf die Seite legen kann. Dafür erwarten sich aber einige Gönner, dass Diefenbach kommende Aufträge für Porträts nicht ablehne. Und so malen die beiden zunächst einige Porträts, die zusätzlich ein wenig Geld in die Kasse spülen, erst als mit den ersten warmen Tagen die Kommune wieder anwächst, malt Diefenbach wieder Sujets nach seinem Geschmack: einsame Beter in dämmrigen Berglandschaften, verkannte Propheten vor dramatischen Himmeln, Felsklüfte unter heftigen Gewitterstürmen.

Den ganzen Mai hindurch ist es so friedlich wie eintönig, Diefenbach malt, lehrt, spaziert, Spanner und Gendarmen lassen die Gemeinschaft unbehelligt, kein Störenfried dringt in das ruhig vor sich hin plätschernde Leben der nackt wandelnden und Pflanzenkost genießenden Gemeinschaft. Da es kaum regnet, aber zugleich angenehm warm ist, liegen die Kommunarden stundenlang nackt in der Sonne und wetteifern gleichsam darum, wer den dunkelsten Teint hat. Magdalene macht mit Clemens Driessen und den Kindern alle zwei Wochen der Gemeinschaft ihre Aufwartung, ohne dass ein böses Wort fällt.

Doch diese Zeit, die Diefenbach wie ein Kontinuum ohne Tag und Stunde vorkommt, geht mit einem Riss zu Ende, als an einem sonnigen Maitag eine Kalesche in den Hof rattert. Herab steigt Baumeister Heilmann, und Diefenbach fällt in diesem Moment ein, dass er seinem Vermieter bisher noch keine Pacht für Herrenhaus und Steinbruch entrichtet hat.

Heilmann hat offenbar dessen Gedanken gelesen und wiegelt ab. Gott zum Gruße, und nein, er komme nicht, um die Pacht zu kassieren, Diefenbach habe ohnehin viel investiert, sondern vielmehr um ihm einen Vorschlag zu unterbreiten. Diefenbach ist so verwirrt, dass er zunächst kein Wort herausbringt, dann aber den Gast zu Tisch bittet. Fidus bereitet einen Gerstenkaffee, es ist auch noch etwas Grahambrot da.

Er baue ja recht viel, sagt Heilmann, den Kaffee schlürfend, zuletzt die sogenannte Kunstgewerbehalle, vielleicht habe Diefenbach davon gelesen, sie stehe an der Stelle des vormaligen Eichthalpalais in der Theatinerstraße.

Diefenbach schüttelt den Kopf, er lese keine Zeitung regelmäßig außer den Vereinsblättern der Vegetarianer und das *Volapükbled.*

Jedenfalls, so fährt Heilmann fort, sollen in dieser Kunstgewerbehalle die neuesten Errungenschaften der Industrie ausgestellt werden. Die Technik mache ja unglaubliche Fortschritte. Aber nun sei es gekommen, dass die Auftraggeber finanzielle Schwierigkeiten hätten (wer hat die nicht, denkt sich Diefenbach) und so sei der Bau noch immer nicht abgerechnet und übergeben, also gehöre er praktisch noch der Firma Heilmann. Vor Herbst sei mit einer Übergabe nicht zu rechnen. Was Diefenbach denn davon halte, wenn er seine Bilder zwischenzeitlich dort ausstellte, Platz gebe es *en masse* und bevor die Halle leer stehe, wäre das doch eine sinnvolle Interimsnutzung der Räumlichkeiten.

Jetzt ist der Meister baff und versucht es, so gut er es vermag, zu verbergen. Nur keine Überraschung zeigen! Und schon gar nicht den hündisch dankbaren Untertan mimen!

Er danke sehr, aber er müsse darüber nachdenken, sagt Diefenbach fast etwas unfreundlich, was Heilmann einen säuerlichen Ausdruck ins Gesicht zeichnet.

Wie er meine, er solle ihm jedenfalls bis morgen Bescheid geben, ob er Interesse habe, sagt der Baumeister knapp und erhebt sich. Diefenbach versucht, in das Händeschütteln etwas Herzlichkeit zu legen, und setzt noch hinzu, eine so große Sache müsse gut überlegt sein, nicht zuletzt wolle er sich mit seinem Mitarbeiter besprechen, wie viele Gemälde, die leider noch immer der Fertigstellung harren, für eine solche Ausstellung noch komplettiert werden können.

»Was fällt dir ein, Meister, darüber auch nur nachzudenken«, sagt Fidus, als Heilmann weg ist und Diefenbach ihm von diesem Angebot erzählt. »Das ist doch die Gelegenheit, viele Menschen für unsere Ideen zu gewinnen! Ihnen die Kunst näherzubringen, die das neue Zeitalter ankündigt!«

Diefenbach runzelt die Stirn. Ist das wirklich die Gelegenheit, auf die er immer gewartet hat? Oder ist so eine Ausstellung nicht vielmehr zu klein, seiner Lehre ziemte doch Größeres, Gigantischeres? Ist das ein Wink des Schicksals, den zu übersehen er Gefahr läuft?

»Nun gut, wenn du meinst, dass wir es schaffen, die Propheten-Serie fertigzustellen. Und die andere Serie, du weißt.«

»Ja, ich denke schon. Aber es wird nicht genug sein. Ich kenne das Gebäude, von dem Heilmann gesprochen hat, ein stattlicher Bau. Da drin wird sehr viel mehr Platz sein als für diese zwei Zyklen; die Räume sind gewiss hoch, zumal dort einmal durchgeschnittene Industriemaschinen gezeigt werden sollen. Da brauchen wir nicht nur große, sondern vielmehr riesige Formate! Und die Bilder, o Meister, die Bilder müssen aufrütteln, müssen unser Programm laut hinausschreien. Ein Manifest der Lebensreform müssen sie sein! O Meister, gehen wir doch gleich morgen zu Heilmann! Und wenn wir in der Stadt sind, bestellen wir gleich Farben.«

So fläzen sich die beiden bärtigen Kuttenträger anderntags auf dem kapitonierten Ledersofa im Büro des Baumeisters, Fidus übernimmt das Reden: Sie dankten für das Angebot, aber eine Ausstellung könne frühestens im August stattfinden, jetzt sei Anfang Mai und man müsse für die Vorbereitung der Exposition mindestens zwei Monate veranschlagen: Nicht nur, dass noch einige Großformate neu zu malen und andere fertigzustellen seien, es sei auch wichtig, gute Reklame zu machen mit Plakaten, Flugblättern, Annoncen und Briefen, denn die großen Hallen wollten gefüllt werden, und all das benötige auch eine gewisse Zeit der Vorbereitung.

Nach Austausch zahlreicher süßlicher Floskeln kommen sie schließlich überein, dass die Ausstellung im Monat August stattfinden soll, einen genauen Tag der Eröffnung werde er, so Diefenbach, etwa in zwei Wochen nennen, bis dahin sehe er sich raus.

Heilmann sagt, als Miete erwarte er sich lediglich zwei oder drei Bilder, eine kleine Gegenleistung in natura, das sei doch sicher kein Problem.

Diefenbach winkt lässig ab.

»Die können Sie jetzt schon haben.«

Der Bauunternehmer räuspert sich und lächelt.

»Bis Ende August können Sie die Halle jedenfalls nutzen, spätestens am 1. September müssen Sie draußen sein«, sagt Heilmann, ohne auf das Angebot Diefenbachs einzugehen. »Falls die Gesellschaft das vereinbarte Zahlungsziel einhält«, setzt er hinzu.

Mit einem Krakel zeichnet er den Vertrag, den er zweifach vorbereitet hat, und schiebt ihn über den Tisch, wo Diefenbach mit weit ausholendem Federstrich unterschreibt.

Heilmann lehnt sich zurück und nimmt einen Zug von seiner Zigarre. Die Diefenbacherianer sind ihm sympathisch, er kann sich nicht helfen, er mag den Ruch der harmlosen Provokation, der über diesem Grüppchen schwebt. Ein wenig erinnern sie ihn an seine Jugendjahre, da er begeistert skizziert und gemalt und sich als jungen Wilden gesehen hat, der sich dann doch für das Studium der Architektur entschieden hat, eine Richtung, in der zur Zeit statt fortschrittlicher Kunst nur mehr die Reproduktion früherer Baustile gefragt ist.

Außerdem, wer weiß, vielleicht sind die hochdramatischen Bilder dieser visionären Einsiedler in ein paar Jahren ein Vielfaches wert. Und mögen diese Leute auch keine Tugendspiegel sein, so ist doch nicht zu leugnen, dass es immer mehr Vegetarianer gibt, in allen Städten schießen die Vereine aus dem Boden wie die Pilze, sogar Ärzte schließen sich diesen Vereinigungen an. Genauso verhält es sich auch mit den Naturheilern. Vielleicht wird sich da noch ein Trend entwickeln, an dem einiges an Profit zu machen wäre, man müsste nur rechtzeitig investieren. Vielleicht wird es eines Tages sogar vegetarianische Läden geben, wie es jetzt Metzgereien und Bäckereien gab. Und er besäße dann die Bilder, die der Zeitmode entsprächen.

Heilmann seufzt und sagt, sie mögen ihn jetzt entschuldigen, er müsse sich an neue Aufträge der Eisenbahngesellschaft machen, die nähmen kein Ende, alle Welt baue zur Zeit Eisenbahnen.

»Auch wir werden uns gleich an die Arbeit machen«, sagt Diefenbach, »seien Sie sich dessen versichert!«

Heilmann nickt, Diefenbach sieht, dass er in Gedanken schon bei seinen Eisenbahnbrücken ist.

KAPITEL 20

Während in Paris Menschen aus aller Welt das anlässlich der Weltausstellung errichtete Stahlbauwerk des Gustave Eiffel bestaunen und die Pariser Bürger Unterschriften zum sofortigen Abbau des stählernen Monstrums sammeln, malen in einem Herrenhaus südlich von München zwei kuttentragende Maler auf riesigen Leinwänden aus dem Gedächtnis Motive, die sie schon einmal, ja mehrmals in kleinerer Form gemalt und verkauft haben.

Diefenbach gräbt auch die Fotografien, die er vor Jahren von den nackten Kindern gemacht hat, aus. Die Abzüge kommen jetzt als Vorlagen gerade recht. Fidus schlägt vor, auch diese als große Formate zu malen, die Leute sollen überwältigt sein!

Meter um Meter neue Leinwand spannen sie auf selbst gezimmerte Keilrahmen, eimerweise rühren sie Farben an, große Mengen vor allem an Beinschwarz: Denn auch die Silhouetten von *Per aspera ad astra* sollen im Großformat erstehen! An die dreißig solcher Leinwände im Ausmaß von zwei mal einem Meter würden sie benötigen, um den gesamten Zug der Kinder wiedererstehen zu lassen. Überhaupt, diesen Zug der unschuldigen Kinder wird er nicht zum letzten Mal erschaffen, das weiß Diefenbach jetzt. Immer wieder wird er sie malen, diese prototypischen Gestalten, diesen Zug perfekt aufeinander abgestimmter Figuren, die das neue Zeitalter so deutlich ankündigen, all die Kinder, die auf gezähmten Löwen und Tigern reiten, die sich an Trauben und Äpfeln ergötzen, die Posaunen blasen und Harfen schlagen, die tanzend und prozessierend einherschreiten, nackt, unbeschwert, frei von Prüderie und

Enge, gebadet in Licht und Luft. Am Ende des Zuges, wird es Diefenbach klar, wird er diesmal sich selbst malen: den Künstler, der noch Teil der alten Zeit ist, der zusammenbricht, bevor der Triumphzug das Paradies erreicht, so wie Moses nicht würdig war, das Heilige Land zu betreten, da er noch das Stigma der vergangenen Zeit trug.

Während er nun Tag und Nacht mit dem Pinsel die Leinwand bearbeitet, wendet sich Fidus zwischen den Malsitzungen auch den etwas vernachlässigten Haushaltspflichten zu, er verkittet da ein Fenster, verputzt dort ein Loch in der Wand, kocht, fegt und schrubbt und kümmert sich um die Beschaffung von Lebensmitteln, eine Tätigkeit, die, obwohl die anderen Kommunarden hie und da etwas beisteuern, sein letztes Erspartes aufzehrt. Daneben schreibt er nach und nach einen Strategieplan für die Bewerbung der Ausstellung zusammen, als ginge es darum, ein fremdes Land mit militärischer Planung zu erobern.

»So macht man das heute«, sagt er zum stirnrunzelnden Diefenbach, »Reklame ist eine eigene Wissenschaft geworden.« Er malt Entwürfe für Plakate, gestaltet Flugblätter mit Text und Grafik, verfasst Texte für Annoncen und ein Bulletin für die Reporter, wie das die Firma seines Onkels mit ihren Geschäftsberichten macht. Und das Wichtigste: Er bringt Diefenbachs alte Gönner dazu, diese Materialschlacht zu finanzieren.

Von einer seiner Touren in die Stadt kommt er sehr spät am Abend nach Hause. Als ihn Diefenbach beim Essen darauf anspricht, druckst Fidus zunächst ein wenig herum.

»So sprich endlich!«, sagt Diefenbach.

»Ich weiß nicht, ob du es schon gehört hast«, murmelt er schließlich. »Hübbe-Schleiden kommt nächste Woche nach München und wird Vorträge halten. Ich hatte vergessen, es dir zu sagen.«

Diefenbach zuckt die Achseln.

»Und? Was haben wir mit ihm gemein? Wozu soll ich, wozu sollen wir da hingehen? Solange die Theosophen noch vom Göttlichen reden, können wir nichts von ihnen lernen. Sie müssen sich emanzipieren von diesem Aberglauben und uns ähnlich werden, das habe ich dir schon oft gesagt. Hübbe-Schleiden! Pah! Aber wenigstens hat er sich von der Blavatsky losgesagt. Diese Schwindlerin, die mit den Toten spricht, richtet genug Unheil und Verwirrung unter den Menschen an.«

Fidus räuspert sich.

»Ich weiß, aber hast du nicht unlängst ein Exemplar der *Sphinx* bestellt?«

»Ja, weil darin eine sehr interessante Abhandlung über die seelische Tätigkeit des Künstlers darin zu lesen war. Carl du Prel, du erinnerst dich, schreibt ja durchaus lesenswerte Artikel. Aber wie schade ist es, dass so gescheite Köpfe diesen wirren Lehren des Spiritismus und Okkultismus auf den Leim gehen oder ihr Heil gar in Indien suchen. Ich verstehe es einfach nicht. Die Natur ist unser Lehrmeister, wir brauchen keinen neuen Aberglauben.«

»Mit Indien meinst du die yogischen Übungen, die jetzt immer mehr Anhänger finden?«

»Yoga, Wiedergeburt, was auch immer. Sie importieren irgendwelche Stücke der Religion, als ob es Tee wäre, und mischen das nach ihrer Mode zusammen, sodass es mit dem Ursprünglichen nichts mehr zu tun hat. Als ob wir durch irgendwelche verrenkten Meditationen bessere Menschen würden! Dass die meisten Hindus Vegetarianer sind, erwähnen diese Herren natürlich nicht. Dabei ist allein die fleischlose Ernährung der Weg zur Erlösung. Im Übrigen …«

Diefenbach hält inne, atmet durch, wird schlaff, schüttelt schwach den Kopf.

»Vielleicht bin ich zu grob. Wenn dich die Vorträge von Hübbe-Schleiden interessieren, ich wehre sie dir nicht«, sagt er versöhnlich. »Hübbe-Schleiden ist ein großer Redner und du magst seine rhetorischen Kniffe wohl studieren. Ich will nicht ungerecht sein, es ist sicher auch Wahres und Gutes dabei bei dem, was er sagt. Und was die Irrlehren betrifft, bist du, denke ich, gefestigt genug, um den Verlockungen der Theosophie nicht auf den Leim zu gehen. Nur – ich für meinen Teil werde meine Zeit sinnvoller zubringen.«

Und wirklich, Fidus geht hin, hört den großen Theosophen und kehrt nach jedem Vortrag in das Herrenhaus zurück, ohne ein Wort über die Ausführungen Hübbe-Schleidens zu verlieren. Mit jedem Tag wird er schweigsamer, immer öfter widerspricht er dem Meister und wagt sogar, hie und da anzumerken, was Hübbe-Schleiden zu diesem und jenem Thema zu sagen habe. Und während die Zeitungen berichten, dass im fernen Paris der Erfinder Edison seinen berühmten Phonographen auf der Weltausstellung präsentiert hat, nimmt die Zwietracht im Steinbruch so überhand, dass die beiden nicht mehr miteinander reden und einander aus dem Weg gehen.

KAPITEL 21

Am 1. Juni packt Fidus, der Treueste der Treuen, Diefenbachs einziger wirklicher Schüler und Mitstreiter, seine Sachen. Er hat ein Gespann kommen lassen, der Kutscher sitzt verschlafen auf dem Bock. Mit Schwung steigt er auf und lässt sich auf den Sitz fallen.

»Zu Hübbe-Schleiden«, ruft der dem Meister zu, als der ihn nach seinem Ziel fragt. Kein Wort haben sie darüber geredet, Diefenbach hat es wohl kommen sehen, doch bis zum Schluss hat er gehofft, dass Fidus widerstehen würde. Ja, sagt er sich, als das Gespann hinter den Bäumen verschwindet, bald schon wird Fidus wieder Hugo Höppener in Berlin sein, vielleicht wird er nach Hübbe-Schleiden einen weiteren Meister finden, vielleicht selbst bald zum Meister werden. Aber vielleicht wird er auch reumütig zurückkehren.

Erst als Diefenbach im Haus ist, kommt es in ihm hoch: Fidus, auf den er alle Hoffnung gesetzt hat, hat ihn verlassen, ist zum Infidus geworden. Wie auch alle anderen ihn verlassen haben oder sicher noch verlassen werden. Er setzt sich an den Esstisch und vergräbt sein Haupt in die verschränkten Arme. Wer wird ihm noch bleiben, um sein Werk zu vollenden? Ist nicht jedes weitere Bemühen sinnlos? Sollte er nicht aufgeben, die Baustelle abbrechen, den Steinbruch verlassen, ein Salonmaler werden wie die anderen, mit Atelier in Schwabing, und Porträts und Veduten malen bis an sein Lebensende?

Eine Nacht, so sagt er sich, will er noch darüber schlafen. Vielleicht bringt der nächste Tag ein Zeichen, einen Wink der Götter.

Doch alles, was der nächste Tag bringt, ist ein Brief des Gerichts: Der Scheidungsprozess, bei dem auch der Verbleib der Kinder geregelt werden soll, wird auf Betreiben Magdalenes wieder aufgenommen.

Vielleicht hätte er das Geld doch sparen sollen, doch den Bau kann er nun nicht mehr stoppen, die Arbeiter muss er auszahlen. Er wird sich eben selbst verteidigen müssen. Sein Kampfesmut erwacht, auch wenn sich in der Bauchgegend wieder ein Ziehen ankündigt.

So schleppt er sich mit Magendrücken abermals zu Gericht, und o Wunder: Fidus steht auf einmal im Gerichtssaal, er ist als Zeuge geladen, ohne dass Diefenbach vom Amt oder von seinem gefallenen Jünger verständigt worden wäre, und, o zweites Wunder: Er hat Hübbe-Schleiden mitgebracht, seinen neuen Meister, dessen theosophischer Jünger er durch und durch geworden ist. Hübbe-Schleiden, der kaum fünfzigjährige Diplomat und berühmte Indienreisende, wirkt durch seine erhabene Erscheinung – grauweißer Rauschebart, seidener Maßanzug, indisches Seidentuch – wie ein Paradiesvogel in der mit eintönig honiggelb gebeiztem Holz ausgeschlagenen Gerichtsstube, der Richter spricht mit ihm in einem ehrfürchtigen Ton, während er Diefenbach die Satzbrocken an den Kopf wirft, als wäre er ein ungezogener Schuljunge.

Diefenbach hingegen kann es nicht fassen, dass dieser Mann von Welt, der viele Sachen lehrt, die er ebenso predigt, den zu ignorieren er aber beschlossen hat, zu seinen Gunsten aussagt. Der Prozess zieht sich durch die ausführlichen Befragungen in die Länge. Da aber auf einmal ein ehemaliger Kommunarde, den Magdalene als Zeugen namhaft gemacht hat, nicht erscheint und der Richter offenbar Angst hat, in Gegenwart des exotischen Fürsprechers Diefenbachs die Kinder Magdalene zuzusprechen, wird die Causa erneut vertagt und die drei Lebensreformer ziehen sich in den Steinbruch zurück, wo am Abend ein Lagerfeuer entzündet wird. Man isst gebratene Würste aus Erbsenmus, trinkt dazu selbst eingekochten Apfelsaft und Diefenbach schwankt zwischen Dankbarkeit und Reserviertheit; man umtänzelt einander mit Worten.

Anderntags brechen Fidus und Hübbe-Schleiden schon wieder auf, nicht ohne dass Diefenbach sich endlich überschwänglich bei den beiden bedankt.

Sofort nimmt er die Vorbereitungen für die Ausstellung wieder auf: Nachdem München mit Plakaten und Flugblättern geflutet ist und nach zehntätiger Tortur mithilfe einiger Arbeiter alle Bilder aufgehängt sind, wird die Ausstellung mit den noch streng nach Firnis riechenden Leinwänden planmäßig am 4. August 1889 eröffnet: Im großen, durch Oberlichten erhellten Hauptraum der Kunstgewerbehalle hängen die Riesenformate von *Per aspera ad astra,* in den anderen Räumen die Bilder, die einzelnen Themen des neuen Zeitalters gewidmet sind: dem Leben in Nacktheit. Dem Eingreifen Gottes, um einen Tiermord zu verhindern. Dem neuen vegetarianischen Menschen. Der Heilung von Krankheit durch Wasser und Luft.

Und die Werbung hat Früchte getragen: Ganz München will die Offenbarungen des Malers aus dem Steinbruch sehen, an den Wochenenden drängen sich die Menschen vor dem Eingang und werden einzeln eingelassen. Fidus hat sogar einen Katalog drucken lassen, jedes Bild ist mit Titel, Maßen und Preis beschrieben.

Als die Schau nach vier Wochen am 30. August um sieben Uhr abends schließt, ist kein einziges Bild verkauft, aber ein zufrieden seine Zigarre paffender Heilmann drückt Diefenbach dreitausend Reichsmark als Anteil vom Eintrittsgeld in die ungewaschene Hand. Abbauen müsse er das Ganze mit Fidus, der extra angereist ist, allein, er habe leider keine Arbeiter zur Verfügung, er könne ihm aber welche vermitteln. Die Leitern seien ja noch da, ein Tag würde sicher reichen.

KAPITEL 22

Dreitausend Reichsmark bar auf die Hand!

Auch Fidus, der zum Schluss der Ausstellung angereist ist und Zeuge dieser Auszahlung wird, kann es kaum glauben.

Diefenbach stopft das Geld in seinen baumwollenen Umhängebeutel und macht ihm ein Zeichen.

Die Ausstellung abbauen werden sie morgen, da sollen die Kommunarden mithelfen. Jetzt aber auf in den Steinbruch, der Tag war lange genug! Fröhlich marschieren die beiden aus der Münchnerstadt hinaus, Fidus pfeift ein Lied nach dem anderen, vergessen scheint der Bruch, den sie vor Monaten vollzogen haben. Kein Wort verlieren sie über Hübbe-Schleiden, Fidus' neuen Meister. Es ist ungewöhnlich warm, die Isarau bei Hinterbrühl dampft noch vom nachmittäglichen Regen, die Dämmerung kommt schnell.

Schließlich verstummt Fidus, ist doch dem Meister noch kein Wort über die Lippen gekommen. Vorsichtig schneidet er das Thema an, wie er nun mit dem Geld zu verfahren gedenke. Diefenbach antwortet zunächst nicht, doch noch ehe sie Großhesselohe passieren, ist ein veritabler Streit im Gange.

»Ich verstehe nicht, dass du nicht zuerst schuldenfrei sein willst«, sagt Fidus. »Wir könnten endlich die notwendigen Reparaturen durchführen und Vorräte kaufen. Das hast du doch selbst gesagt. Und die Ausstellungshalle, die du geplant hast, könnte auch gebaut werden.«

»Das war vor einem Monat, o Fidus! Doch sei der Unbilden eingedenk, die mich anfechten! Zuerst muss ich doch der Furie, die sich noch immer mein Weib nennt, ledig werden!

Und wenn der Prozess sich weiter so unendlich hinzieht, wird er mich teuer kommen. Du wirst in ein paar Tagen wieder weg sein, dich braucht so etwas ja nicht zu kümmern.«

Fidus schluckt den Vorwurf hinunter und entsinnt sich des Gesprächs neulich: Der Scheidungsprozess sollte endlich über die Bühne gehen. Und Diefenbach hat erwähnt, dass er sich diesmal einen Anwalt nehmen wird, um seine Sprosse zurückzugewinnen. Fidus ist sogar ein wenig beleidigt gewesen, da Diefenbach gesagt hat, dass da auch sein Wort nichts ausrichten würde, die nötigen Winkelzüge kenne eben nur ein Anwalt.

Diefenbach fährt fort, indem er im Gehen ausladend gestikuliert: Obwohl Magdalene, wie Fidus wohlbekannt sei, auch immer wieder gerichtliche Eingaben mache, dass die Kinder wieder zu ihr kämen, kümmere sie sich aber bei ihren sonntäglichen Besuchen in Höllriegelskreuth kaum um sie. Trotzdem setze sie noch immer alles daran, die Kinder zu sich und zu Clemens Driessen zu holen, dessen finanzielle Mittel zwischenzeitlich auch erschöpft seien. Daher würde er, Diefenbach, als Mann mit nicht unbeträchtlichem Einkommen und leiblicher Vater, alles daransetzen, dass die Kinder ihm zugesprochen würden und bei ihm verblieben, immerhin könne Magdalene kein Einkommen vorweisen und Clemens sei, wie erwähnt, im Moment auch nicht liquide. Außerdem, so sagt Diefenbach zu Fidus, wiederhole er sich ungern, aber er werde voraussichtlich die Gerichtskosten zu tragen haben. Daher könne er nicht verantworten, dass das Geld dieser Ausstellung jetzt in den Gutshof gesteckt werde, der ihm ja gar nicht gehöre.

»Du erinnerst dich doch an die Diskussion neulich. Ich denke, es wäre wichtig für die Gemeinschaft«, sagt Fidus.

Diefenbach erwidert nichts. Frisch ist noch die Erinnerung an die Debatte in der Runde der Kommunarden vor einer Woche, die keine Lösung, sondern vielmehr eine dumpfe Unzufriedenheit in die Gemeinschaft gebracht hat. Ja, die zehn Jünger hausen derzeit in der Holzbaracke, in die der Wind noch immer durch einige verbliebene Ritzen in der Bretterwand pfeift, während Diefenbach und Fidus Zimmer mit Teppich und Ofen bewohnen, und ja, beim Essen ist immer öfter Schmalhans Küchenmeister, indes der abwesende Meister während der Ausstellung in München freie Tafel gehabt hat.

Sicher, zwei weitere Öfen könnte er kaufen für die Baracken und fürs Erste ein paar neue Federbetten, denkt sich Diefenbach. Und ein paar Sack Getreide, das sie ja selber mahlen oder plattwalzen, um es mit vegetabiler Milch versetzt zu frühstücken.

Könnte er. Er überlegt hin und her. Aber sind die Kinder nicht um so vieles wichtiger als Ofen und Getreide? Wenn sie in den Fängen des unsäglichen Weibes verblieben, ist es ja nicht auszudenken, welche Entwicklung sie nähmen!

Andererseits, so hadert er, kann er die Menschen der neuen Zeit nicht leiden lassen. Es könnte sein ganzes Unternehmen gefährden, wenn sie sich gegen ihn wendeten.

»Meister!«, sagt Fidus schließlich.

»Was denn?«, sagt Diefenbach zerstreut. »Schon gut, dann werden wir eben Öfen kaufen und Decken.«

»Nein, etwas anderes. Ich bleibe zwei oder drei Wochen hier, wenn du mich wieder aufnimmst und ich dir zu Diensten sein kann.«

KAPITEL 23

Als es am 3. September einen Temperatursturz gibt, sucht Diefenbach stracks das Bett auf, und wie er sich niederlegt, stellen sich wieder die üblichen Gliederschmerzen ein, sodass er zwei Tage lang keinen klaren Gedanken fassen kann. Magdalene taucht auf und muss ihn nicht lange überreden: Sie holt die Kinder zu sich, er kann es ihr nicht wehren, da er zu schwach ist, für sie zu sorgen und er Fidus dies nicht mehr zumuten will. Er lässt die Kinder mit Magdalene ziehen, sosehr es ihn quält zu wissen, dass sie in diesen Tagen seiner Bettlägerigkeit von ihr in heimtückischer Weise gegen ihn aufgehetzt werden. Hoffentlich wird wenigstens Helios, seine Sonne, dieser Furie von einer Mutter Widerstand leisten!

Nachdem er sich nach einer Woche, umsorgt von Fidus und acht Kommunarden, von der Liegestatt erhebt, sieht er sofort nach dem Umschlag, der unter seiner Matratze liegt. Das Geld, um dessen Verwendung er sich mit Fidus anfangs so gestritten hat, ist noch nicht verbraucht.

Vielleicht kostet der Prozess gar nicht so viel. Und Fidus hat recht gehabt.

Diefenbach heißt den Zimmerer kommen, der Anbau mit dem Ausstellungsraum soll endlich entstehen, eine Fachwerkkonstruktion, vielleicht fünf Meter lang, nein, am besten gleich eine richtige Halle für die Großformate, die seit der Ausstellung dicht an dicht an die Wand gelehnt sind. Und vielleicht könne man nebenbei endlich die restlichen Ritzen in der Baracke abdichten. Der Zimmermann misst und schreibt, brummt und raucht und macht sich, da Diefenbach ihm einen Vorschuss bar auf die Hand blättert, zwei Tage später ans Werk. In der heißen Junisonne heben zwei Helfer Gräben für Streifenfundamente aus, Balken, Kalk und Steine werden angeliefert, und schon gießen die Maurer mit dem angerührten Mörtel die Gräben aus, währenddessen der Zimmerer vor Ort die Balken und Pfosten abrichtet.

Derweil teilt Diefenbach seinen Musterschüler ordentlich ein: Eine weitere *Per-aspera-ad-astra*-Fassung muss her, einfach dasselbe noch mal. Fidus greift ohne zu zögern zum Pinsel und malt stundenlang schweigend und konzentriert an den schwarzen Silhouetten. Diefenbach merkt schnell, dass er keiner Anweisungen mehr bedarf, keine Korrektur mehr benötigt.

Aber wie hat sich trotz aller Übereinstimmung ihr Verhältnis verändert! Während sie früher einander unbefangen ihre Gedanken mitgeteilt haben, während Diefenbach gelegen und Fidus gemalt hat, schwingen sie diesmal schweigsam ihre Pinsel, einsilbig sind ihre Gespräche beim Essen, die lange Siesta hält jeder für sich – einzig bei dem seit Fidus' Ankunft üppigen Abendessen tauen die beiden im Kreise der Jünger ein wenig auf. Diefenbach merkt wohl, wie leicht dem Schüler die Striche von der Hand gehen, wie schnell und zugleich einfühlsam er arbeitet, während er selbst, unzufrieden mit einem Faltenwurf oder einer Farbabtönung, seine Bilder wieder und wieder übermalt. Und beim Abendessen spricht Fidus unverwandt mit allen Kommunarden und hört ihnen aufmerksam zu, während Diefenbach sich eingestehen muss, dass er diese Geduld und Nachsicht nicht mehr aufbringen kann.

Und so legt sich auch, nachdem Fidus abgereist ist, eine zähe Unlust auf die verbliebenen Kommunarden wie eine schwere Decke, die die Bewegungen hemmt und alles Miteinander mühsam und langweilig macht.

Als es Ende September mit tagelangen Regenfällen kälter

wird, sagt wiederum ein Jünger nach dem anderen sein Valet. Diefenbach ärgert sich: Das ist doch keine Ferienkolonie! Im ersten Herbst ist es noch zu entschuldigen gewesen, zu unsicher war die Unternehmung, aber jetzt ist es doch an der Zeit, dass die Gemeinschaft sich festige und mehre, es gelte ja nur noch kurz auszuharren, dann gehe man an einen neuen, großartigen Ort! Doch die Adepten ziehen es vor, in ihrer Väter Häuser zurückzukehren, sei es, dass die Studien wieder rufen, sei es, dass sie einfach ihre warmen Stuben der zugigen Baracke vorziehen. Alle versichern sie Diefenbach, die lebensreformerischen Prinzipien hochzuhalten und weder einen Bissen Fleisch zu essen noch den heuchlerischen Ärzten zu vertrauen.

Am 1. Oktober klopft ein Gerichtsvollzieher an die Haustür. Ob Diefenbach die Mahnbriefe nicht gelesen habe? Er sei allerlei Händlern noch Geld schuldig, allein an Malerbedarf seien es einige Hundert Mark.

Aber Diefenbach hat nichts anzubieten als die *Kindermusik*-Bilder, wahlweise im Großformat oder Kleinformat, dann noch einige Landschaften, Berge, Himmel, Steinbrüche. Das Geld ist bis auf ein paar Mark aufgebraucht.

Am nächsten Tag kommt ein Fuhrwerk, Arbeiter laden die Bilder auf. Einen Versteigerer dürfe er selbst bestimmen, sagt der Beamte.

»Das kann nur Fidus. Ich muss ihm schreiben«, stammelt Diefenbach.

Ein zartes Pflänzchen Hoffnung keimt auf, als sich am nächsten Tag Bauunternehmer Heilmann im Herrenhaus einstellt. Sicher hat er von der Pfändung erfahren und kommt ihm zu Hilfe!

Sie setzen sich vor das Haus, Heilmann blickt eine Weile zur Straße hinunter, dann zu Diefenbach.

»Die neue Zeit lässt sich nicht aufhalten«, sagt er und erzählt von einem Elektrizitätskraftwerk, das gebaut werden soll, und zwar genau hier, in Höllriegelskreuth. Er habe ja schon Erfahrung, bei *einem* Kraftwerk habe er schon mitgeplant, jenes sei gerade in Bau. Hier unten – und er weist Richtung Fluss – wird ein Kanal gegraben werden, gleichsam eine zweite Isar, unmittelbar neben dem Weg, der am Gehöft vorbeiführt. So bleibe der Fluss schiffbar. Die ganze Landschaft werde von Menschenhand neu gestaltet werden, die moderne Zeit erfordere dies, die Stadt brauche immer mehr elektrischen Strom.

Diefenbach nickt. Kein Wort bisher über Finanzen.

Ach, und den Steinbruch selbst werde man anlässlich der Baustelle auch wieder reaktivieren müssen, sagt Heilmann, Steine und Schotter für den Bau des Kraftwerks stünden gleich an Ort und Stelle zur Verfügung, das sei doch höchst ökonomisch, für Schüttmaterial tauge der Nagelfluh allemal. Zwar würde die Baustelle erst im nächsten Jahr eingerichtet werden, aber es bedürfe gewisser Vorbereitungen im Steinbruch. Das Haus und die Baracke würden wieder für Ingenieure und Arbeiter gebraucht werden, dass beide jetzt wohnlicher seien, umso besser. Ja, er sage es nicht gerne, aber bis zum 1. Januar müsse Diefenbach das Gelände räumen, was sicher kein Problem sei, da ja erst Anfang Oktober sei. Der Pachtvertrag sei mit heute gekündigt. Ach: Und der Pachtzins bis zum Ende des Jahres erlassen, schließlich habe Diefenbach ja Unkosten bei der Erneuerung der Gebäude gehabt.

Am nächsten Tag kommt ein Brief von Fidus: Er wird die Versteigerung der Bilder für ihn organisieren.

KAPITEL 24

Er zwickt die Vorhaut mit Daumen und Zeigefinger zusammen, kein kaltes Wasser soll die Eichel netzen, so hat es Kuhne in seinem Vortrag gesagt. Sicher, er kennt das Ritual schon von seinem letzten Aufenthalt vor zwei Jahren, aber er hat inzwischen vergessen, wie qualvoll die Kuhne'sche Therapie ist. Hat er das letzte Mal auch so gelitten? Wie hat er das in der Zwischenzeit vergessen können?

Zehn Minuten muss er sich jetzt Penis und Hodensack mit kaltem Wasser abreiben, zehn Minuten auf dem Holzschemel in der schmalen Wanne sitzen, die Beine gespreizt und links und rechts der Wanne abgestellt, das kalte Wasser mit höchstens zehn Grad Réaumur reicht bis unter die Sitzfläche, sodass sein Gemächt in die frostige Flüssigkeit baumelt. Zehn Minuten mit dem kaltwassergetränkten Leinenlappen Membrum und Skrotum reiben, da sich hier laut Kuhne alle Nerven des Körpers vereinigen und von hier die Heilung des ganzen Körpers ausgeht, sodass jegliches Leiden nicht nur gemildert, sondern bei folgerichtiger Anwendung völlig zum Verschwinden gebracht werden könne. Sagt Kuhne.

Diefenbach beißt die Zähne zusammen, die Kälte im Unterleib lässt seinen Magen zusammenkrampfen, auch leichter Kopfschmerz pocht schon unter der Schädeldecke. Das ist der Weg zur Heilung, er darf nicht nachlassen! Wie froh und dankbar er sein muss, dass er an diesem Ort der Ruhe und des Fruchtessens ist! Wie unruhig und kränkend im Gegensatz dazu doch die letzten Monate gewesen sind!

Da ist die Versteigerung seiner achtzehn Bilder gewesen, die mehr Geld eingebracht hat, als er erwartet hat. Sicher ist der Erfolg Fidus zu danken gewesen, der die Auktion mit Augenmaß und gut kalkuliertem Risiko geleitet hat. Gott sei Dank hat er selbst dadurch alle Gläubiger bezahlen können und ist so das erste Mal seit langen Jahren schuldenfrei gewesen.

Aber zwei Tage vor Weihnachten ist dann wieder Baumeister Heilmann im Steinbruch vorstellig geworden. Diefenbach ist es heiß und kalt über den Rücken gelaufen, hat er doch noch keine andere Wohnung in Aussicht gehabt. Aber noch ehe Diefenbach ein Wort gesprochen hatte, hat der Baumeister die Hände gehoben: Nein, nein, er sei nicht gekommen, um ihn hinauszuwerfen, Gott bewahre. Er gewähre ihm vielmehr noch einen Aufschub betreffend den Auszug aus dem Herrenhaus, der Kraftwerksbau werde sich etwas verzögern, vor März oder April würde keine Spitzhacke in die Nagelfluh getrieben werden. Diefenbach ist ihm um den Hals gefallen und hat ihm für dieses schönste Weihnachtsgeschenk gedankt. Heilmann solle ganz unbesorgt sein, er werde sicher im Laufe des Januars ausziehen.

Und das wird er auch tun, wenn er von diesem weihnachtlichen Kuraufenthalt nach Hause kommt.

Diefenbach seufzt und sieht auf die Weckeruhr neben sich. Noch vier Minuten. Erstaunt merkt er, dass die Zähne zu klappern begonnen haben, als wären sie kein kontrollierbarer Teil seines Körpers. Drei Minuten.

Ablenkung!

Ja, er wird ausziehen. Vielleicht wird es mit dem Haus in Dorfen etwas werden, das ihm ein Bekannter angetragen hat. Freilich lastet auf dem Gebäude eine Hypothek und die könnte er nur mit Bildern abzahlen, falls der Besitzer oder die Bank darauf eingeht. Das wenige verbliebene Geld wird er brauchen, um Vorräte anzulegen.

Wie kalt das Wasser ist! Durchhalten, durchhalten. Ablenkung. Vorräte. Essen. Gestern der Vortrag von Kuhne! Der Leiter der Kuranstalt hat im großen Saal gesprochen, so ähnlich wie er, Diefenbach, vor Jahren in München gepredigt hat. Wie viele Ideen sie doch teilen! Doch hier muss niemand aus dem Publikum bekehrt werden, sondern jeder Zuhörer wartet darauf, in seinem schon vordem erlangten Glauben bestärkt und bestätigt zu werden. Und Kuhne schafft es durch seine Rednergabe, alle an sich zu binden, es gibt keine Apostaten, keine Kritiker, keine Schmäher. Sogar auswärtige Zuhörer sind da gewesen, die sich durch ihre Alltagskleidung deutlich von den weiß bemäntelten Kurgästen abgehoben haben. Alle haben sie begierig die Worte des großen Naturheilkundlers aufgesogen, der immer wieder betont hat, dass in dieser Anstalt ohne jede Arznei, sondern ausschließlich mit Wasser, Wärme, Luft und Licht geheilt wird.

Im zweiten Vortrag am Nachmittag hat Kuhne über die Ernährung gesprochen. Dabei ist er so weit gegangen, nicht nur tierische Produkte, sondern auch Salz und Zucker zu verdammen, was Diefenbach höchst übertrieben vorgekommen ist, da für diese Lebensmittel ja kein Tier sterben muss.

Diefenbach sieht auf die Uhr an der Wand, er hört durch die Vorhänge andere Patienten stöhnen. Ablenkung!

Ja, genau: Fast alle Krankheiten, so hat Kuhne von der Ernährung zur Heilkunde übergeleitet, entstünden nicht durch äußere Einflüsse wie mangelnde Hygiene oder Infektionen, sondern ausschließlich durch die nicht ausgeschiedenen Gifte des Körpers. Diese Gifte bildeten sich durch falsche Ernährung, allen voran Fleisch, aber auch Genussmittel, von Kaffee über Alkohol bis zu Tabak und Opium. Äße der Mensch nur Früchte und Gemüse, Körner und Samen, Nüsse und Blätter, entstünden keine Giftstoffe und er würde nie krank werden.

Die falsche Ernährung erzeuge vor allem Gase, und wer wollte leugnen, dass Blähungen inzwischen eine Volkskrankheit geworden sind!

Ach, was für ein Vortrag! Was für ein Publikum!

Auch ich muss wieder Vorträge halten, sagt sich Diefenbach in der letzten Kälteminute halblaut durch seine zusammengebissenen Zähne. Den Gedanken, dass alle Krankheiten durch die zurückgehaltenen Gifte verursacht werden, muss er unbedingt darin einbauen.

Was war noch?

Ach ja: Kuhne hat das Licht ausgemacht und der Apparat für die Großformat-Diapositive ist ratternd in Betrieb gegangen.

»Ich zeige Ihnen jetzt die Gebisse verschiedener Tiere, die ganz klare Rückschlüsse auf die Ernährung zulassen. Wie Sie wissen, gibt es bei den Tieren Carnivoren und Herbivoren, daneben verschwindend wenige Omnivoren. Sehen Sie hier, das Gebiss eines Hundes: deutlich ausgeprägte Fang- und Backenzähne mit deutlichen Spitzen zum Festhalten der Beute. Hier das Gebiss eines Grasfressers: Sehen Sie die ausgeprägten Schneidezähne, die dazu dienen, die Halme und Blätter abzuschneiden? Die Backenzähne haben großen Kauflächen, damit das Gras gut gequetscht und gemahlen wird. Aber hier das Gebiss eines Fruchtessers: Ein gleichmäßiges Gebiss, der Unterkiefer kann sich seitwärts bewegen, er hat keine spitzen Zähne wie die Carnivoren.

Und hier, Sie haben es erkannt, das Gebiss eines Menschen. Eindeutig das Gebiss eines Fruchtessers, eines Fruktivoren – *quod erat demonstrandum!*

Ein zweites Beispiel: die Därme. Hier sehen Sie den Darm eines Tigers. Fleischfresser haben einen sehr kurzen Magen-Darm-Trakt, er hat etwa die dreifache Körperlänge. Hier der Darm eines Affen: Als Fruktivore hat er wie alle vegetarianischen Tiere einen Darm, der die zwanzigfache Körperlänge besitzt. Und ich brauche Ihnen nicht zu sagen, wie lange der menschliche Darm ist, das lernt heute jedes Kind im Naturkundeunterricht. Womit abermals bewiesen ist, dass der Mensch als Vegetarianer geboren ist.«

So ungefähr hat Kuhne gesprochen und Diefenbach hat sich Notizen auf seinen Block gekritzelt, immer fiebrig daran denkend, dass er diese Gedanken nicht vergessen dürfe, sondern sie sämtlich in neue, noch zu schreibende Vorträge einbauen müsse.

Ach, wenn er doch wieder Vorträge halten würde!

Ist denn nicht alles umsonst, fragt er sich jetzt, als der Kälteschmerz aus seinem Unterleib wieder in die Gefilde seiner Gedanken einbricht.

Wäre denn nicht gerade jetzt ein guter Zeitpunkt, alles aufzugeben? Hätte er das nicht schon nach Fidus' Abgang tun sollen? Was hat er denn schon erreicht? Rikli ist Rotfärber gewesen und ist nun Licht- und Luft-Doktor, Kuhne hat als gelernter Tischler eine Werkzeugfabrik gegründet, auf deren Gelände diese Klinik jetzt steht, an Kneipps Pilgerstätte mag er gar nicht denken. Was ist sein armseliger Steinbruch dagegen, seine kleine Schar von unzuverlässigen Jüngern? Seines ersten Anhängers Lucidus' Licht ist verloschen, sein zweiter Gehilfe Fidus hat sich endgültig von ihm abgewendet. Wenn er hier und jetzt an dem kalten Wasser stürbe, wem ginge er ab?

Was für Gedanken! Worüber hat Kuhne noch gesprochen?

»Dritter Beweis, meine sehr verehrten Damen und Herren, wobei vor allem die Damen angesprochen sind: Was gibt es Besseres für einen Säugling als die Muttermilch, die voller lebenswichtiger Nährstoffe ist? Nun ist es durch die Forschung erwiesen, dass Mütter, die viel Fleisch essen, früher die Milchproduktion einstellen als vegetarianische Mütter. Ja, es ist eindeutig belegt, dass der Genuss von Fleisch die Bildung der Muttermilch vermindert, ja diese sogar zum Versiegen bringen kann. Und wir wissen, wie viele Säuglinge erkranken oder sogar sterben, weil sie zu wenig lange mit dem nährenden Saft aus der Mutterbrust verköstigt wurden!

Einen vierten und letzten Beweis gebe ich Ihnen noch, dann beschließe ich den heutigen Vortrag: Hier sehen Sie eine Hundenase. Wie alle Fleischfresser haben die Hunde, wie allgemein bekannt ist, einen guten Geruchssinn. Jeder Fleischfresser wittert auf große Entfernungen Gerüche, vor allem aber Blut. Ein guter Jagdhund riecht auf viele Meter hin ein verwundetes Tier und spürt es auf. Das, meine Damen und Herren, ist der Instinkt des Fleischfressers: Er wittert ein verwundetes Tier, verfolgt und erlegt es. In der Folge beginnt das ungezähmte Tier sofort zu fressen, und zwar das rohe Fleisch.

Nun, so frage ich, gibt es beim Menschen einen ähnlichen Instinkt? Sie schütteln entrüstet den Kopf und mit Recht! Der Mensch wittert nicht, er empfindet den Geruch von Blut nicht als angenehm. Und nicht einmal der unzivilisierteste Wilde würde auf die Idee kommen, rohes, blutiges Fleisch zu essen. Womit auch damit bewiesen wird – und Sie wissen, es gibt noch viele derartige Beweise –, dass Fleischgenuss ein widernatürlicher Vorgang ist und endlich abgeschafft werden muss.«

Kuhne hat sich dann noch über die heutige fleischverschlingende Jugend ausgelassen, deren sexuelle Begierden gerade durch den Carnivorismus noch heftiger entfacht werde. Gewaltig ist sein Redefluss geströmt, der professorale Lehrvortrag ist am Ende zu einer flammenden Philippika angeschwollen.

Diefenbach ist frappiert gewesen. Genau davon hatte er vor Jahren in München gesprochen und nur Lachen und Spott geerntet. Aber dass die Pflanzenkost die Rohheit, die Begierden und das sinnliche Verlangen zügelt, für das die Jugend heute ausschließlich nur noch zu leben scheint, dieses Thema ist nicht erledigt, wie er schon geglaubt hat, sondern fällt hier auf den fruchtbaren Boden der dankbaren Zuhörerschaft. Darüber wird er auch wieder reden müssen.

Der Wecker schrillt. Diefenbach steigt von dem Schemel, hebt sich über die Wanne und trocknet sich ab. Sein Kopf pocht, sein Genital ist bläulich rot, der dumpfe Schmerz reicht bis in die Bauchhöhle hinein und bereitet ihm noch immer etwas Übelkeit. Aber so viele Gedanken hat er rekapituliert, die ihm nützlich sein werden. Wenigstens etwas!

Er wirft den Bademantel über, eine halbe Stunde muss er nun auf einer Liege ruhen, dann geht es zum Dampfbad. Von diesem Aufenthalt wird er als neuer Mensch zurückkehren, gereinigt und gestärkt für eine neue Mission im Namen des Vegetarianismus. Nein, nicht aufgeben wird er, sondern weitermachen!

KAPITEL 25

Jemand tippt ihm auf die Schulter, er zuckt zusammen. Das Dampfbad ist bereit. Vorher muss er noch einen halben Liter Limonade trinken.

Als er nackt auf dem Eisengestell liegt, die schweren Wollfilzdecken über sich, die auf allen Seiten des Gestells den Boden berühren, sowie die Töpfe kochenden Wassers unter sich, das als Dampf seinen Körper dünstet, und als ihm der Schweiß aus allen Poren schießt – oben wird er von den Decken aufgesogen, unten tropft er auf den gekachelten Boden und in die Töpfe – da zwingt er sich, wieder an die Vorträge Kuhnes zu denken. Da war doch der Vortrag, den Kuhne am ersten Abend für die zu Wochenbeginn neu eingelangten Gäste gehalten hat. Diese Ansprache hat Diefenbach ein wenig verstört, zu kühn ist manche Behauptung gewesen, zu weit hergeholt manches Argument. So weit geht seine Verehrung Kuhnes nun doch wieder nicht, dass er sich nicht einen kritischen Geist bewahrte!

Denn als dieser seine Methode, Diagnosen zu stellen, erklärt hat, nämlich ausschließlich durch die von ihm entdeckte Gesichtsausdruckskunde, mit der er aktuelle und sich anbahnende Leiden in Sekundenschnelle zu erkennen behauptet, hat Diefenbach ungeniert den Kopf geschüttelt. Hier hat der Meister doch ein wenig übertrieben! Als Kuhne hierauf über seine drei Therapiemethoden gesprochen hat, nämlich das Wasserreibebad, das Lichtbad und die vegetarianische Diät, hat sich Diefenbach mit ihm versöhnt. Als er schließlich gegen den Arzneimittelglauben gewettert hat, hätte ihn Diefenbach umarmen wollen. Diese Anstalt sei schließlich der Beweis dafür, dass die Medizin bei fast allen Krankheiten ohne Arzneien und Operationen auskommt! Die Hydrotherapie mit ihren Bädern, Duschen und Klistieren sowie die reizlose Diät könnten fast alle Krankheiten heilen. Schließlich, so hat Kuhne immer wieder betont, gelte es, den Kranken zu heilen und nicht die Krankheit.

Den Kranken heilen und nicht die Krankheit. Auch diesen Spruch, so sagt sich der schwitzende Diefenbach jetzt, muss er dringend in seine Vorträge einbauen.

Als Kuhne dann seine erfolgreich behandelten Fälle aufgezählt hat, ist Diefenbach wieder langweilig geworden, da die Heilungsgeschichten einander sehr ähnelten, einerlei, ob es sich nun um die Beseitigung von Verstopfung, Augenleiden, Blausucht, Brechanfällen, Bleichsucht, Blutstockung, Asthma oder nässenden Flechten handelt. Außerdem sind Diefenbach Zweifel gekommen, ob das wirklich alles stimmt. Sicher kann Wasser vieles heilen und kaltes Wasser im Besonderen die Abwehrkräfte stärken, aber gilt das auch für Krebsgeschwüre, wie Kuhne behauptet?

Nein, diese Dinge wird er nicht in seinen zukünftigen Reden erwähnen. Aber Ansprachen wird er wieder halten, so viel ist sicher, zumal es einen neuen Feldzug zu führen gilt gegen die Fleischesser und denaturierten Zeitgenossen, die blind der Medizin vertrauen!

Wie Diefenbach gerade über die Heilkraft des Glaubens nachgrübelt und überlegt, ob es von den alten Griechen nun Hippokrates oder Theophrast gewesen ist, der darüber geschrieben hat, verspürt er mit einem Mal einen Harndrang, der binnen weniger Sekunden zu einem schmerzhaften Druck in der Bauchgegend anschwillt und den unter vier Wolldecken begrabenen, von Dampftöpfen gedämpften Körper zu immer verkrampfteren Anspannungen bringt, was noch dadurch verstärkt wird, dass sein Schweiß gut hörbar von allen Gliedern auf den gekachelten Boden herabtropft. Die verfluchte Limonade! Er erwägt die Alternativen: das Glied mit der Hand nach oben haltend, auf dem Gestell liegend, sich in die auf ihm lastenden, saugfähigen Wolldecken zu erleichtern oder, das *membrum virile* nach unten gerichtet einen dampfenden Eimer als Ziel zu erwählen, den er in seiner Lage freilich nicht sehen kann. Hin und her überlegt er, schließlich zielt er auf Geratewohl nach unten Richtung dampfenden Eimer. Gott sei Dank ist keine Krankenschwester – oder wie die Damen in Weiß hier heißen – zu sehen, die Dampfgestelle mit ihren Patienten sind durch Vorhänge voneinander abgetrennt und die Schwestern lassen die gedämpften Körper während der Behandlung in der Regel in Ruhe.

Diefenbach verscheucht die Gedanken an die Vorträge, nach vorne will er denken, in drei Tagen endet der Aufenthalt und mit dem eben begonnenen Jahr 1890 warten neue Aufgaben auf ihn. So lange es geht, wird er die Zeit im Herrenhaus Höllriegelskreuth noch nützen, wie verrückt wird er malen, ja, ohne Rücksicht darauf zu nehmen, ob Farbe auf den Boden tropft oder auf die Wände spritzt. Hinter ihm die Sintflut! Dann wird er in ein neues Haus ziehen, vielleicht in dieses Anwesen in Dorfen, das ihm angeboten worden ist. Er hat noch Zeit! März oder April, hat Heilmann gesagt.

Diefenbach schnauft. Die Hitze ist zwar nicht mehr so schlimm, aber er bekommt kaum noch Luft. Und irgendetwas stinkt.

Als die Schwester später den Vorhang zur Seite schiebt und ihn von den inzwischen wieder übergeschlagenen Decken befreit, schnuppert sie und verzieht das Gesicht. Diefenbach möchte in den Boden versinken und hebt schon an zu sprechen, sein Mund ist offen.

»Sie sind nicht der Erste«, sagt die Schwester und nimmt die Eimer in die Hand.

KAPITEL 26

Seit er vor drei Wochen von Kuhne zurückgekehrt ist, malt er wie ein Besessener. Verflogen sind die Gliederschmerzen, verscheucht das Kopfweh, vergangen das Magendrücken. Dass er bei seiner Rückkehr Fidus im Herrenhaus vorgefunden hat, der ihm freudig versichert hat, ihm drei Wochen zur Seite zu stehen, hat ihm einen Schub an Triebkraft gegeben, den er seit den Tagen des ersten *Per aspera ad astra* nicht mehr gespürt hat. Die beiden malen nun um die Wette wie eh, vergessen ist früherer Streit, bereitwillig unterwirft sich der Jüngere dem Älteren. Abends sitzt Diefenbach an seinen neuen Reden, zu denen ihn Kuhnes Ausführungen inspiriert haben, und feilt an den Sätzen, ohne zu einem Ende zu kommen.

Freilich produzieren die beiden in diesen frostigen Februartagen im gut geheizten Atelier nicht nur Bilder von einsamen Duldern in zerklüfteten Felslandschaften und von Schlächtern, die in letzter Sekunde vor dem Tiermord zurückschrecken, sondern – unter Zähneknirschen – auch die eine oder andere dekorative Ruine inmitten bukolischer Landschaften.

Denn die erste Handlung am ersten Tag nach seiner Rückkehr, nachdem sich die Freude über das Wiedersehen mit Fidus gelegt hatte, war es, das mit einer Hypothek belastete Haus in Dorfen zu kaufen, oder zumindest anzuzahlen; und zu seiner Überraschung haben sich die Gläubiger damit einverstanden erklärt, dass er den restlichen Kaufpreis mit Bargeld in Raten, die Hypothek aber in Bildern bezahlen werde, aber bitte schöne Landschaften, denn man brauche etwas fürs Bureau. Und so produzieren die beiden neben den bedeutungsvollen Gemälden für die neue Zeit nun auch Ansichten, die jeder Akademieschüler schon zusammenbrächte und die sich in den Vorzimmern und Bureaus der Anwälte und Ärzte so gut machen.

Fidus hatte ihm vom Kauf abgeraten: Allenthalben bröckelte der Putz innen und außen, es gab Wasserflecken in Bodennähe und an den Decken, manches Loch klaffte im Dach, das aus bröseligen Biberschwänzen bestand. Das lässt sich herrichten, hatte Diefenbach Fidus erwidert, als dieser das Gebäude als Bruchbude titulierte. Tags darauf hat er acht Italiener engagiert, die das Haus bis April bewohnbar machen sollen. Da aber Dorfen gute achtzig Kilometer vom Steinbruch entfernt liegt, viereinhalb Stunden mit einem schnellen Gespann, knappe drei Stunden mit Gespann und Eisenbahn, nimmt er einmal in der Woche den umständlichen Weg auf sich und kontrolliert den Fortschritt der Instandsetzung durch die Italiener, übernachtet im Haus und begibt sich anderntags wieder zurück.

»Wann kommt der Seidler?«, fragt Fidus.

»Um halb vier«, sagt Diefenbach.

»Das ist aber in zehn Minuten.« Fidus deutet auf die Pendeluhr.

»Was zum …!«, entfährt es dem Meister. Er stellt den Pinsel in die Tasse mit dem Lösungsmittel, gießt ein wenig davon auf einen Lappen und reibt sich die Hände ab.

»Nun gut, mach einfach mit dem Hintergrund weiter, und drüben die Äste.«

Fidus nickt, der Meister hätte es nicht zu sagen brauchen.

Sie verabschieden sich schweigend.

Diefenbach stolpert auf sein Zimmer, stopft Leibwäsche, Seife und zwei Grahambrote in seinen Seesack und läuft zur Straße hin, wo der Kutscher Seidler mit seinem Gespann schon wartet.

»Zum Bahnhof diesmal«, sagt Diefenbach keuchend, als er die Kutsche erklimmt.

Im Bummelzug von München nach Dorfen, Endstation Simbach am Inn, sitzt er im Abteil einer sich kerzengerade haltenden Frau mit zwei Kindern gegenüber, von denen beide, der unruhige Knabe im Matrosenanzug und das bockig vor sich hin brütende Mädchen, immer wieder verstohlen zu ihm hinsehen und den Blick gleich wieder abwenden, jeder auf seine Art.

Kinder!

Wie sehr er Helios, Stella und Lucidus vermisst! Sicher ist es eine edle Geste von Clemens Driessen gewesen, Magdalene und die Kinder bei sich aufzunehmen, während er in der Kuranstalt gewesen ist, und sie nun auch bei sich zu behalten, während er und Fidus im Steinbruch malen, obwohl sie mittlerweile mit Driessen nicht weniger streitet als mit ihm und Diefenbach sie inzwischen auch schon zweimal wieder aufgenommen hat, nachdem sie sich von ihm losgesagt hatte. Die armen Kinder, die inmitten dieses Tohuwabohus unter Gezänk und Gekreische aufwachsen müssen! Was für ein Schmerz, seine Sprosse, die Sprosse eines neuen Menschengeschlechts in solchen Umständen zu wissen!

Er blickt aus dem Fenster. Die Landschaft, eine Gelegenheit, auf andere Gedanken zu kommen! Die flachen Felder und Wiesen um den Weiler Dorfen herum haben ihn eingenommen, als er zum ersten Mal dort gewesen ist, er hat eine Weite verspürt, von der er schon vergessen hatte, wie sie sich anfühlt, immerhin lebt er seit fast fünf Jahren in dem von Bäumen umschirmten Hang am Isarufer, wo diesseits und jenseits der Isar bewaldete Uferraine dem freien Blick jähen Einhalt gebieten, während in dem Weiler Dorfen kein Wald und kein Berg den Gesichtskreis hindert, nur sanfte, kaum merkliche Kuppen wölben sich hin und wieder in der Landschaft. Ach, was für Bilder er dort malen wird! Welche Werke er in dieser Weite schaffen wird! Keine dräuenden Felsgebirge, keine schwarz umwölkten Beter, keine klammen Schluchten, sondern Weite werden seine Bilder atmen, Offenheit, Klarheit und Ernst.

Der Zug hält, Diefenbach geht zu Fuß den Weg vorbei an den barockgiebeligen Häusern, die aussehen wie aus Zuckerguss, an den Rand des Ortes zu seinem Anwesen, und hat er sich's nicht gedacht: Statt acht sind nur fünf Arbeiter da und die sitzen auf Kisten vor dem Haus um ein Lagerfeuer und palavern laut.

Da fährt er drein und stellt die stammelnden Italiener zur Rede: Was das solle? Ob denn die Löcher drinnen endlich verputzt und der Brunnen gereinigt sei? Er bezahle sie schließlich für ihre Stunden. Wo die anderen drei seien?

Die Arbeiter radebrechen durcheinander, sodass Diefenbach Mühe hat, ihre Verteidigung zu verstehen, aber er hat es sich ohnehin gedacht: Es sei doch schon Zeit für Feierabend. Außerdem sei er doch mit der Bezahlung im Verzug, daher fehle der Antrieb zur Arbeit ein wenig, sagen die Italiener unter weit ausholenden Gesten. Sie hätten doch ohnehin so viel gemacht, er möge nur schauen! Wenn sie den ausständigen Lohn der letzten zwei Wochen endlich bekämen und auch die weiteren Entlohnungen pünktlich erfolgten, dann würden sie ebenso verlässlich arbeiten wie die Zahlungen eintreffen würden.

Aber Diefenbach lässt nicht locker, nein, vom Bauen hat er eine Ahnung, so langsam kann das nicht vorangehen! Nach und nach bringt er aus ihnen heraus, dass sie seit drei Wochen noch zwei andere Baustellen mitbetreuen, deren Bauherren sie in ähnlicher Weise hinhalten. Nein, und bis April würden sie nie und nimmer fertig, sagen sie ihm und blicken zu Boden, das seien noch knapp vier Wochen. Außerdem seien die

Biberschwänze erst gestern geliefert worden und der Kalk sei zwischendurch ausgegangen. Außerdem solle er zahlen. Wenn er nächste Woche nicht zahle, seien sie auf und davon.

Diefenbach, erstaunt ob des herrischen Tones, mit dem der Wortführer die Diskussion beschlossen hat, schluckt und sichert ihm zu, dass sie das Geld nächste Woche erhalten werden, worauf sich die Arbeiter, die sich zwischenzeitlich alle erhoben haben, wieder setzen, sogar Diefenbach lässt sich dazu hinreißen, mit ihnen noch eine Stunde am verglühenden Feuer zu verbringen, ehe sich alle im Hause zur Ruhe begeben.

Doch in der Nacht tut der Meister kein Auge zu. Es sind aber nicht mehr die im Chor schnarchenden Italiener nebenan, die ihm den Schlaf streitig machen, sondern vielmehr der Gedanke an die bis auf ein paar Mark leere Geldschatulle im fernen Steinbruch zu Höllriegelskreuth. Er muss endlich ein Bild verkaufen, sonst kann er nicht einmal die restlichen Raten für das Haus, geschweige die Italiener bezahlen. Von den letzten Bildern, die er aus der Hand gegeben hat, ist ihm ja nichts geblieben, sie sind das Zahlungsmittel für die Hypothek.

Am nächsten Tag, im Zug nach München – es wird ihm gerade etwas mulmig, als es dem Steinbruch zugeht –, spricht ihn ein Herr mit Melone und goldener Uhrkette an: Er sei doch der bekannte Maler Diefenbach. Gestatten, Rechtsanwalt Bachveidl. Ob er nicht einmal in Höllriegelskreuth vorbeikommen dürfe, er hätte zu gerne ein Bild von Meister Diefenbach.

KAPITEL 27

»Orangen und Ananas!«

»Ja, warum denn nicht. Wir haben jetzt Geld.«

»Du hast das Bild schon verkauft?«

»Nun ja, nächste Woche, wie gesagt.«

»Das heißt, wieder angeschrieben?«

»Nun ja.«

Fidus runzelt die Stirn. Hat der Meister doch neben den zwei Säcken Korn, von dem sie einige Wochen würden leben können, tatsächlich eine Kiste Orangen, drei Ananas und sogar einige Kokosnüsse anliefern lassen.

»Ich weiß nicht«, sagt Fidus. »Wir sollten doch eher sparen und haltbare Sachen kaufen.«

»Sechshundert Mark, stell dir das vor. Da kann man sich so etwas schon erlauben.«

Ja, mit den sechshundert Mark, die dieser Bachveidl für die *Badenden Mädchen* bezahlen würde, kann er nächste Woche endlich die Italiener auszahlen und die ersten zwei Raten für das Haus begleichen. Das darf man doch feiern!

Fidus nimmt eine Kokosnuss, klopft darauf, legt sie wieder in die Kiste.

»Die Kokosnuss, mein lieber Fidus, die Kokosnuss ist eine göttliche Frucht. Sie ist vollkommen. Jeder Teil von ihr kann verwertet werden, das Mark, die Milch, die Schale. In unseren Schutzgebieten Neupommern und Kaiser-Wilhelms-Land produzieren sie nur Öl daraus. Aber irgendwann wird man auch bei uns den Wert dieser Frucht erkennen.«

(Tatsächlich: Nur wenige Jahre später wird ein junger Deutscher, auch er in weißer Kutte mit wallendem Haar und vollem Bart, die *cocos nucifera* zur göttlichen Frucht erklären, sie als alleinige Nahrung erwählen und auf der deutschen Südseeinsel Kabakon den Orden der Kokovoren gründen. Aber das ist eine andere Geschichte.)

Die beiden Maler im Steinbruch essen nun zwei Tage Orangen, Ananas und Kokosnüsse, um den Verkauf des Bildes zu feiern und die Früchte nicht verderben zu lassen. Während ihnen der Saft aus den Mundwinkeln hinunterläuft, versichern sie einander, wie köstlich diese Abwechslung doch ist und wie universal das Fruchtessen auf dem ganzen Erdkreis zu verwirklichen sei.

Als Doktor Bachveidl zum vereinbarten Kauftermin nicht erscheint, wird Diefenbach unruhig.

Noch unruhiger wird er, als am nächsten Tag ein Gerichtsvollzieher anklopft: Ob er denn die Briefe nicht gelesen habe, es gehe um das Einbringen der Unterhaltszahlungen für die drei minderjährigen Kinder. Mit ihm ist ein dürrer Mann im grünen Nadelstreif gekommen, blonde zurückgekämmte, aber hinten abstehende Haare, ein Kneifer auf der Hakennase.

Diefenbach schießt es ein: Magdalene! Ihren Brief hat er vor zwei Wochen ungeöffnet der Kerzenflamme überantwortet, die zwei Schreiben des Bezirksgerichts liegen noch ungeöffnet auf der Anrichte im Hausflur.

Nie hätte er die beiden Sachen in Zusammenhang gebracht.

»Was denn nun«, sagt Diefenbach.

Der Gerichtsvollzieher nennt eine lächerlich hohe Summe und fragt, ob Diefenbach das Geld habe, der aber lacht nur hechelnd und fängt sich eine ganze Weile nicht.

»Nun, so bin ich befugt, eine Fahrnisexekution durchzuführen. Herr Maier!«

Die beiden gehen den Flur ab, an Diefenbach vorbei. Der dünne Begleiter fischt einen Block aus seiner Tasche, blättert und blickt sich um.

»Die drei Bilder, die hier hängen, werden, denke ich reichen«, sagt er.

Als sie abgezogen sind, befühlt Diefenbach die Plomben, die der Amtmann an den Bilderrahmen angebracht hat. Wenn keine Zahlung, Versteigerung nächste Woche, hat er gesagt.

Am nächsten Tag will Diefenbach gerade nach München aufbrechen, um Doktor Bachveidl aufzusuchen – am Ende ist er noch krank geworden und hat deshalb nicht kommen können, um das Bild zu holen –, als Baumeister Heilmann in einer Droschke in den Hof klappert.

Er sei gerade auf der Durchreise und wollte sich nur versichern, dass Diefenbach am 1. April wirklich alles geräumt haben werde, es gebe jetzt wirklich keinen Aufschub mehr.

»Selbstverständlich«, sagt Diefenbach und muss an das noch immer nicht fertige Haus in Dorfen denken.

Doch eine Woche später empfangen ihn die Italiener dort im Festtagsgewand und geben ihm feierlich die Schlüssel zurück. Die letzte Wand ist geweißt, die letzte Dachlücke geflickt, die Möbel sind an Ort und Stelle. Sie haben es tatsächlich geschafft, zehn Tage vor dem 1. April.

Diefenbach verspricht ihnen, die letzten zwei Wochenlöhne alsbaldigst nachzuzahlen, der Partieführer möge nächste Woche im Steinbruch vorbeikommen.

Aber als dieser sechs Tage später vor Diefenbachs Tür steht, sind die *Badenden Mädchen* noch immer nicht an Doktor Bachveidl verkauft und die Kasse leer wie zuvor.

Wütend zieht der Arbeiter ab, drei Tage später liest Diefenbach in einem Brief des Bezirksgerichts Wolfrathshausen, dass die Italiener ihn verklagt haben.

Als er das Papier sinken lässt, knirscht schon wieder eine Kutsche vor dem Haus. Doktor Bachveidl winkt schon beim Heruntersteigen mit einem Bündel Geldscheine.

KAPITEL 28

»Sieht Er denn nicht, was hier los ist?«

Diefenbach steht auf einem großen Steinbrocken vor dem Herrenhaus wie ein mittelalterlicher Bußprediger, der dem ablassbedürftigen Volk die ewige Verdammnis ankündigt, angetan mit der mittlerweile schmutzstarrenden Wollkutte, die rechte Hand drohend gen Himmel erhoben, Zornesfalten auf der vom ungekämmten Haarbusch umschlossenen Stirn.

»Was belästigt Er mich mit diesen Forderungen gerade jetzt? Komme Er in drei Tagen in das Haus in Dorfen!«

Bastian Obermoser, Kolonialwarenhändler in München-Sendling, stemmt seine Hände in die Hüften. Sein ausladender, an den Enden gezwirbelter Moustache zittert.

»Das kann doch wohl nicht Ihr Ernst sein, Herr Diefenbach. Sie schulden unserer Firma zweihundertsechzig Mark siebzig Pfennig, ich sage es noch einmal. Sie haben lange genug bei uns angeschrieben.«

Diefenbach lässt die Arme sinken und steigt von dem Findling herunter, wirft mit einem Ruck des Kopfes eine Strähne aus dem Gesicht. »Ich kann Ihm ein Bild geben, das viel mehr wert ist. Komme Er mit.«

Er wendet sich zum Herrenhaus, aus dem gerade wieder zwei Italiener heraustreten, der Rest der Truppe von Dorfen, diesmal tragen sie die schwere Nussholzkommode. Die einzigen zwei Arbeiter, die nicht gemurrt haben, wenn Diefenbach sie mit dem Lohn auf nächste Woche vertröstet hat, Gott sei Dank sind die anderen mittlerweile ausgezahlt.

Im Atelier hängt kein einziges Bild mehr an der Wand, dicht hintereinander stehen sie auf dem Boden, einige schon eingepackt und verschnürt. Von den arg ramponierten Dielen fliegen mit jedem Tritt Staubflusen auf, die Fensterscheiben tragen Spuren von den Regentropfen eines Monate zurückliegenden Gewitters. Diefenbach nimmt das erste Bild, das er greifen kann.

»Hier, dieses großartige Bild des Höllriegelskreuther Steinbruchs bei Nacht, das muss doch wohl reichen. Der Steinbruch, der die Tore zur Hölle verriegelt!«

Obermoser wiegt den Kopf hin und her, sodass sein Filzhut gefährlich wankt. Das Bild sieht ja dramatisch genug aus.

Er lässt seinen Blick über die ausgeräumte Halle schweifen. Eine traurige Stimmung hängt in der Luft, ein Hauch des Verlassens, des Aufgebens.

Ach was, ich muss mich zusammenreißen, denkt sich Obermoser. Das Bild mag ja wirklich etwas wert sein, die Leute in der Stadt mögen so etwas, das ist der neue Stil, vielleicht ist es ja doch mehr wert als diese zweihundertsechzig Mark siebzig.

»Na gut, dann geben Sie es her.«

Diefenbach nimmt eine Rolle Packpapier, kramt unter einem Konglomerat von Pinseln und Lappen ein Knäuel Spagat hervor, packt das Bild in Papier und verschnürt es.

In dem Augenblick, als Obermoser mit dem Bild unter dem Arm hinausstampft, treten die beiden Arbeiter ein.

»Sie sollen ibrige Bilder einpacken, Err Diefenback«, sagt der kleinere von ihnen, »wir tragen nur noch Bett und die drei Kisten da, dann kommen schon Bilder.«

Natürlich, er muss endlich weitermachen mit dieser schnöden Tätigkeit, aus der ihn der Besuch herausgerissen hat. Obermoser! Wenigstens sind diese Schulden gezahlt, es müssten die letzten gewesen sein, wenn ihn die Erinnerung nicht trügt.

Er nimmt das nächste Bild, betrachtet stumm nickend den

einsamen Beter inmitten schwarzen Gewölks, spult Papier von der Rolle und macht sich ans Einschlagen.

Er hört die beiden Italiener näher kommen, wie froh ist er doch, dass ihm wenigstens die zwei geblieben sind – beide heißen zufälligerweise Giovanni, er hat sie für diesen Umzug bitter nötig. Sie bleiben in der Tür stehen, der Große räuspert sich.

»Wir dann fangen an mit Bilder.«

Diefenbach blickt auf, nickt. Die restlichen Bilder einzuschlagen wird er noch schaffen, während die zwei die bereits eingepackten hinaustrügen.

»Vorsichtig«, sagt Diefenbach, aber er weiß, dass die Italiener, auch wenn sie nur analphabetische Arbeiter sind, eine heilige Scheu vor seinen Werken haben, vielleicht vor Kunst im Allgemeinen. Irgendwie ist diesem Volk die Ehrfurcht vor dem Künstler und seinen Werken eingeboren, denkt er sich wieder. Ach, Italien! Eines Tages wird er dorthin reisen, um zu malen und um den Menschen im Süden seine vegetarianische Philosophie zu predigen! Sicher gibt es dort viele verständige Menschen, nicht alle werden solche gerissenen Gauner sein, wie sie über die Alpen nach Bayern kommen, um als Maurer und Zimmerleute zu arbeiten. Und um wie vieles leichter und freudiger muss das Leben als Vegetarianer in einem Land sein, in dem Zitronen und Orangen reifen, in dem Feigen und Datteln gedeihen, in dem Menschen sich in Wäldern von Walnussbäumen und Edelkastanien ergehen, in einem Land, in dem man fast das ganze Jahr nackend dem Helios huldigen kann! Ja, eines Tages wird er gen Süden wandern, gibt es doch nicht wenige Malerkollegen, die ihre Staffeleien auf der Piazza Navona oder der Riviera di Chiaia aufstellen.

Derweil gilt es freilich, noch hier wieder zu Geld zu kommen, nachdem der Erlös aus dem Verkauf der *Badenden Mädchen* an Doktor Bachveidl schon wieder zerschmolzen ist wie die vegetarianische Margarine in der Sonne.

Er tritt hinaus, die Wolken von vorhin sind verschwunden, die Sonne wärmt angenehm vom Aprilhimmel. Er widersteht der Versuchung, sich der Kutte zu entledigen und nackt unter dem Mittagsgestirn zu wandeln, die beiden Giovannis, die unweit von ihm die Bilder auf einen Wagen laden, sind sicher erzkatholisch und würden die Arbeit niederlegen und verschwinden.

Er streckt sich durch, grüßt die Sonne, wie ein großes Ypsilon steht er eine Zeit lang mit geschlossenen Augen da und lässt sich wärmen, bis es ihn dann doch ein wenig friert.

»Auf nach Dorfen in das neue Haus«, sagt er sich, als er auf dem Leiterwagen beim Kutscher sitzt, »Steinbruch ade, der du die Pforten der Hölle verriegelst. Wohlan, nimm Abschied, Herz, und auf zu neuem Beginnen!«

Der Kutscher brummt etwas Unverständliches, schwingt die Peitsche und die Fuhre rasselt aus dem Steinbruch heraus, die Isar entlang Richtung Stadt.

Freilich, überlegt Diefenbach, als das Weichbild Münchens in den Blick kommt, freilich wird auch das Haus in Dorfen nur eine Zwischenstation sein. Nein, nicht nach Italien darf er gehen, er darf das Ziel nicht aus den Augen verlieren: Vielmehr ist der Weg in eine der Metropolen unausweichlich, um seiner Lehre zum Durchbruch zu verhelfen. Er darf diesen Gedanken, den er früher schon gewälzt hat, nicht wieder aus den Augen verlieren! Haben nicht die ersten Christen in den Großstädten ihrer Zeit missioniert und damit durchschlagenden Erfolg gehabt? War nicht den Religionen und Weltanschauungen der Durchbruch vergönnt, die sich zuerst in großen Städten verbreiteten? Ja, nach Wien muss er, nach London, Paris oder gar in eine der großen Städte Amerikas, um dort eine pazifistisch-vegetarianische Gesellschaft zu begründen!

In Dorfen wird er nicht bleiben.

KAPITEL 29

»Wer störet?«

Keine Antwort ertönt von der grob gehobelten Tür her, also steht Diefenbach von seinem Nachtmahl auf, trockenes Grahambrot mit salzloser Erbsenpaste, dazu Zitronenmelissentee, und schlurft Richtung Tür.

Gerade hat er neben dem Essen gelesen, eine Unsitte, die er nur betreibt, wenn er alleine zu Tische sitzt, aber die Schriften John Harvey Kelloggs sind einfach zu interessant. Kellogg betreibt in Amerika ein Sanatorium, in dem Hydrotherapie, Pflanzenkost und tägliche Leibesübungen das Kurprogramm ausmachen. Diefenbach ist in der Bibliothek des Kuhne'schen Kurhauses auf diesen Naturheiler gestoßen und hat sich sofort nach der Rückkehr aus Leipzig dessen Bücher besorgt. Und interessant: Wie Kuhne vertritt auch Kellogg die toxemische Lehre, nach der die meisten Krankheiten durch Selbstvergiftung des Körpers entstehen. Überhaupt hat Kuhne viel von Kellogg abgeschrieben, wie Diefenbach schon zu Beginn der Lektüre bemerkt hat. Was ihn am meisten fasziniert, ist aber, dass Kellogg neue Nahrungsmittel erfunden hat: einen Butterersatz aus gemahlenen Erdnüssen, die er *peanut butter* nennt, sowie verschiedene Flocken aus gekochtem, gewalztem und hernach gedörrtem Getreide, die lange haltbar sind. *Granula* nennt er die eine Variante, *corn flakes* eine andere. Gerade als Diefenbach überlegt, ob diese Köstlichkeiten auch dem Vegetarianismus in Europa zum Durchbruch verhelfen könnten, wird er jetzt gestört.

»Ich komme ja schon«, ruft er dem lästigen Klopfer zu. Indem er schreitet, fährt ihm ein stechender Schmerz die rechte Seite des Rückens hinauf bis unter das Schulterblatt. Das Alter, sagt er laut vor sich hin, das Alter. Dabei ist er erst neununddreißig Jahre alt, er fühlt sich wie neunundsiebzig. Gott bewahre, nur keinen Arzt konsultieren!

Ein hagerer sommersprossiger Jüngling steht da, er trägt eine Postuniform, die Amtskappe sitzt schief, da sie vermutlich mehrere Nummern zu groß ist.

»Telegramm. Herr Karl Wilhelm Diefenbach?«

»Der bin ich«, murmelt der Maler.

»Telegramm«, sagt der Staatsdiener noch einmal. »Zustellzuschlag zahlt Empfänger.«

Was kann das sein? Ein Auftrag? Oder eine schlimme Nachricht? Aber was kann schon schlimmer sein als der Verlust des Steinbruchhauses! Gott sei Dank ist der Sommer jetzt ruhig gewesen, einsame Wochen des Malens und Sonnenliegens im neuen Dorfener Anwesen.

Er drückt dem Eilboten die Pfennige in die Hand, nimmt den zusammengefalteten Bogen und klappt ihn auf.

Clemens Driessen ist der Absender.

magda von uns gegangen erwarte dich schnellstens

Er lässt die Hand sinken und weiß nicht, wie ihm ist.

Magdalene.

Ja, Magdalene ist immer wieder krank gewesen, hat ihm Clemens berichtet, sie hat dann und wann ihr Fieber bekommen wie schon früher, nur den letzten Sommer über immer heftiger. Er rechnet zurück. Es ist mehr als zwei Wochen her, dass er von ihr gehört hat. Clemens hat ihm in den letzten Tagen nichts über ihren Zustand mitgeteilt, aus welchem Grund auch immer.

Von uns gegangen.

Sie ist nicht mehr. Diefenbach stellt fest, dass er weniger

traurig als ratlos ist. Einerseits kitzelt es ihn, zu jubeln, dass das böse Weib endlich seinen Geist ausgehaucht hat. Die Furie wird nie mehr wüten, die Harpyie niemanden mehr beschmutzen, nun werden die Kinder, die sie ihm so schmerzlich entzogen hat, wieder ihm gehören. Aber da kommt ihn auch ein Schmerz an, hat er sie doch gerade in ihrer Raserei immer wieder begehrt. Wie viele Wortgefechte haben sie ausgetragen und sich mit unflätigsten Beschimpfungen immer weiter hochlizitiert, bis sie dann übereinander hergefallen sind und ihre Energie in einem kampfähnlichen Geschlechtsakt abgeführt haben! Zugegeben sind diese Momente in den letzten Monaten selten geworden, zumal sie bei Clemens gewohnt hat, dessen Einfluss sowohl die Anzahl ihrer Attacken als auch die Stärke ihrer Gehässigkeit vermindert hat. Dennoch ist sie im Sommer zweimal für ein Wochenende in Dorfen aufgetaucht und hat mit ihm im Bett gerungen; noch ist sie ja seine Ehefrau gewesen.

Er atmet aus.

Ja, alles in allem ist es eine Last, die er sich von den Schultern genommen fühlt, das Leben ist ihm mit einem Mal leichter; all das Prozessieren und Streiten um die Kinder hat ein Ende.

Aber schnell, auf, Clemens wird im Krankenhaus warten und es werden mit Sicherheit nicht wenige praktische und lästige Fragen zu klären sein, die sich bei einem Sterbefall einzustellen pflegen, und schließlich ist er *ex lege* immer noch ihr Gatte.

Vor dem Krankenhaus bittet er den Kutscher zu warten, er werde nachher bezahlen.

»Herr Diefenbach, auf ein Wort«, sagt der Arzt, als sie aus dem Zimmer treten, in dem die Tote jetzt von zwei Pflegern in einen Zinksarg gehoben wird.

»Wohin dürfen wir die Entschlafene bringen lassen?«

Diefenbach hat sich die Antwort auf der ungemütlichen Droschkenfahrt ins Krankenhaus gut überlegt, hat er doch zuerst den Kutscher befragt, was so ein Begräbnis kostete und dann seine finanziellen Mittel überschlagen, um zu dem Schluss zu kommen, dass er ein Leichenbegängnis an einem städtischen Friedhof nie und nimmer würde bezahlen können, auch wenn er selbstverständlich die Kosten für einen Priester wegrechnete, die die Kirche als Spende bezeichnete, die aber ein fixer Tarif waren, über den ihm der Kutscher ebenfalls bereitwillig Auskunft gegeben hatte. Eine Grabstätte hat er natürlich auf keinem Friedhof reserviert und würde sich auch keine leisten können.

Er räuspert sich, richtet sich kerzengerade auf und fixiert den Arzt.

»Nun, ich dachte, das Krankenhaus hätte einen Kontrakt mit einem Friedhof, wo die hier Entschlafenen zur letzten Ruhe gebettet zu werden pflegen. Das wäre doch …«

»Das stimmt«, schneidet ihm der Arzt das Wort ab. »Aber Sie wissen schon, unter welcher Bedingung dies für die Angehörigen kostenfrei ist.«

»Wie? Unter welcher Bedingung? Was insinuieren Sie mit diesen Worten?«, fragt Diefenbach stotternd.

Der Arzt zieht die Brauen hoch und spitzt die Lippen.

»Unser Anatomieinstitut braucht ständig neues Anschauungsmaterial. Und mit Verlaub, es muss frisch sein. Auf Deutsch: Wenn Sie kein Grab für Ihre geschätzte Gattin haben und wir sie nirgendwohin bringen sollen, dient sie den edlen Zwecken der Wissenschaft. Will heißen, ihr Leichnam verbleibt hier und landet morgen auf dem Seziertisch bei den Studenten. Das kostet Sie nichts. Das Begräbnis ist dann übermorgen oder tags darauf. Sie werden natürlich von uns verständigt.«

Magdalene zerschneiden lassen, obwohl sie eindeutig an ihrem schwachen Herzen gestorben ist, wie der Arzt die Todesursache bezeichnet hat, obwohl eine Obduktion in keinem Fall notwendig wäre?

Zwei Seelen ringen in Diefenbachs rachitischer Brust. Da liegt diese Frau, die ihm zwölf Jahre lang so viele schlaflose Nächte, so viele qualvolle Magenkrämpfe, so viele Zustände der vollkommenen Erschöpfung gebracht hat. Verdient hätte sie es, zerschnitten und inspiziert zu werden, und zwar nicht zur höheren Ehre der medizinischen Wissenschaft und zum Nießbrauch der Studentenschaft, sondern auch als Strafe für ihr jahrelanges Wüten. Andererseits gebietet es nicht nur der Anstand, sondern vielmehr das Ethos des neuen Menschen, deren er der Erste ist, den Toten die Ehre zu erweisen, die ihnen ja auch gemäß dem alten Brauch zukommt. Außerdem gilt es für Diefenbach, weder seinen Anhängern noch den hyänenhaften Reportern einen Grund zu geben, an den fest gegründeten moralischen Vorstellungen des Meisters und seiner Gemeinschaft zu zweifeln.

»Wie gesagt, wir können Ihnen auch ein ordentliches Begräbnis der städtischen Bestattung vermitteln. Die Tarife sind die üblichen«, sagt der Arzt, dem das Zögern Diefenbachs offenbar schon zu lange dauert, und er nennt ihm den Preis.

»Ja, bitte machen Sie das. Ich bezahle«, sagt er und schluckt. »Ich habe das Geld nur nicht dabei. Ich komme am Abend wieder, wenn das in Ordnung ist.«

Als er das Krankenhaus verlässt und in die Nachmittagssonne tritt, rekelt er sich, streckt die Arme von sich und begrüßt den Lichtspender. Der Geruch von Chloroform und Alkohol hat ihn ganz benommen gemacht. Er verrenkt und streckt sich noch einmal ungeniert, dann tritt er durch das Tor des Krankenhausgeländes auf die lärmende Straße.

Jetzt muss er bis zum Abend nur noch jemanden finden, der ihm ein Bild abkauft.

»Herr Diefenbach, haben Sie mich vergessen?«, ruft der Kutscher.

KAPITEL 30

»Schon wieder dieser Brei?«

Helios umklammert den Löffel, er zieht die Mundwinkel nach unten. Stella und Lucidus drehen sich zu ihrem Bruder, Stella grinst.

Diefenbach hebt die rechte Braue. Dieses Mädchen! Stella merkt mit ihren acht Jahren ganz genau, dass ihr zwei Jahre älterer Bruder ausprobiert, wie weit er in seinem Trotz gehen kann; den vierjährigen Lucidus weht zumindest eine Ahnung dieses Frevels an.

»Weil dieser Brei gesund ist, viel gesünder als alles Fleisch und alle Milch der Welt«, doziert er geduldig in Richtung Helios und wendet sich dann an die anderen beiden. »Glaubt mir, auch viele andere Menschen essen solch wertvolle Kost. Im Korne des Hafers findet sich alles, was der Körper benötigt. In Zukunft, meine Kinder, werden alle Menschen Früchte und Körner essen und vegetabile Milch trinken. Niemand wird mehr ein Tier töten, niemand einem Tier etwas wegnehmen.«

Helios zieht eine Grimasse, die Aufmerksamkeit der beiden anderen Kinder heischend. Fidelis steht auf, holt einen Honigtopf und schöpft einen Löffel in Helios' Mus. Der grinst von einem Ohr zum anderen und taucht den Löffel tief in die Masse des gequetschten und eingeweichten Weizens. Fidelis gießt auch den anderen beiden Kindern Honig ins Mus, die beiden strahlen sie an.

Diefenbachs Braue senkt sich, sein Gemüt kühlt sich ab. Wie gut, dass Fidelis gleich nach dem Begräbnis Magdalenes gekommen ist, was täte er ohne sie, die den Geist der hagenden

Mütterlichkeit in diesen Hausstand gebracht hat. Den ganzen Herbst ist sie geblieben und sogar jetzt, wo es auf Weihnachten zugeht, macht sie keine Anstalten, Diefenbach und den Kindern die Gemeinschaft aufzukündigen. Immer findet sie ein ausgleichendes Wort oder, wie jetzt, eine stille Geste, mit der sie zwischen ihm und den Kindern vermittelt. Wie sie ihm überhaupt die Kinder abnimmt, während er in Ruhe malen und seine Besucher lehren kann. Nicht auszudenken, wenn er sich zwischen Staffelei und Gesprächen, zwischen Besorgungen im Dorf und Gläubigerbesuchen noch um die Kinder kümmern müsste. Ach, es ist ein so anderes Leben ohne Magdalene, der Albdruck, der über allen Dingen geschwebt ist, ist verschwunden und mit Fidelis ist hier, in diesem Dorf in weiter Landschaft und mit freiem Blick, so etwas wie ein Familienleben eingezogen, das den Kindern sichtlich behagt und wohltut. Auch wenn der den Bienen geraubte Honig eine Konzession an die Bedürfnisse der Kinder ist. Ein Zugeständnis, das bald zurückgenommen werden wird. Aber nicht heute. Diefenbach kratzt sich am Kopf. Er wollte doch dem Sohn etwas erklären statt in rührseliger Erinnerung an die letzten Wochen zu schwelgen, ach ja: »Weißt du, Helios, es gibt in der Schweiz einen Medizinstudenten, mit dem ich korrespondiere. Dem ich, äh, Briefe schreibe.«

»Ich weiß, was korrespondieren heißt«, sagt der lockige Knabe ruhig, bar jeden Fürwitzes, wie er sonst bei Knaben dieses Alters anzutreffen ist.

»Der Mann lebt wie wir nur von Früchten und isst kein Fleisch. Ich habe diesem Herrn Bircher von unserer Erfindung geschrieben: Die selbst gewalzten Getreidekörner, eingeweicht und mit den geriebenen Äpfeln vermischt, so wie wir sie jeden Tag essen. Er hat das gleich ausprobiert und war ganz begeistert. Du wirst, ihr werdet sehen, dieses Essen wird noch allgemein in Mode kommen.« Helios gibt sich zufrieden, sie essen schweigend, indes nur das Schaben der Holzlöffel in den irdenen Näpfen zu hören ist.

Dann fängt der Knabe wieder vom Weihnachtsfest an, von dem in der Schule alle reden, denn in einer Woche komme der Herre Christ, in vielen Familien stünden bereits Krippen und bringe das Christkindlein einen Weihnachtsbaum.

»Eine Metapher«, sagt Diefenbach trocken, »ein Bild, mit dem die Menschen versuchen, sich Gott vorzustellen. Ihr wisst, wir brauchen das alles nicht. Man kann auch ohne die Kirche und Pfarrer an ein höheres Wesen glauben.«

Kurz muss er daran denken, dass er noch einen betenden Jesus am Ölberg und ein dornengekröntes Haupt unter seinen unverkauften Bildern hat.

»Wisst ihr, Jesus war zweifellos eine wichtige Gestalt, die viel Gutes gelehrt und getan hat, aber die heutige Kirche hat nichts mehr damit zu tun. Sie haben seine Lehre vergessen. Und die Zeit ist reif für neue Lehren.«

Nachdem Fidelis abgeräumt, Diefenbach die zwei älteren hinaus in den Schnee geschickt und den kleinen Lucidus zum Mittagsschläfchen niedergelegt hat, treffen sich die zwei Erwachsenen in der Stube wieder. Diefenbach hat sich auf die Verlängerung der Eckbank hingefläzt, Fidelis setzt sich zu ihm. Wie meistens nach dem Essen überkommt ihn ein Ungestüm, er streift ihr die Kutte hoch, sie ächzt.

»Lass das! Die Kinder!«

Doch Diefenbachs Trieb ist beflügelt durch das Bewusstsein seiner Supremität, er, Diefenbach ist schließlich der Meister, er hat das Recht auf alle Frauen in der Gemeinschaft, hatte es immer, auch wenn derzeit nur eine da ist. Die eine Hand noch immer unter der Kutte, zieht er Fidelis mit der anderen zu sich und presst seinen Mund auf den ihren.

Da pocht es draußen im Flur von der Haustür her, wie vom Blitz getroffen setzen sich beide auf wie ertappte Schüler und lauschen den Schritten dessen, der ohne abzuwarten in den Flur eingetreten ist. Die Tür tut sich einen Spalt auf.

Ein »Hallo?« ertönt, eine Stimme, die Diefenbach schon lange, zu lange nicht mehr gehört hat, einige Monate ist es her, seitdem der Besitzer dieser Stimme ihn für einen anderen Meister verlassen hat.

»Fidus!«

Und herein tritt tatsächlich Fidus, der verlorene Sohn, bärtig und wettergegerbt. Diefenbach springt auf.

Was für eine Freude, dass es geklappt hat! Den ganzen Oktober und November hat er ihn brieflich angefleht, er möge kommen, er bedürfe seiner Hilfe, eine abermalige Version von *Per aspera ad astra* solle entstehen. Er möge ihm verzeihen, wenn er zu grob gewesen sei.

Vor vierzehn Tagen dann hat Fidus ihm einen Vertrag geschickt, Diefenbach hat sich auf die Lippen gebissen, als er die Liste mit dessen Bedingungen überflogen hat: Aufenthalt drei Wochen über Weihnachten und Neujahr, keinen Tag länger. Arbeit ausschließlich in Öl nach bereits fertigen Skizzen, keine Abänderungen und Diskussionen. Arbeit ausschließlich am Zyklus *Per aspera ad astra,* keine anderen Projekte. Bitte unterschrieben zu retournieren.

Ist Diefenbach zunächst verstimmt gewesen wegen des beamtischen Jargons – was erdreistete sich der Schüler gegenüber dem Meister! – und hat er dann eine schlaflose Nacht darüber verbracht und die Gründe für und wider hin und her gewälzt, so hat er am Morgen darauf den Vertrag unterschrieben und zur Post gebracht.

Jetzt fassen sie einander an den Armen, aber halten wie auf Befehl zugleich inne und hüten sich davor, den anderen zu umschlingen, wie sie es in früheren Zeiten gepflogen haben. Eine Weile stehen sie da wie zwei Ringer, einander mit den Händen an den Bicipites haltend, der eine die Augen des anderen fixierend, Innigkeit und Distanz in seltsamem Einklang.

»Ich war schon gestern Mittag da, doch fand ich das Haus verschlossen vor. Da bin ich weiter nach Erding, wo ich bei einem Verwandten untergekommen bin. Nun bin ich froh, dich heute angetroffen zu haben.«

Fidus' Stimme ist tiefer, ist männlicher geworden.

Diefenbach löst die Haltung, sie stehen einander mit nutzlos baumelnden Händen gegenüber.

»Gestern ... ich war in der Stadt, Geschäfte«, stammelt Diefenbach, »und Fidelis hat mit den Kindern eine Freundin besucht. Sei's drum. Wie schön, dass du gekommen bist!«

Keines dieser Worte ist gelogen, aber schließlich muss Fidus nicht wissen, dass Diefenbachs Geschäfte darin bestanden haben, bei ehemaligen Käufern anzuklopfen und zu fragen, ob sie nicht Bedarf an einem Bild hätten, der Pfarrer vielleicht an einem einen Christus am Ölberg, der Bankdirektor vielleicht an einem sturmgepeitschten Steinbruch, der Anwalt vielleicht an einem noch zu malenden Porträt. Er muss nicht wissen, wie trist es schon wieder um die Finanzen des Meisters steht. Möglich, dass er schon durch die Briefe etwas gewittert und daher diesen förmlichen Kontrakt aufgesetzt hat, der das Arbeitsverhältnis bis 4. Januar so unbarmherzig befristet. 4. Januar, schießt es Diefenbach durch den Kopf, als er Fidus abermals mechanisch umarmt und ihm auf die Schulterblätter klopft.

Dann weist er Fidelis an, einen Tee zu bereiten, der Gast soll sich ordentlich aufwärmen können, nachdem er in Reformkleidung, aber, wie Diefenbach missbilligend feststellt, in Lederstiefeln von der Bahnstation Dorfen durch den Schnee bis zum Haus gestapft ist.

Auf Fidus' arglose Frage, um welche Ausstellung es sich denn handele, für die sie die neue Kopie von *Per aspera ad astra* malen sollten, Diefenbach habe ja bisher so ein Geheimnis darum gemacht, antwortet der Meister, dass er schon lange mit der Idee schwanger gehe, dieses Werk, das ein ganzes Lebensprogramm darstelle, noch zweimal zu malen, auf dass der Zyklus an mehreren Orten hänge und viele Betrachter eine Ahnung bekämen von dem kindlich-paradiesischen Zustande, auf den die Menschheit – mit einem bescheidenen Beitrag seinerseits – unaufhaltsam zusteuere. Er habe nach wie vor kein Problem damit, mehrere Versionen herzustellen, schließlich seien es keine Kopien durch andere Maler, sondern sämtliche Werke stammten aus seiner Meisterhand, auch wenn sich irgendwelche Kunstverständige darüber mokierten.

Wie eben schon geschrieben und in dem Vertrag festgelegt, solle Fidus einerseits die Skizzen des Meisters – gegenüber den Skizzen der ersten Fassung hat Diefenbach einige Korrekturen angebracht – großformatig in Öl malen, andererseits sei ihm aber unbenommen, selbst Vorschläge zu skizzieren, die sich nach seiner Meinung gut in den Festzug der Kinder einfügen könnten. Diese könnte er dann, vorbehaltlich der Genehmigung durch den Meister, ebenfalls in Öl malen.

»Nun gut«, sagt Fidus, den Widerspruch übergehend, aber ob er ihm endlich verrate, in welcher Galerie und wann die Ausstellung sein solle, im Januar oder erst im Februar? Denn dringlich müsse es ja wohl sein, sonst hätte Diefenbach ihn nicht so inständig wochenlang um Hilfe gebeten.

Der Meister drückt herum, hüstelt.

»Im August«, presst er schließlich hervor.

Fidus zieht die Brauen hoch.

»Im August? Wir haben Ende Dezember! Warum solche Eile?«

Seine Enttäuschung ist deutlich zu hören.

»Weil du eben nur jetzt in den Weihnachtsferien Zeit hast. Du erinnerst dich, ich habe dich ja nach deinen Vakanzen gefragt. Im Frühjahr bist du wegen deiner Examina nicht abkömmlich. Außerdem bin ich nicht fähig, den Pinsel lange zu halten, der Arm, du weißt, und wenn das Gros jetzt getan ist, schaffe ich den Rest bis zum Sommer allein. Und du weißt, wenn es warm wird, kommen wieder mehr Gesinnungsgenossen und zum Malen ist weniger Zeit.«

So ist es also um den Meister bestellt, denkt sich Fidus. Von meinem Urlaub allein macht er unser gemeinsames Schaffen, macht er seine Kunst abhängig. Und ihm wird bewusst, wie sehr Diefenbach seiner bedarf, um wie viel mehr als er seiner jemals bedurft hat.

Fidus fragt ihn abermals nach der Galerie, aber Diefenbach schweigt und tut, als müsste er scharf nachdenken.

»In der Löwengrube«, stößt er schließlich wie beiläufig hervor.

Eine gute Gegend, denkt sich jetzt Fidus, die Gasse hinter der Frauenkirche. Zentraler kann man Bilder nicht ausstellen. Irgendetwas verbindet er mit dieser dunklen, schmalen Gasse, aber was?

»Gibt es dort eine Galerie?«

»Nein, ich habe dort Räume angemietet. Beim Gastwirt Jungbauer.«

Jetzt fällt Fidus ein, wofür diese Gasse steht: Eine Gastwirtschaft reiht sich neben die andere, sämtlich uralte, gewölbte Räume, in denen hektoliterweise Bier fließt, die größte dieser Kaschemmen ist der Bierkeller des Löwenbräu. Für einen Moment versucht er sich die Riesenformate der Diefenbach'schen Werkstatt in einem bierdunstigen Gewölbe vorzustellen, der Zug der nackten Kinder, Künder einer neuen Zeit, die über die Maßkrüge stemmenden und lauthals diskurierenden Lederhosenträger tänzeln, die Symbole des Vegetarianismus und der Lebensreform oben, Weißwurst und Speckknödel unten. Aber nein, denkt sich Fidus, es wird ja wohl ein eigener Raum sein, den der Wirt dem Meister zur Verfügung stellen wird.

Diefenbach entgeht der zweifelnde Blick seines Schülers nicht, er beteuert, dass der Gastwirt Jungbauer den Ideen der Lebensreform gegenüber sehr aufgeschlossen sei und beschlossen habe, in der Jägerstraße, gewissermaßen um der neuen Mode gerecht zu werden, einen vegetarianischen Gasthof zu eröffnen, der nicht nur den Namen Diefenbachs tragen, sondern auch von ihm, dem Meister höchstpersönlich, mit Fensterbildern und Fresken geschmückt werden solle. Zuvor aber solle es eben im Stammhause diese Ausstellung geben, in Ladenräumen, wo früher Viktualien verkauft wurden und die zur Zeit leer stünden.

Fidus' Skepsis, die sich während dieser Unterredung in ihm einnistet, wird in den folgenden Wochen nicht weniger. Während er Tag für Tag die vom Meister angefertigten, ihm so vertrauten großformatigen Skizzen in Öl überträgt, fragt er sich immer wieder, wie Diefenbach Leute in diese Gasthaus-Ausstellung locken will, vor allem weil die finanzielle Lage, die er schnell durchschaut hat, diesmal sicher keine große Werbung zulässt.

Während der zwei Weihnachtsfeiertage übernimmt Fidus zähneknirschend auch das Fresko für das neue vegetarianische Lokal in der Jägerstraße, ein Band wie ein Negativ aus *Per aspera ad astra:* elfenbeinfarbige Figuren auf schwarzem Grund, das zu malen eigentlich Diefenbach dem Gastwirt Jungbauer versprochen hat. Zwar ist das nicht im Vertrag gestanden, den er so sorgfältig vorbereitet hatte, aber nachdem ihm Diefenbach keine Ruhe gelassen und deklariert hat, nicht in der Lage zu sein, diese Malerei auszuführen, hat er sich schließlich dareingefügt, den Saal des zukünftigen Vegetarianer-Restaurants nach den Skizzen des Meisters auszumalen.

Am Abend des 3. Januar 1891, genau wie im Vertrag vereinbart, legt Fidus den Pinsel hin, schnürt sein Bündel und verlässt am nächsten Morgen, ohne Diefenbach zu wecken, das Haus in Dorfen und lässt einen ratlosen und den Magenschmerz in sich wachsen fühlenden Diefenbach zurück, diesen seinen Meister, der alle Motive der letzten Wochen ersonnen, aber keines gemalt hat, den Meister, der sich Jahre später noch ärgern wird, dass sämtliche Versionen des Zyklus *Per aspera ad astra* Fidus zugeschrieben werden würden und der erleben sollte, wie sein Ruhm neben dem seines Schülers verblasst, so wie die Sterne verschwinden, wenn die Sonne sich über den Horizont erhebt.

KAPITEL 31

Vom ersten bis zum letzten August hängt das gesamte nicht verkaufte Werk Diefenbachs in den Gewölben des Gastwirts Jungbauer, und einunddreißig Tage lang strömen die Besucher eher herbei, um den wiederauferstanden Kohlrabiapostel mit Wallehaar und Wollkutte in Augenschein zu nehmen, der einmal täglich mit ausladenden Gesten und girlandenhaften Sermonen durch die Ausstellung führt, als dass sie sich ernsthaft für die düsteren Großformate des Zyklus *Das wiedergefundene Paradies* und die heiteren Silhouetten von *Per aspera ad astra* begeistern und die übrigen, von einer neuen und lichten Zeit kündenden Bilder. Maja hat indes am ersten Tag der Ausstellung ihre Sachen gepackt und das Weite gesucht.

»Wir müssen reden, Herr Diefenbach.«

Der Wirt Jungbauer, mit Vorbindschürze und bayernblauer Weste, Hemdsärmel hochgekrempelt, steht mit einem Mal in der Tür des Ausstellungsraums, in dem sich Diefenbach eben noch alleine gewähnt hat. Der Meister mustert den gedrungenen Mann, über dessen breite Stirn Schweißtropfen rinnen, für Anfang September ist es ungewöhnlich heiß.

O wie hat Diefenbach in den letzten Tagen gehofft, dass dieser Moment, wenn er schon eintreten müsse, möglichst spät einträte, sodass er von diesen weltlichen Dingen möglichst lange verschont bliebe, ja insgeheim hat er gehofft, den Wirt vollends zu seiner Lehre zu bekehren und in ihm einen fördernden Anhänger zu finden, aber schon bald ist er dahintergekommen, dass den Patron nur interessierte, wie er mit der vegetarianischen Mode Reibach machen und den Leuten dieses Geld aus der Tasche ziehen könnte, für die edlen Ziele des Vegetarianismus selbst hatte der Wirt in Wirklichkeit nichts, rein gar nichts übrig.

Jungbauer reicht ihm ein Blatt Papier.

»Ich habe einmal zusammengeschrieben, was angefallen ist. Miete und Betriebskosten, die Mittagessen sind eh nicht dabei.«

Seine Stimme klingt ölig, aber nicht unfreundlich.

Diefenbach nimmt das Blatt und überfliegt es. Das wäre ja noch schöner, wenn er ihm die Teller gekochten und rohen Gemüses verrechnet hätte, die er täglich in der Küche des Gasthauses am Gesindetisch, eingezwängt zwischen Küchenjungen und Kaltmamsell, zu sich genommen hat. Und Miete! Jungbauer ist es doch gewesen, der die Ausstellung haben wollte!

Als Diefenbach nichts sagt, fragt der Wirt: »Wie viele Bilder hat Er denn jetzt verkauft? Also wie viel hat Er eingenommen?«

Diefenbach holt tief Luft und hebt an, zunächst trocken grummelnd, nach Worten suchend, dann flüssiger: Es habe so viel Interesse gegeben, alle Zeitungen hätten berichtet, seine Person sei wieder Stadtgespräch gewesen, was ja, wie Jungbauer selbst erleben konnte, für einen regen Zustrom an Publikum gesorgt und dem Wirt wohl ein beträchtliches Zusatzgeschäft eingebracht habe. Verkauft habe er derweilen nur zwei Bilder, die Summe sei aber sofort an die Bank gegangen, die ihm vor zwei Wochen mit der Pfändung des Hauses in Dorfen gedroht hatte. Er könne daher die Miete nicht sofort bezahlen, sondern erst, wenn die Käufe derer, die ihr Kaufinteresse bekundet hatten, tatsächlich getätigt würden. Er rate Jungbauer aber, eines seiner Bilder in Zahlung zu nehmen, das gewiss noch gewaltig im Werte steigen würde, was im Nachhinein besehen ohnehin die bessere Abgeltung wäre, ganz zu schweigen von dem ästhetischen Gewinn, den ein solches Gemälde für eine Wohnung oder Gaststätte darstellte.

Diefenbach redet noch weiter und weiter, seine Stimme wird höher, endlich hält er inne und legt den Kopf schief.

»Er kann also nicht zahlen«, sagt der Wirt und zieht eine Grimasse. Die Artikel in der Zeitung über die Ausstellung habe er wohl in Erinnerung. Es sei schon wahr, dass Diefenbach wieder Stadtgespräch gewesen sei, sagt er, aber offenbar habe das nicht den gewünschten finanziellen Erfolg gezeitigt, wenn man so sagen dürfe. Die Miete sei übrigens in bar zu entrichten.

Diefenbach kneift die Augen zusammen und legt den Kopf auf die andere Seite: Will der Wirt ihn mit der Erwähnung der Zeitungsartikel auf den Arm nehmen oder meint er es in seiner Naivität ernst? Neben einigen positiven Besprechungen haben sich einige Journalisten wieder lustig gemacht über den *Steinbruchmaler*, haben über die unfertig wirkenden Bilder gelästert, von denen sie behauptet haben, dass sie gar nicht von Diefenbach, sondern von Hugo Höppener, genannt Fidus, stammten. Die Kunst Diefenbachs sei abgeschmackt und unoriginell, einer hat sogar den Ausdruck »pathetisches Geschmiere« verwendet.

Diefenbach wendet sich ab, geht zur Wand und schreitet die dort hängende Bilderreihe ab, die er morgen wird abnehmen müssen, und fasst schließlich ein Bild mit Silhouetten von spielenden Kindern, die schäumende Humpen aus Bockshorn in den Händen tragen.

»Nehme Er dieses Bild, das den Genuss von labendem Tranke verherrlicht!« Was gebe es denn, sagt Diefenbach in singendem Ton, was gebe es denn Passenderes für eine Wirtsstube als diesen Lobgesang auf das Trinken, auch wenn er beim Malen dieses Bildes nicht, wie man leicht glauben könnte, den unheilbringenden Alkohol im Sinne gehabt habe, sondern das neuartige belebende Sprudelwasser, das bekanntlich wegen seines erfrischenden Gaumenkitzels der Kohlensäure die Macht haben werde, viele Alkoholtrinker zur Abstinenz zu bekehren.

Der Wirt sieht das Bild an, sieht Diefenbach an, zieht die Stirn in Falten. Schon viel hat er erlebt, zuerst als Kellner, dann als Gastwirt, vielerlei Menschen hat er getroffen, grobe und feine, spleenige und ernste, allein so ein Typ ist ihm noch nicht untergekommen. Kann er diesem künstlerisch nicht unbegabten Kohlrabiapostel, diesem vielleicht doch irgendwie verschüttet genialen Kauz, diesem bunten Hahn auf dem Misthaufen der Kunst wirklich böse sein?

Jungbauer kann nicht anders, er muss lachen, das Lachen weitet sich zu einem Lachgewitter aus, das im bogigen Gewölbe donnerhaft widerhallt und schließlich glucksend verebbt. Der Wirt trocknet sich die Tränen, nimmt das Bild, betrachtet es.

Er seufzt tief, fasst sich, stellt das Bild ab. Aus dem Nebenraum klingt Gläserklirren.

»Morgen ist Er draußen«, sagt er mit auf einmal sehr trockener Stimme.

KAPITEL 32

Er tritt zurück, mustert das Bild, legt den Pinsel ab, setzt sich auf den Melkschemel, seufzt. Ist nicht er dieser Hiob, den er jetzt malt? Ist das nicht sein Ebenbild, das da halb nackt auf dem Aschenhaufen sitzt, seine schmerzenden Krätzwunden mit Scherben schabt, verlassen von allen Freunden, verlustig gegangen all seiner Habe und all seiner Hoffnungen?

Gerade zwei Bilder hat er verkauft, seitdem die Ausstellung in der Löwengrube vor einem Monat geschlossen hat, mehr sind es nicht geworden, aber immerhin genug, um für sich und die Kinder für ein paar Wochen Essen zu kaufen und die Kreditrate wenigstens des Vormonats zu tilgen.

Da die Not von Tag zu Tag drängender wird, hat er wieder begonnen, biblische Szenen zu malen: Jesus auf dem Ölberg, ein dornengekröntes Haupt, schließlich den vom Schicksal Geschlagenen schlechthin: Hiob. Irgendein Geistlicher findet sich schließlich immer, der diese Sujets kauft.

Ein verkauftes Bild, das bedeutet einen Monat Essen plus eine Rate der Hypothek, irgendwann muss er doch von den Schulden herunterkommen!

Er steht auf, nimmt Palette und Pinsel, legt sie wieder hin und betrachtet den auf dem Boden hockenden Büßer.

Und wenn niemand anbeißt und er auf den Bildern sitzen bleibt? Wie lange ihm die Bank wohl Zeit gäbe, das Haus zu räumen? Und wohin dann mit den vielen unverkauften Bildern, die mittlerweile sein einziger Besitz sind?

Diefenbach schüttelt es kalt. Nicht auszudenken, welche Maschinerien fürderhin in Gang gesetzt würden, würde er delogiert und gepfändet werden: Die Kinder, für die er nach dem Weggang von Fidelis nun wieder allein sorgt, würden durch Gerichtsbeschluss ins Waisenhaus oder zu Pflegeeltern kommen oder sie müssten sich, Gott bewahre, in Fabriken oder auf der Straße verdingen. Eine Vorstellung, die ihn heftig den Kopf schütteln lässt.

Er erhebt sich vom Hocker, hakt den Daumen in die Palette, mischt Pompejanisch-Rot mit Ocker und widmet sich den Krätzwunden Hiobs.

Er hat noch keine zwei Minuten gemalt, als er ein Geräusch vor der Tür hört. Ein Blick zur Uhr: elf. Das muss der Postbote sein. Er legt den Pinsel ins Näpfchen mit dem Lösungsmittel. Besser der Wahrheit ins Auge sehen, sicher ist es ein Brief von der Bank.

Doch es sind zwei Briefe: der eine, unheilvoll dünn, wie erwartet von der Bank. Der andere ist etwas dicker, die Briefmarken sind aus Österreich-Ungarn, abgestempelt in Wien. Mit dem oberen Ende eines Feinpinsels öffnet er den Umschlag.

Im Briefkopf steht gedruckt der Name des Absenders: Regierungsrat Moritz Terke, Direktor des Kunstvereins in Wien.

Terke, Terke. Diefenbach erinnert sich an den Besuch des älteren Mannes in der Münchner Ausstellung in der Löwengrube. Rechteckiger Kopf, Vatermörderkragen. Er hat ihn zunächst für einen Anwalt gehalten, dem man nicht ganz über den Weg trauen kann. In der Ausstellung ist er bei einer seiner Führungen mitgegangen, hat sich interessiert gezeigt, immer wieder genickt, sich ihm danach kurz vorgestellt, sie haben artig Karten getauscht, aber nichts weiter besprochen. Diefenbach hat sich noch gedacht: Sicher wird dieser Mann in Wien in ähnlicher Weise über mich spotten wie die Köpfe der Kunstszene und die Zeitungsreporter hier.

Diefenbach beginnt zu lesen, stolpert beim ersten Satz, beginnt noch einmal, kneift die Augen zusammen. Eines ist klar: Dieser Terke ist kein Freund klarer Ausdrucksweisen, bei jeder Aussage redet der Schreiber um den heißen Brei herum. So stellt Terke eingangs umständlich fest, dass der *Kunstverein* tunlichst von dem *Verein zur Beförderung der bildenden Künste* zu unterscheiden sei, jener fördere nur traditionelle österreichische Kunst, während dieser sich vor allem neuen und ausländischen Kunstschulen widme; daher auch die Einladung an Diefenbach erfolge. Wortreich und zugleich verschleiernd fährt er fort, dass sich nämlicher Kunstverein nach diversen Malversationen, bei denen ausschließlich Fremdverschulden vorliege, in einer äußerst dramatischen Lage befinde – nur einmal lässt er in einem konjunktivischen Nebensatz verschämt das Wort »bankrott« hervorblitzen – und allerdringendst einer Ausstellung bedürfe, die mindestens das Prädikat sensationell verdiene. Er sage es offen: Er habe die monumentalen, äußerst wirkungsvollen Bilder Diefenbachs in der Löwengrube gesehen und sei sich sicher, dass diese, einmal in Wien in den Räumlichkeiten des Kunstvereins ausgestellt, die erwünschte Sensation erzeugen, Massen an Besuchern anlocken und somit sowohl dem Künstler Reputation und Einnahmen verschaffen würden, und auch nebenbei die drohende Liquidation des Kunstvereins, die auf einem bedauerlichen Irrtume beruhe, abwenden würden. Die Wiener seien nämlich ein unersättliches Publikum, das förmlich nach spektakulären Expositionen gierte, deren Neuheitswert sich leider immer sehr schnell erschöpfe. Daher glaube, nein, wisse er mit Sicherheit, dass eine dergestalte Ausstellung der Diefenbach'schen Bilder enormen Zulauf haben würde. Er habe daher die Absicht, vermittels dieses Briefes so hochoffiziell wie dringend mit Diefenbach in Verhandlung betreffend eine Ausstellung in Wien zu treten, die, wenn es möglich sei, schon Mitte Februar nächsten Jahres eröffnet werden und einige Monate dauern könnte.

Wieder und wieder liest Diefenbach das Konvolut, bis ihm der Kopf schwirrt und er schließlich den anderen Brief öffnet.

Darin befindet sich die lapidare Mitteilung, dass aufgrund der nicht erwartbaren Kreditrückzahlung das Haus bis 31. Dezember des Jahres zu räumen ist und somit mit 1. Januar 1892 in den Besitz des Geldinstituts übergeht. Diefenbach wirft einen Blick auf seinen Abreißkalender: 2. Oktober.

In den folgenden Wochen wandern Briefe zwischen München und Wien hin und her, Bedingungen werden gestellt, Forderungen erhoben, Angebote gemacht, Konditionen vereinbart. Es ist ein zähes Verhandeln mit Terke, mit tagelangen Wartezeiten auf Antworten, während Diefenbach langsam nervös wird, zumal die Frist des Auszugs von Woche zu Woche näher rückt. Den ganzen verregneten Spätherbst malt er tagsüber, diskutiert mit den drei verbliebenen Jüngern, von denen sich zwei im Haus eingenistet haben, und unterrichtet die Kinder, abends fällt er ins Bett und grübelt, bis es wieder hell wird.

Es ist der 29. November, ein Monat vor dem Auszug, als der mittlerweile wieder unter Magenkrämpfen leidende Diefenbach aus einem dicken großformatigen Umschlag den Wiener Vertrag in zweifacher Ausfertigung hervorzieht.

Punkt für Punkt geht er das Konvolut durch, und ja, alles steht ordentlich und akribisch da, genau so, wie es in den wochenlangen Verhandlungen vereinbart worden ist. Terke hat tatsächlich keinen Punkt vergessen:

Ausführung der Silhouettenfriese *Kindermusik* und *Per aspera ad astra* in Öl vor Ort.

Item. Die Fertigstellung der in München ausgestellten unabgeschlossenen Werke vor Ort in Wien.

Item. Die Übernahme sämtlicher Kosten für Reise, Kost und Logis durch den Kunstverein für die gesamte Dauer der

Ausstellung sowie die Zeit der Vorbereitung vor Ort ab 18. Dezember d. J.

Item. Die Übernahme der Kosten für den Transport der ausgestellten Bilder sowie die Rahmung derer, die noch keinen Rahmen besitzen.

Item. Die Überweisung eines Vorschusses für die Fertigstellung der Friese *Kindermusik* und *Per aspera ad astra*.

Und so weiter – jeder Punkt, um den er in diesem mühsamen Briefwechsel so beharrlich gekämpft hat, ist hier aufgelistet, jede Bedingung erfüllt, jedes Begehr bedacht. Welcher Maler kann sich angesichts einer Ausstellung schon solcher Privilegien erfreuen? Ist das nicht ein Zeichen dafür, dass in dieser Stadt seine Zukunft liegt?

Und es ist jetzt an ihm, an niemandem sonst. Wenn er nur seinen Namenszug unter dieses Papier setzte, begänne ein neues Leben für ihn und seine Bewegung. Warum hat er das nicht von Anfang an gesehen! Wien ist die viertgrößte Stadt der Welt nach New York, London und Paris, die größte deutscher Sprache, wo, wenn nicht dort liegt der ideale Ausgangspunkt für sein Unternehmen, wo, wenn nicht dort der Platz für die Keimzelle der neuen vegetarianischen Gesellschaft?

Und man wartet dort auf ihn, will ihn dort haben, will seine Bilder sehen, ja, kennt sie bereits, spricht von ihnen. Er wirft einen Blick auf den Vertrag. Wien. Es ist allgemein bekannt, dass in der Kaiserstadt Künstler hochverehrt sind, so exzentrisch sie auch sein mögen, die Stadt ist verrückt nach neuer und neuester Kunst. Und wie er inzwischen weiß, gibt es dort auch mehrere Vegetarianer-Vereine und sogar Restaurants, die sich großer Frequenz erfreuen.

Eben eine Weltstadt, nicht so ein Provinzdorf wie München!

Er blättert auf die letzte Seite. Sicher, dieses letzte Blatt behagt ihm weniger, aber gut, er hat sich auf die Bedingung eingelassen, die sicher nur eine formale Absicherung darstellt und die aufgrund des zu erwartenden Erfolges wohl niemals, niemals schlagend würde. Er muss sich verpflichten, im Falle eines sehr unwahrscheinlichen Misserfolgs der Ausstellung dem Kunstverein sämtliche Bilder als Faustpfand zu überlassen. Er liest noch einmal den Satz laut: Der *Kunstverein* tritt hierbei als Gläubiger auf und sichert sich im Gegenzug für die von dem Künstler erbrachten Leistungen den Besitz der Bilder im Sinne eines Lombardkredits.

Und wenn schon. Er hat zwar keine Ahnung, was ein Lombardkredit ist, aber das wird schon so passen. Schlimmer als jetzt kann es nicht werden, sagt er zu sich, nickt und unterschreibt.

Schon als er die Feder weglegt, fühlt er sich leichter als eben noch. Ein neues Leben hat ihn! Die Kaiserstadt wartet auf ihn!

Von dieser Stadt aus wird die Lehre vom neuen Menschen, wird der Vegetarianismus, der Nudismus, die Naturheilkunde und nicht zuletzt die Kunst des neuen Zeitalters die ganze Welt erobern, in dieser Stadt, und nirgendwo sonst, wird er, und niemand anders, den Grundstein für diese neue Zeit legen.

KAPITEL 33

»Gleich ist Herr Terke für Sie da!«, sagt der triefäugige Diener, der Diefenbach die Tür geöffnet und ihn auf den rot-gold gestreiften Biedermeier-Diwan bugsiert hat. Das Antichambre ist so gar nicht nach Diefenbachs Geschmack, epigonische, rückwärtsgewandte Kunst ist das, was da an den vertäfelten Wänden hängt, nur gut, dass sein Gastgeber für neue künstlerische Strömungen offen ist. Die Tür knarrt, Terke, den Kneifer auf der Nase, trägt einen seidenen Hausmantel in Dunkelviolett, kräftig schüttelt er seinem Gast die Hand.

Er geleitet ihn ins Arbeitszimmer, wo auf Schreib- und Besprechungstisch gerahmte Bilder und ungerahmte Blätter liegen. An der Rückwand hinter dem Schreibtisch reiht sich Buch an Buch, auf einem Regal ein Modell einer Lokomotive. Erst gestern hat Diefenbach erfahren, dass Terke, Direktor des *Oesterreichischen Kunstvereins*, weder Maler noch Bildhauer ist, sondern Eisenbahningenieur und Gelegenheitsschriftsteller. So eine Besetzung ist in Österreich-Ungarn offenbar nichts Ungewöhnliches, hat sich Diefenbach gedacht. Das müsste mal jemand in Deutschland machen!

»Sehe Er doch«, sagt Terke schniefend und deutet auf ein Blatt, das für ein Lehrbuch der Botanik entstanden sein dürfte, es zeigt einen detaillierten Farn, eine Radierung. »Von solchen Sachen muss mehr hinauf.«

Diefenbach versteht nicht, was will Terke mit dem Farn? Wo muss von dem mehr worauf?

»Seine Bilder«, sagt Terke und macht eine ausladende Geste, »sie sind zu leer. Das Publikum will Details. Pflanzen im

Vordergrund. Blumen, Gras. Wenigstens ein paar Vögel am Himmel. Sehe Er.«

Er deutet auf ein gerahmtes Bild an der Wand, das eine vermutlich venezianische Frauengestalt im Profil zeigt, im Stil eines Domenico Veneziano von einem wenig begabten Epigonen ausgeführt, was für eine Scheußlichkeit!

»Sehe Er den Brokat, jeder einzelne Webfaden ist sichtbar. Kann Er so etwas nicht noch hinzufügen?«

Erst jetzt bahnt sich zähes Verstehen seinen Weg in die Gehirnwindungen Diefenbachs, jetzt erst wird ihm klar, mit welcher unglaublichen Unverfrorenheit dieser Wiener agiert. Dieser aufgeblasene Direktor, sein großzügiger Geldgeber, der Vorstand des hochgelobten Kunstvereins zu Wien, und doch nichts anderes als ein Eisenbahningenieur, wagt es, ihm, dem Erneuerer der zeitgenössischen Kunst, dem Künder eines neuen Zeitalters, anzuschaffen, was auf seinen Bildern, die von diesem neuen Zeitalter und von einem neuen Menschen künden, dargestellt zu sein habe! Ahnt dieser Banause, denn kein anderer Ausdruck träfe diesen hochstapelnden Schienenplaner besser, welchen Frevels er sich da mit seinem unsäglichen Verhalten gerade schuldig macht, welch unglaubliches Sakrileg er da begeht, an welchem Titan er sich in diesem Moment versündigt?

»Hier«, sagt Terke und rollt ein Blatt auf. »Das ist nicht für jedermanns Augen.«

Diefenbach starrt auf eine füllige Frau, die sich mit gespreizten Beinen auf einer dunkelrot bezogenen Chaiselongue fläzt, mit halb geschlossenen Augen aus dem Bild schauend, in der Rechten einen Zigarettenspitz, im Hintergrund sich bauschende dunkelrote Vorhänge, auf dem Beistelltisch ein Obstkorb. Jede Pore dieser eindeutigen Frau ist deutlich gemalt, das fleischige Geschlecht in der Mitte des Bildes, ein Bild, würdig des schäbigsten Bordells dieser Stadt, ein Bild, für Voyeure gemacht, denen die Postkarten in Schwarz-Weiß nicht genügen.

Terke räuspert sich und richtet seinen Kneifer.

»Er muss das ja nicht so *vulgaire* machen« (er spricht es französisch aus), »aber sehe Er sich doch seine Frauen an. Knabenhafte, klagende Nänien in traurigen Kutten, wie Gespenster sehen die aus, das will ja niemand sehen. Mache Er doch, na, Er weiß schon, ein bisschen weibliche Fülle hinein. Das wird doch möglich sein, nicht?«

Diefenbach schwindelt es ob der Terke'schen Dreistigkeit, aber der Direktor fährt ungerührt fort: Weibliche Sinnlichkeit fehle Diefenbachs Bildern ja völlig, das habe er ihm schon längst sagen wollen, das gehe eben hier in Wien nicht, und das sei doch kein Gegensatz zu Diefenbachs Ansichten von Nudismus, ja ganz im Gegenteil: »Wenn Ihm der Nudismus frommt, dann wird Er doch mit Freuden ein paar nackte Körper malen«, sagt Terke, zwinkert kumpanenhaft und nestelt wieder an seinem Kneifer herum.

Diefenbach hält sich an der profilierten Kante des Biedermeiertisches fest, er will etwas sagen, bringt aber kein Wort hervor. Wie fremd er in seiner haarigen Kutte in diesem geschmacklosen Salon doch ist. Wie fremd in diesem Raum. In dieser Stadt.

Terke tätschelt ihm die Schulter.

»Ja, mein lieber Diefenbach: Wir sind hier in Wien. Das ist eine sinnliche Stadt, nicht so altväterisch und prüde wie das verschlafene München. Und Er will ja, dass viele Leute in die Ausstellung kommen, nicht?«

Diefenbach bemüht sich, einen Ton hervorzubringen, doch nur ein rabenhaftes Krächzen entringt sich seiner Kehle.

»Entschuldigen Sie, mir ist nicht wohl«, bringt er gerade noch hervor und Terke weist ihm den Weg zum Badezimmer.

Niemals, gesteht er sich keuchend in den Spiegel blickend, die Hände auf den Marmorwaschtisch gestützt, niemals hätte er gedacht, dass dieser hochgelobte Mann in solche Niederungen hinabsteigt und ihm dergestalt am Zeug flicken will. Und niemals wird er, Karl Wilhelm Diefenbach, der Maler aus der Löwengrube, wie sie ihn hier nennen (was ihm durchaus gefällt, ein zweiter Daniel!), niemals wird er sich herablassen, auf billigen Zuruf und pöbeligen Wunsch Dinge zu malen, die als schnödes und ablenkendes Beiwerk die Botschaft seiner Bilder nicht verstärken, sondern vielmehr verwässern und ins Lächerliche ziehen würden!

Er schüttet Wasser aus dem Krug in die Waschschüssel und benetzt sein Gesicht. Dann betrachtet er abermals den Mann im Spiegel. Löwenmähne, Bart, Brille, Kutte. Künder der neuen Zeit. Er schließt die Augen, rechnet. 7. Januar. Vierundvierzig Tage bis zur Eröffnung der Ausstellung, elf Großformate sind noch fertigzustellen, dreiunddreißig weitere Bilder müssten per Bahnfracht morgen ankommen.

Langsam, wie ein kleiner Tick, beginnt er den Kopf zu schütteln, die Zähne zusammengebissen, ein kaum merkliches Grinsen, die Augen zu Schlitzen verengt. Nein, auf keinem einzigen Bild, weder im Vordergrund noch im Hintergrund, wird ein Farn oder ein Grashalm oder eine noch so kleine Pflanze zu sehen sein, bei keiner Frau wird sich eine Brust unter der Kutte wölben, kein barer Busen zu sehen sein, keinen Zoll wird er dem Begehren dieses lächerlichen Direktors nachgeben, wenn dieser Terke ein Direktor ist, dann höchstens ein Zirkusdirektor. Er aber wird kein Zirkuspferd sein. Ein Zirkuspferd!

Er kichert noch, als er wieder den Salon betritt. Artig verabschiedet er sich, er müsse sich wirklich an die Arbeit machen. Er versichert Terke, dass dieser zufrieden sein werde, er solle sich keine Sorgen machen, noch immer kichert er tief drinnen.

Als sich die Tür hinter ihm schließt, beginnt er leise zu pfeifen, beschwingt hüpft er die Treppenstufen hinunter, bis er wieder auf der fiakerlärmenden Straße steht.

Er wird Erfolg haben, das weiß er.

Und tatsächlich: Dreitausendfünfhundert Besucher stürmen die Ausstellung in der ersten Woche.

Ja, sagt er sich: Ich bin am Ziel.

NACHSCHRIFT

Wer zählt die Erfolge, wer die Misserfolge?

Hatte Karl Wilhelm Diefenbach Erfolg?

War die Ausstellung in Wien ein Erfolg?

Sein weiteres Leben in Kairo, Wien, Triest, Capri?

Wonach ließe sich Erfolg bemessen? Nach verkauften Bildern? Nach Besucherzahlen seiner Ausstellungen? Nach den Rezensionen der Kunstkritiker? Nach der Bekanntheit des Künstlers?

Drei Tage vor seinem einundvierzigsten Geburtstag, am 18. Februar 1892, öffnet die Wiener Schau ihre Tore; über fünf Monate lang strömen Besucher in die Hallen des *Oesterreichischen Kunstvereins* auf der Tuchlauben, fast achtzigtausend Besucher zählt Direktor Terke, als die Tore Ende Juli schließen. Der während dieser Zeit in Wiener Salons verkehrende und auf der Straße ständig unter Begleitschutz stehende Diefenbach fällt aus allen Wolken, als ihm Terke kleinlaut gesteht, das ganze Unternehmen per Kredit finanziert zu haben, des Meisters Gemälde sind laut Vertrag somit sämtlich verpfändet.

Wir treffen den Meister drei Monate später als arbeitslos gemeldet, mit seinen Kindern und seinen beiden neuen Wiener Frauen Katharina Kolarik und Magdalene Bachmann in einer Villa in Baden, wo er verzweifelt eine weitere Kopie von *Per aspera ad astra* pinselt, die, im nebligen Winter im verwaisten Kursaal ausgestellt, kaum Besucher findet.

Im Frühling darauf bezieht er mit seiner Sippe einen Pavillon mitten im Wurstelprater, ein weiteres Jahr später eine Villa in

Hütteldorf, doch Fuß zu fassen in der Wiener Szene will ihm nicht und nicht gelingen, obwohl er eine einmonatige Ausstellung eines einzigen, effektvoll inszenierten Monumentalbilds hat, durch Gelegenheitsarbeiten leidlich auskommt und sogar Bertha von Suttner mit einem pazifistischen Pamphlet gegen Tier- und Menschenmord beeindruckt.

Drei Jahre verbringt er so in Wien, drei Jahre zieht sich der Prozess betreffend die Veruntreuung Terkes hin, drei Jahre malt und antichambriert der Meister in Ministerien und Museen, doch die Aufmerksamkeit der nach Neuigkeiten gierenden Wiener Gesellschaft hat schon längst andere Attraktionen gefunden, die Gerichte vertrösten ihn weiter und weiter, die Bilder der großen Ausstellung sind schließlich endgültig verloren. Und nachdem Katharina eine Kapsel Zyankali geschluckt hat, muss der Meister mit seiner zweiten Magdalene alleine auskommen.

Doch Diefenbach lässt sich nicht unterkriegen: Warum das Glück nicht auf dem Land versuchen? Warum nicht die Freude am natürlichen Leben praktisch unter Beweis stellen? Warum nicht durch eine Aktion für das neue Leben werben? Er packt Zelt und Malersachen, schnallt Kindern, Frau und einigen Getreuen Rucksäcke auf die Rücken und unternimmt, von einem Fotografen und durch Tagebuchschreiber begleitet, eine Alpenwanderung vom steirischen Semmering bis zum Tiroler Karwendel. Mit von der Partie sind auch die Brüder Friedrich und Paul von Spaun und der Naturarzt Emil Boenisch. Wirksam inszeniert Diefenbach die Truppe für den Fotografen vor Zelt und Lagerfeuer, inzwischen wird gewandert und mit dem Zug gefahren. Als er dahinterkommt, dass der neunzehnjährige Paul die zwölfjährige Stella verführt hat, seine Tochter, das Lichtkind, ist er bass entsetzt, hat Paul doch eine verkrüppelte Hand und ist zur Zeugung des neuen Übermenschen nicht geeignet. Was für ein Sakrileg! Wäre doch der Bruder Friedrich ein geeigneteres Gespons!

Ohne Jüngerschar geht es für die Familie weiter bis nach Riva del Garda, wo er über den Winter drei Gräfinnen als Gönnerinnen findet. Als er der Contessa Ferrari von Ägypten vorschwärmt, finanziert sie der Familie die Zugfahrt nach Genua, wo er, mit gräflichem Taschengeld versehen, die »MS Arabia« besteigt, auf der er sich weigert, in der Kabine zu nächtigen, worauf die gesamte Familie eine kalte Januarwoche lang tags wie nächtens an Deck friert.

Sind die darauffolgenden zwei Jahre, die er mit der Familie in der deutschen Kolonie Ägyptens verbringt, erfolgreich gewesen? Gigantische Bauten entwirft er dort, riesige bewohnbare Sphinxen, in deren Basis sich die Schlafsäle des Kinderasyls und in deren Kopf sich sein Atelier befinden sollte. Die Kairoer Szene ist an exzentrische Engländer gewöhnt, so ist Diefenbach dort eine nicht weiter auffallende Figur, die Kutte ein ortsübliches Kleidungsstück. Als eines Tages Franz Ferdinand d'Este im Gesireh Palace Hotel absteigt, will er ihm seine Aufwartung machen, hat der Erzherzog doch auch seine Wiener Ausstellung besucht, aber ein Marschall wimmelt ihn ab, Seine Majestät sei unpässlich.

Inzwischen verkaufen die Spauns in Wien ein Bild nach dem anderen für den fernen Meister, ein ganzer Zyklus von *Per aspera ad astra* geht an Doktor Boenisch, das Geld wartet auf Diefenbach in einem eigens gegründeten Förderverein, andererseits gibt es immer noch Gläubiger, die die Spauns gekonnt abwimmeln.

Wer wäre da nicht nach Wien zurückgekehrt? Wieder beseelt ihn der Gedanke, nur hier könnte die Bewegung aufs Neue erstehen, nur aus einer Großstadt könnte sich die neue Lehre verbreiten. Es wäre noch nicht zu spät für einen zweiten Versuch!

So finden wir den Meister im Juni 1897 wieder in der Kaiserstadt, vergessen sind die Sphinxen und monumentalen Waisenhäuser, vergessen das Leben unter Palmen, vergessen die begeisterten Ägyptendeutschen. Magdalene Bachmann ist ihm vorangereist und hat sich spontan mit Friedrich von Spaun in ideal-freier Ehe verbunden, später heiraten sie tatsächlich, nicht schlimm für den Meister, er hat schnell mit der Fröbel-Kindergärtnerin Mina Vogler eine neue Gefährtin gefunden.

Kaum in Wien, beginnt er mit den Vorbereitungen für eine neue Kommune: Größer soll sie werden als Höllriegelskreuth, kräftiger und vitaler, strenger sollen die Regeln sein, prominenter die Mitglieder. Nur so würde sich von hier aus, aus der Kaiserstadt, die neue Lehre über die ganze Welt verbreiten.

Und wirklich, die Gemeinschaft hat großen Zulauf, und wirklich, es kommen wichtige Leute: Der achtzehnjährige Kunstschnitzer Gusto Gräser gibt hier seinem Leben eine neue Richtung, die Maler František Kupka und Konstantinos Parthenis bitten den Meister um Lektionen, Emilie Flöge zeigt sich von der Kuttenmode begeistert und schneidert gleich eine für ihren Gustav. Einen Sommer lang sieht Diefenbach seinen Traum verwirklicht.

Doch ist das Experiment zu Ende, noch ehe es richtig begonnen hat: Zu autokratisch ist die Kommune, zu hoch das Ziel, zu verkommen die Moral. Gräser wendet sich mit Schaudern ab, als er dahinterkommt, dass Diefenbach sogar eine dritte Frau aufsucht, Hilaris, die Fröhliche, den Mitgliedern sind erotische Beziehungen innerhalb der Gemeinschaft verboten, jeder Brief, jedes Tagebuch wird kontrolliert. An die Stelle der Gebildeten treten nach wenigen Wochen Arbeitslose und Vorbestrafte, die Presse verunglimpft sie als Schnorrer und Narren, Gläubiger und Vermieter fordern ausständige Summen. Im November muss Diefenbach Konkurs anmelden, die Mitglieder der Kommune werden in alle Winde zerstreut. Der Meister wird delogiert, als Unzurechnungsfähiger gerichtlich unter Kuratel gestellt, die Brüder Spaun übernehmen den Verkauf seiner Bilder und Diefenbach besteigt Ende Februar am Südbahnhof den Zug nach Triest.

Dort malt er ein paar Monate lang Alpenmotive in der verlassenen Festung Kressich, über deren Ruinen die Italiener später den funktionslosen *Faro della Vittoria* erbauen werden. Einen Tag vor Weihnachten schifft er sich nach Monte Carlo ein, um im Casino mit einem von ihm selbst ausgeklügelten System zu sagenhaft viel Geld für einen zu erbauenden *Humanitas*-Tempel zu kommen. Er umrundet den Stiefel, geht spontan in Neapel von Bord und setzt, einer Eingebung folgend, nach Capri über, wo er vierzehn Jahre lang malt, seelenverwandte Frauen um sich schart, Früchte isst, nackt in der Sonne liegt und allmählich zur lebenden Sehenswürdigkeit für deutsche Italienreisende wird. Dem eitlen Axel Munthe geht er nach einem Streit beständig aus dem Weg, Maxim Gorki und Friedrich Krupp kaufen Bilder bei ihm, ein hagerer Dichter, der in einem Café der *Marina Piccola* sitzend ein Lied vom Meer schreibt, lehnt die Einladung ins Atelier angesichts der olfaktorischen Zumutung des Aussteigers dankend ab.

Bis an sein Lebensende sucht der Meister einen Platz, um sein Kinderasyl zu bauen: Warum nicht in Baia, an der Stelle der verlassenen Festung? Warum nicht in Positano? Und warum den *Humanitas*-Tempel nicht auf der Halbinsel von Amalfi, am besten am Monte San Constanzo hoch über dem Badeort Massa Lubrense, von Weitem sichtbar sowohl von Meer als auch von Land aus? Tag für Tag, Woche für Woche, Jahr für Jahr plant er, zeichnet, verwirft und plant aufs Neue.

Karl Wilhelm Diefenbach, Künder der neuen Zeit, stirbt am 15. Dezember 1913 unter höllischen Schmerzen an einem

Darmverschluss, sein Körper wird von Helios nach Rom überführt und eingeäschert, die Urne steht eine Weile in einer Nische des *cimitero acattolico* und weicht Ende der zwanziger Jahre der eines anderen Eingeäscherten.

In der stillen Certosa San Giacomo, unweit der Touristenmassen und Luxusläden Capris, dräuen heute Diefenbachs dunkle Riesenformate von den weiß gekalkten Wänden, in den Vitrinen tummeln sich die ausgelassenen Silhouetten aus *Per aspera ad astra*.

Hin und wieder verirrt sich ein Tourist dorthin.

Mein großer Dank gilt Sabrina Gärtner für die vielen Anmerkungen und Gespräche. Ohne sie wäre das Buch nicht das, was es ist.